Hans Kämmerer Der schwarze März

Hans Kämmerer, in Berlin geboren, als Jürgen Sparwasser das WM-Tor gegen die Bundesrepublik schoss, ist Bassist der Band Chaplin. Er studierte Medienwissenschaft und arbeitete in unterschiedlichen Branchen als Projektmanager, Vertriebsleiter, Marketingberater oder Redakteur für Lifestyle-Themen. Zuletzt erschien bei Bild und Heimat sein Krimidebüt: *Das rote Tuch* (2016).

Hans Kämmerer

Der schwarze März

Ein Berlin-Krimi

Kommissar Tennats zweiter Fall

Bild und Heimat

Von Hans Kämmerer liegt bei Bild und Heimat außerdem vor:

Das rote Tuch. *Ein Berlin-Krimi* (2016)

ISBN 978-3-95958-114-1

1. Auflage

Umschlaggestaltung: fuxbux, Berlin
Umschlagabbildung: © fotolia / TIMDAVIDCOLLECTION
Druck und Bindung: GGP Media GmbH, Pößneck

Ein Verlagsverzeichnis schicken wir Ihnen gern:
BEBUG mbH / Verlag Bild und Heimat
Alexanderstr. 1
10178 Berlin
Tel. 030 / 206 109 – 0
www.bild-und-heimat.de

Die Handlung und alle handelnden Personen sind frei erfunden. Jegliche Ähnlichkeit mit lebenden oder realen Personen wäre rein zufällig.

Prolog

Sie kniete mit nach oben gezogenem Rock auf einem Gatower Acker, der an mancher Stelle schon einer Wiese glich, und grub ihre Hände in feuchten Löss, um zu verstehen, was ihr am Morgen erklärt worden war. Ihr Vater, einer der wenigen Landwirte Berlins, war kein Freund von Bodenanalysen, um Fruchtbarkeit von brachliegendem Land zu beurteilen, sondern ging der Sache selbst auf den Grund. Ein Klumpen Muttererde zwischen den Fingern, am besten bereits Anfang März, ohne Bodenfrost und vierundzwanzig Stunden nachdem es nicht übermäßig geregnet habe, könne einem viel besser verraten, ob die Zeit gekommen sei, dieses Stück Land wieder zu bearbeiten. Es hänge dabei aber nicht von einer richtigen Einschätzung des Substrats ab, also dem, was man auch im Labor herausfinde, sondern allein vom Zwiegespräch mit der Erde an sich. Das sagte ihr Vater vollen Ernstes, obwohl er keinerlei Konfession oder anderem Irrglauben anhing, und betonte abschließend, dass dies auch ihr möglich sei, schließlich sei sie seine Tochter.

Zu ihrer Verwunderung stellte sie bald fest, dass gute Voraussetzungen für die Bestellung des Feldes bestanden. Der höher als breit und wie ein kleiner Fels wirkende schwarze Erdklumpen auf ihrer flachen Hand zerbröselte nicht von selbst, verlor nicht aufgrund von Erdanziehung die Form, sondern fiel nur von dort zurück, wo er herkam, da ihre Finger ihn zerdrückten. Sie tat es fast genüsslich, da es guttat, und betrachtete auch aus nächster Nähe die Zusammensetzung dessen, was man als Humus bezeichnet und aus Resten von alten Pflanzen, Blättern, Holz und toten Tieren besteht.

Doch wie ihr Vater schon meinte, stellte dies nicht den Grund für ihr Urteil dar, und sie besaß nun wirklich keinerlei Erfahrungswert, um das, was sie mit klassischen Sinnen erfasste, beurteilen zu können. Vielmehr sprach diese Gatower Erde tatsächlich zu ihr. Es machte sich zunächst durch ein zartes Kribbeln in den Händen bemerkbar, welches langsam anwuchs und dann durch die Arme fuhr, um sich schließlich als Botschaft, dass es in diesem Jahr eine reiche Ernte geben werde, mit absoluter Gewissheit in jeder Zelle ihres Körpers festzusetzen.

Doch hatte dies ihr Vater gemeint? Schließlich ergab sich kein richtiges Zwiegespräch, da keine Worte in einem Dialog ausgetauscht wurden. Oder war es bei ihr anders? Und wenn ja, warum? Zudem wollte sie wissen, welche Botschaft ihr Vater erhalten hatte. Denn bevor er sie an einem milden, wenn auch stark bewölkten Tag auf dem Feld allein ließ, hatte er ebenfalls in die schwarze Erde gefasst, jedoch ohne sein Erlebnis mitzuteilen. Des Vaters Gesicht fror einfach für einige Sekunden ein, bis er schließlich nickte und mitteilte, dass er nun kurz zu ihrer Klassenlehrerin in die Habichtswald-Siedlung fahren werde, um zu erfragen, ob diese wisse, wo seine Frau, also ihre Stiefmutter sei. Dann strich er seiner Tochter über die Wange, lächelte mit feuchten Augen, als hätte sie Geburtstag, und fuhr mit dem Traktor in Richtung Kladower Damm.

Bloß was hieß ein kurzer Besuch? Eine halbe oder eine ganze Stunde? Und was war, wenn in der Zwischenzeit der Wind auffrischte und in der Ferne Donner erklang? War ihr nicht beigebracht worden, dass sie niemals bei solch Wetterlage wegen Blitzgefahr auf einem freien Feld stehen sollte? Warum hatte ihr Vater sie also hierhergebracht, wenn es doch auf ihrem Hof an der Gatower Chaussee viel sicherer gewesen wäre? Nur wegen des Zwiegesprächs, dieses Erlebnisses? Oder gab es noch einen anderen Grund?

Es entstanden immer neue Fragen in ihrem Kopf, auf einem Stück Land, das zuvor brachgelegen und gen Norden an die Rieselfelder für die Berliner Wasserbetriebe sowie gen Osten an die innerdeutsche Mauer gegrenzt hatte. Bis die ersten dicken Regentropfen fielen und ihr wirklich alles zu lang dauerte. Einerseits war die Stiefmutter seit gestern nicht mehr aufgetaucht; zum anderen kam nun ihr geliebter Vater nicht von der Klassenlehrerin in der Habichtswald-Siedlung zurück. Darum kniete sich die Tochter erneut hin und befragte die Erde, was zu tun sei. Hier warten, wie der Vater es wollte, oder ihm entgegengehen, weil sie es fühlte?

Und sofort durchfuhr sie wieder diese Energie und ließ jeden Zweifel mittels einer eindeutigen Botschaft in jeder ihrer Körperzellen verschwinden. Über die Abkürzung des Groß-Glienicker Wegs, wo zwar kein Traktor entlangfahren, aber sie selbst zu Fuß Zeit sparen konnte, waren es nicht viele Kilometer.

Teil I:
Die Wiese um fünfzehn Uhr

Kapitel 1

I was born in Borna.

Das ist kein Einstieg, um in einer netten Runde von sich gerade kennenlernenden Menschen auf die Frage, wo ich herkomme, möglichst gewitzt zu antworten. Weder mit einem Glas Prosecco in der Hand bei einer feinen Vernissage noch zu einem Brunch in einem gemütlichen Café. Nein, das ist die real existierende Absurdität meines Lebens. Und ich bin nicht lustig, sondern böse. Außerdem trinke ich keinen Alkohol und bin gern allein.

Gestatten, mein Name ist Meta, genau wie jene Vorsilbe in Fremdwörtern griechischen Ursprungs, welche darauf hindeutet, dass sich etwas auf einer höheren Stufe befindet. Aber ehrlich gesagt, habe ich mit Metadaten, Metamorphose oder Metaphysik nichts gemein; mein Meta entspringt allein dem Vornamen Margaretha, einem Vornamen aus einem anderen Jahrhundert, in dem ich ebenfalls nicht gern vor mich hin vegetiert hätte. Erwähnenswert sei darum nur noch, dass die Kurzform an sich auch ein Sinnbild für meine mangelnde Größe ist, denn die leibliche Verkörperung einer inzwischen Mittvierzigerin weist weder besondere Länge noch erwähnenswerten Status auf, sondern bloß eine große Klappe, und das auch nur, wenn ich mich in meiner 44-m^2-Schuhschachtel befinde.

Gerade stehe ich mit solchen lauten Gedanken am Fenster, kratze mich am rechten Unterarm und betrachte das für mich stumme Menschentreiben im Friedrich-Ludwig-Jahn-Sportpark; es scheint die Sonne. Im Frühling, der vor drei Tagen am ersten März im meteorologischen Sinne begonnen hat, herrscht für mich neben diesen beiden ungünstigen Faktoren (mehr Menschen da unten, mehr UV-Licht von oben) zusätzlich Pollenalarm. Der Kleinere der zwei plastenen Fensterflügel, wo das ganze Jahr ein Moskitonetz das Eindringen von Insekten aller Art verhindert und allein dem Lüften dient, ist darum nur selten gekippt. Ich schaue aber durch den Größeren der beiden, kratze erneut meinen rechten Unterarm und denke, sollen sie sich doch da unten im Park alle die Haut verbrennen.

In Borna hingen hingegen immer Wolken am Himmel. Feinstaub, Ruß und Schwefeldioxid verliehen ihnen zahlreiche Nuancen von Silbriggrau bis Neonorange, je nachdem woher der Wind kam. In meinen Erinnerungen stand er allerdings meistens im ganzen Leipziger Süden still und dadurch ungünstig für die Einwohner. Zu reichhaltige Braunkohlevorkommen lagen in der Umgebung der Tagebaue Witznitz I und II, Borna-West und Borna-Ost/Bockwitz, so dass ab den Siebzigern, der Ölkrise und dem Entschluss des Politbüros, auf die Ressource Braunkohle zu setzen, Borna unter einer Käseglocke gefangen war, in die jemand ständig schwarzen Rauch hineinpustete. Das Straßenlicht wurde darum ganzjährig am frühen Nachmittag eingeschaltet. Manchmal war der Dreck sogar so schlimm, dass man bereits morgens nicht nur keinen Himmel, sondern auch keine Nachbarhäuser erkannte, weswegen mancher Autofahrer allzeit mit brennenden Scheinwerfern im Schritttempo fuhr.

Kleinkinder litten gern an Asthma, chronischer Bronchitis, Lungenemphysem, Pseudokrupp oder bizarren Ekzemen an allen erdenkbaren Körperstellen. Erwachsene starben mit Vorliebe an Silikose, Kehlkopf- oder Lungenkrebs. Und wenn sie nicht von außen vergiftet wurden, dann von innen, da das Obst oder Gemüse aus dem eigenen Garten Cadmium, Quecksilber und andere hochtoxische Schwermetalle enthielt, bis zu hundertfünfzigmal mehr als die menschliche Gesundheit verkraftet. In den Gärten wuchs darum nur noch Rasen, und viele Bäume verloren schon Ende Mai ihre Blätter. Petersilie gedieh überhaupt nicht mehr, Birke und Pappel galten als ausgestorben. Meine Mutter meinte aber immer, dass die Menschen nur schauen müssten, wann und wie sich der Wind drehe, woraufhin ich vor mich hin flüsterte, er stehe wie die ganze Welt meistens still. Doch da meine Mutter gute Ohren besaß und ihren Satz trotzdem bei allen erdenklichen Gelegenheiten wiederholte, als wäre es eine Zauberformel, und wir zudem unsere Wäsche im Wohnzimmer aufhängten, also nie Gefahr liefen, dass weißes Bettzeug draußen rasant ergraute, begriff ich irgendwann, dass sie es anders meinte. Sie wollte genau dorthin, von wo zwischen dem vierzigsten und sechzigsten Breitengrad auf der Nord- sowie Südhalbkugel der Wind meistens herkam. Sie wollte weg aus einer Ossi-Schuhschachtel, in der ich bereits damals wohnte, nur einer anderen und eben zusammen mit meiner Mutter, der größten Schande aller Zeiten – hüben wie drüben.

In Pregnant Hill, wo ich seit über zwanzig Jahren allein lebe, ist das natürlich anders. Vor meinem Fenster in der obersten Etage eines zwischen sanierten Altbauten gepressten sechsstöckigen Plattenbaus des Typs QP haben die hohen Pyramidenpappeln ihr Blattwerk noch nicht ausgebildet und vermögen keine blickdichte Mauer zum Friedrich-Ludwig-Jahn-Sportpark zu bilden. Selbst bei geringen Windstößen eröffnen sich dadurch zwischen kahlen Ästen immer neue Blickwinkel auf altbekannte Klischees, die niemand leugnen kann, es auch nicht tut, denn Prenzlauer Berg, wie dieser Ortsteil offiziell heißt, dient als stereotypes Feindbild in Feuilleton und Kabarett. Eins über diejenigen, die es geschafft haben und wissen, wie es geht. Sie sind echte Doppelverdiener, da doppelt erfolgreich und doppelt kreativ. Sie huldigen also nicht nur dem Geld, sondern auch kulturellen und zunehmend ethischen Aspekten, da sie in allem die Deutungshoheit erlangen wollen und es auch tun. Ich kann da in Bezug auf diesen Bezirk in keiner Weise originell sein, habe da keinen Anspruch, nur Ekel, der sich am besten durch eine Zeitlang an Fußgängerampeln aufgetauchten Aufklebern veranschaulicht lässt. Auf ihnen stand einfach: »Fuck Yoga«. Doch vielleicht war dies auch eine ernstgemeinte Spielart eines weltweit millionenschweren Wirtschaftszweigs, sozusagen eine weitere Diversifikation, die ich nicht mitbekommen habe.

Ist schließlich alles möglich hier, alles erlaubt, solange es einen Markt dafür gibt und man eben die Deutungshoheit besitzt. Und da dies über die eigene Existenz hinaus funktionieren muss, passt dieses »Fuck Yoga« besonders gut, denn sie, die ich wohl am meisten verabscheue, erobern eben nicht nur durch Zuzug und Kauf von Immobilien immer weitere Gebiete, erweitern sozusagen Stück für Stück ihren Lebensraum in Richtung Osten, sondern paaren sich auch fleißig, da dies ihre Potenz am offensichtlichsten veranschaulicht und sich damit wirklich mehr Platz beanspruchen lässt. Also zwei bis drei Kids müssen es schon sein. Ist halt Pregnant Hill. Und die, ohne die es bis jetzt noch nicht geht, also die, die sich dem öffnen, indem sie dieses niemals zufällige, sondern stets genau geplante Projekt in sich aufnehmen und gedeihen lassen, nehmen keine Rücksicht auf Schwache, Kranke, Alte, Arme. Das Blut perlt an einer Nanobeschichtung ab, äußerlich und innerlich. Die Superfood verzehrenden Kriegermütter sind für mich genauso furchtbar anzusehen wie die jedes Jahr mehr werdenden jungen Touristinnen vor meiner Nase, denn der Friedrich-Ludwig-Jahn-Sportpark vor meinen Augen grenzt an den Mauerpark, den all die hässlichen Ausländerinnen inzwischen völlig für sich in Anspruch genommen haben, als wäre es ihr eigenes Land. Ja, ich kann mich bei diesem Anblick da unten gar nicht entscheiden, wen ich mehr hasse. Die etablierten deutschen Spätgebärenden oder diese jungen, südländischen Dinger, die bereits im März kurze Höschen tragen müssen. Grundsätzlich sind es aber die fünfzig Prozent der Menschheit, zu denen auch ich gehöre: Frauen.

So ist das.

Jeden Tag und ganz besonders vorm Fenster im südlichen Trakt meiner 44-m²-Schuhschachtel.

Noch eine Stunde muss ich warten, bis das Radio wieder angemacht werden kann, dann erst geht auf meinem bevorzugten Sender namens radioeins eine Sendung mit einer gewissen Moderatorin zu Ende, die ich mit ihrer möchtegern-erotischen Stimme nun mal überhaupt nicht ausstehen kann. Dann kommen erst wieder Männer ans Mikro, die allerdings während ihrer zweistündigen Show oft essen, was ich ein wenig eklig finde. Da aber Musik eine meiner wenigen Leidenschaften ist, die ich noch habe, also gute Musik, kein Pop-Mainstream, und radioeins der einzige Radiosender ist, der auch mal melancholische Saiten anschlägt, ohne wie FluxFM zu elektronisch zu werden, gibt es keine Alternative. Was bei radioeins neben den Frauenstimmen stört ist nur die Werbung. Wenn die läuft, mache ich das Radio leise oder ganz aus, aber nicht so oft am Sonntag, da gibt es keine ohrenverätzende Reklame im öffentlich-rechtlichen Rundfunk. Dadurch herrscht weniger Stress. Ich bin sogar einigermaßen entspannt, falls das bei mir geht, vielleicht sogar müde ohne Schlaftabletten, was mich bewegt, an meine Stirn zu fassen, um zu überprüfen, ob ich nicht Fieber habe, was wiederum meinen Plan, noch Staub zu putzen, gefährden könnte. Seit Tagen schwirrt das Wort Frühjahrsputz in meinem Kopf herum, und es muss wirklich sein, obwohl ich mich kaum bewege und wegen der Pollen das kleine Fenster zu ist. Der Staub, der sich überall in einer dicken Schicht breitgemacht hat, kann also nicht von mir oder vom Straßenverkehr sein. Wohne auch nicht an einer Hauptverkehrsader, sondern an einem Park, wie bereits festgestellt, wo noch immer …

Doch plötzlich passiert etwas, meine Gebete scheinen erhört. Zuerst kapiere ich es nicht, denke an Laiendarsteller einer freien Theatergruppe, die nach wochenlangen Proben und noch längeren Diskussionen irgendwann für einige Minuten in einer vom

Senat geförderten und trotz freien Eintritts total leeren Kultureinrichtung ihren einen Moment haben. Aber dies scheint kein unsinniges Spiel zu sein, eher das, was man blutigen Ernst nennt, auch wenn meine Mundwinkel sich automatisch zu einem schmerzhaften, da ungewohnt persistenten Lächeln nach oben verformen.

Auf der einen Wiese fällt ein weibliches Wesen, das mir zuvor nur wegen eines hässlichen, langen Rockes aufgefallen ist. Nicht nur die Menschen um sie herum, sondern auch weiter entfernte, die zuvor mit den Performern nichts zu tun hatten, laufen bald panisch hin, beugen sich zu dieser Person hinunter, haben nun doch etwas damit zu tun.

Es wirkt nach wie vor äußerst theatralisch, ist aber keine Fata Morgana am Horizont meiner seelischen Wüste, weil so laut geschrien wird, dass ich es durch die geschlossenen Fenster meiner 44-m^2-Schuhschachtel höre. In meinem Kopf ertönt dadurch neben dem Wort Frühjahrsputz automatisch passender Applaus.

Kapitel 2

Es ist bald so weit, nun kann es wirklich jederzeit kommen. Tracy Kraft spaziert bedächtig, so unglaublich langsam durch den vor ihrem Haus befindlichen Park. Noch sprießen keine Blätter an Büschen und Bäumen, aber es ist derart warm, als wäre es nicht erst der vierte März, sondern bereits Mitte Mai, dem Klimawandel sei Dank.

Passend dazu klopft auch das Kind im Bauch immer häufiger, nur nicht gerade jetzt, wenn seine Mutter sich bewegt. Im Durchschnitt sind im aktuellen Stadium Babys knapp fünfzig Zentimeter lang, besitzen einen Kopfumfang von rund fünfunddreißig Zentimetern und wiegen bereits über sechs Pfund. Per Ultraschall, der bei Spätgebärenden auf der Zielgeraden öfter gemacht wird, um das Fruchtwasser zu überprüfen, kam aber schon heraus, dass das Kind bereits länger und schwerer, also ein ziemlicher Dickkopf ist. Kein Wunder bei dieser riesigen Kugel, die Tracy vor sich herträgt. Dabei hat sie sonst kaum Fett zugelegt. Weder an Armen noch an Beinen oder Po. Das sieht bei anderen Frauen ganz anders aus. Nur Tracys Brüste sind angenehm gewachsen, vor allem in den letzten Tagen, als wenn schon der Milcheinschuss beginnen würde. Alles ist auch in diesem Sinne für die Geburt bereit. Fehlt nur noch ein Vater, wenn man das will. Neben dem Namen des Kindes gilt auch dies demnächst zu klären. Ebenso, ob sie, die Mutter, wenn alles vorbei ist, weiterhin solch langen Röcke tragen wird, eine modische Todsünde, aber unheimlich bequem und praktisch zugleich.

Tracy setzt sich also, ohne dass es irgendwo zwickt, auf eine freie Bank und denkt, dass sie in den Jahren zuvor nur einen Fuß in diesen Park gesetzt hat, um auf der Tartanbahn ihre Runden zu drehen, was aber selten vorkam, da die Laufbänder vom Holmes Place besser gefedert sind. Ansonsten diente dieser Park allein als Kulisse zu Füßen ihres Lofts. Prenzlauer Berg, oberste Etage und möglichst freie Sicht waren drei wesentliche Kriterien, als sie sich vor zehn Jahren in Berlin nach einer dauerhaften Bleibe umsah. Laut dem Makler lag über einen Kilometer zwischen ihrem Balkon und dem nächsten Fenster in Richtung Westen; laut Google Maps sind es allerdings nur siebenhundertfünfzig Meter, wie sie feststellte. Dazwischen befinden sich der schmale Mauerpark, das Jahnstadion, die Max-Schmeling-Halle und diverse Echt- oder Kunstrasenplätze, also alles recht flach, vor allem was die Areale direkt vor ihrem Haus betrifft.

Ihre Lieblingsstelle, die Tracy erst vor kurzem entdeckt hat, als wäre diese aus dem Dornröschenschlaf erwacht, ist eine unweit gelegene quadratische, von allen Seiten umzäunte Wiese. Den schmalen Zugang erreicht man nur, wenn man ihn kennt, da er sich versteckt zwischen Tennisplätzen und einem für Vereinssportler neugebauten Umkleidetrakt befindet. Dadurch verirren sich nur wenige Auswärtige hierher, selbst an einem warmen Sonntag, an dem es alle Menschen hinauszieht, höchstens zehn- bis fünfzehn Einheimische.

Tracy findet also genügend Platz auf rund einhundert mal einhundert Metern, wo sich neben zwei getrennt liegenden Pärchen hinten rechts nur noch eine Handvoll junge Leute hinten links tummeln. Ein schöner Anblick, denkt Tracy, nicht zu viel, nicht zu wenig – Menschen und dadurch Gedanken. Und wie besonders die Jüngeren vor ihr agieren bringt sogar schöne Gedanken, denn es zeugt von Freundschaft und dass man das Leben genießen kann.

Tracy lässt ihren Blick nicht von diesem Grüppchen ab und

wünscht sich jene positive Einstellung dem Leben gegenüber auch für ihr eigenes Kind, wobei beruflicher Erfolg im Sinne, dass man mit einer Tätigkeit Geld verdienen kann, die einem am Herzen liegt, als ebenso elementar wie Gesundheit zu erachten ist, da sich beides bedingt.

Daraufhin atmet Tracy durch, seufzt geradezu, wie es ihr neuerdings bei solchen Gedanken bezüglich des Kindes und dessen Gesundheit passiert, da immer ein wenig Angst mitschwebt, mit der schlecht umzugehen ist. Sie kratzt sich am Unterarm, der aus irgendeinem Grund an diesem Tag juckt, fasst sich dann an den Bauch, wo sich gerade nichts tut, schaut dann von den jungen Leuten weg, zunächst durch die hohen Bäume, dann in den Himmel. Schließlich wird sie nun Mutter, hat allerdings trotz kerzengeraden Rückens bereits einige Jahre auf dem Buckel, wie ihr im letzten Winter äußerst bewusst geworden ist. Die eigene Endlichkeit macht sich auch durch Falten bemerkbar, die trotz erhöhter Wasserbindungsfähigkeit ihres Hautgewebes besonders im Gesicht zum Vorschein kommen. Tracy findet diese Falten zwar gut, also nicht direkt schlecht, da sie dem Gesicht mehr Kontur geben und noch nichts Entstellendes haben, doch jeden Tag gleichzeitig die Frage symbolisieren, was vom eigenen Leben bleibt, wenn selbst die Falten nicht mehr sind. Gewiss das Geld. Und hoffentlich das Kind, welches niemals aus Geldgründen arbeiten werden muss. Doch gibt es eine persönliche Botschaft, eine Ansicht, die Tracys Leben eine innere Schönheit verleihen kann? Schließlich dreht sich vieles bei ihr um Ästhetik, das kann sie nicht leugnen, will sie auch nicht, auch wenn sie einen grenzwertigen Rock trägt.

Und sich wieder am Unterarm kratzt.

Und danach den Bauch streichelt, wo sich nichts bewegt.

Und zu diesen jungen Menschen schaut, die sich Drinks eingießen und wirklich nett aussehen. Einer, der Dünnere der beiden Männer, trägt eins von diesen Refugees-Welcome-Shirts, scheint sich noch zu engagieren, dies ernst zu meinen. Eins von den Mädchen sieht sogar zu Tracy herüber, winkt mit einem Eiswürfelpaket, damit sich die schwangere Frau eine Abkühlung verschaffen kann. Das ist nett gemeint, was Tracy zugleich befremdet, da es nun wirklich nicht heiß ist und es zudem in ihrer Generation nie viel um Helfen ging. Man dachte stets an sich, dachte, es würde immer weiter auf Individualisierung und ein rein auf materielles Glück gerichtetes Streben hinauslaufen. Trotzdem war das Helfen vor drei, vier Jahren ein wichtiges Thema geworden, weil geopolitische Ereignisse ihre Folgen in der deutschen Gesellschaft zeitigten oder weil es auch eine Gegenbewegung, einen Konterpart zur vorherigen persönlichen Abschottung einer ganzen Generation an Hedonisten darstellt. Und Abschottung ist nun seltsamerweise wiederum ein großes Thema staatlicherseits geworden, sei es durch Einwanderungsquoten, Zäune und neue Zölle, obwohl sich zuvor alle Grenzen, vor allem in Europa, nach und nach geöffnet haben, da nichts wichtiger schien als der freie Markt, ein immer besserer Menschen- und Warenfluss in einer globalisierten Welt. Es sollte immer weiter so gehen, das waren Tenor und Glaube, der Fortschritt und die Aufklärung, nun haben beide aber eine Backpfeife bekommen und stehen mit roten Wangen in der Ecke. Und es geschah recht plötzlich, als wenn sich eine schwarze Energie angestaut hätte, die nun alles durchdringt. Es machte sich zunächst nur in einigen Ländern bemerkbar, die Tracy schon immer bizarr vorgekommen sind, doch nun in fast allen, als wäre es Mode, nur eine, die nicht wie Kleidung in der nächsten Saison überholt sein würde. Man sieht es an den letzten Bundestagswahlen; mein Gott, wer hätte das vier Jahre zuvor gedacht? Trotzdem befindet sich nach wie vor das Helfen im Bewusstsein einer Anzahl an Bundesbürgern und definiert noch den Zeitgeist.

Tracy kann dieses Engagement oder auch die Macht, die von politischen Statements ausgehen kann, exemplarisch an einer Anfrage seitens einer ihr persönlich und der breiten Öffentlichkeit bekannten Journalistin festmachen. Ein Netzwerk von Frauen aus

Wirtschaft, Medien und Kultur engagiert sich schon länger für syrische Flüchtlinge, jedoch inzwischen mit stagnierendem Erfolg, da der Hype und das öffentliche Interesse nachlassen. Die bekannte Journalistin schickte bei ihrer Mail-Anfrage an Tracy sogar ein mit dem World Press Photo Award prämiertes Foto, jene unscharfe Nachtaufnahme von Warren Richardson, auf der ein Flüchtling am Grenzzaun von Serbien zu Ungarn ein Baby durch den Stacheldraht reicht. Das war geschickt, denn es war bereits allgemein bekannt, dass Tracy Kraft schwanger ist. Dann rief die Journalistin auch noch persönlich an, fragte nach, ob Interesse bestehe, um, als Tracy zögerte, zu ergänzen, dass sie dann nicht nur wegen ihres Kernthemas Textilwirtschaft im Fernsehen auftrete, sondern auch zu politischen sowie ethischen Fragestellungen, und das in ernsthaften Talkshows, die ihr sonst verschlossen blieben. Schwangere Frau, schick gekleidet, mit knallrotgeschminktem Mund, in mehreren Vorständen sitzend, also extrem erfolgreich und ohne jegliche Sozialromantik über die ganze Sache redend. Was aktuell zu tun sei. Dies, das, jenes. Da könne ihr kein Politiker das Wasser reichen, weder die von links noch die von rechts. Wenn Tracy Kraft das Wort erhebt, dann erstarrt alles in Ehrfurcht und hört zu. Tracy bat zum Abschluss jenes Kontaktes um Bedenkzeit: »Ich werde mich bei Ihnen melden.«

Was sie nicht tat. Aus vielen Gründen. Zum einen befindet die Familie Kraft seit Generationen politische und religiöse Äußerungen für nicht vorteilhaft für die eigene Sache, da sie einen verorten. Überdies hat Tracy Kraft selbst keine politischen oder religiösen Präferenzen, will diese nicht haben, weil sie zwar mitten in der Gesellschaft agiert, sich aber noch nie irgendwo zugehörig fühlte. Drittens wegen der Eitelkeit. Die meisten Menschen, die sich gerade in der Öffentlichkeit – und nicht wie der junge Mann vor ihr mit dem Refugees-Welcome-Shirt – engagieren, tun dies nämlich nicht, weil sie wirklich und vor allem dauerhaft helfen wollen, weil sie es innerlich schon immer gefühlt haben und überzeugt davon sind, sondern weil sie sich nun selbst so sehen wollen: helfend und folglich gut. Und das kommt nur daher, weil sie es woanders gesehen haben, wie ein Must-have, ein Kleidungs- oder Möbelstück in der Friedrichstraße oder am Kurfürstendamm, das sie unbedingt haben müssen. Es ist zutiefst narzisstisch, leider, und eine weitere Form von Konsum. Und auch wenn Tracy aus dem konsumorientierten Mode- und Lifestyle-Bereich kommt und es dort völlig offensichtlich um reine Eitelkeit geht, so ist diese dort die ehrlichste Form und nichts im Vergleich zur nicht mal mehr verkappten Eitelkeit von Politikern, Journalisten und Intellektuellen in Talkshows. Sie alle möchten nur noch recht haben, am liebsten für immer und über den Tod hinaus, ganz wie in Milan Kunderas Buch *Die Unsterblichkeit*, und regen sich über andere auf, wie es Tracy nicht mal in Firmen tut, bei denen sie im Vorstand sitzt.

Nein, Tracy Kraft will nicht recht haben, nicht mehr und nicht so. Und sie weiß erst recht nicht, was zu tun ist, weder jetzt noch später. All das nervt sie, weswegen sie sich auch bei Facebook, Twitter und Instagram abgemeldet hat, da all die Kommentare nur Pickel im Gesicht erzeugen. Sie will das nicht mehr sehen. Tracy Kraft will möglichst wenig sehen, außer ihren Falten, ihren Namen im Impressum einiger Firmen sowie natürlich bald ihr eigenes Kind. Und dies wohl am besten in einem Haus auf dem Lande, vielleicht in Frankreich, wobei Frankreich auch nicht mehr das ist, was es mal war. Es wird wohl auf einen immer stärkeren Rückzug aus der Öffentlichkeit hinauslaufen, der sie zum ersten Mal in ihrem Leben keineswegs erschreckt, sondern gerade durch das Kind folgerichtig erscheint, fast als sei es keine Option, sondern Pflicht, da es für ein Kind besser wäre, nicht in dieser Stadt oder überhaupt in einer Großstadt aufzuwachsen. Allein schon wegen der Anschläge. Es ist einfach zu gefährlich geworden.

Tracy bekommt seit ihrer Schwangerschaft ein immer stärker werdendes Bewusstsein dafür, sozusagen ein Auge für potentielle Gefahren. Sie muss dazu nur fünfzig Meter weitergehen, egal in welche Richtung. Überall auf den Straßen, in den Cafés oder Supermärkten kann man Psychopathen entdecken, die immer mehr werden. Sie lassen sich aber nicht nur anhand von Bärten und Burkas entlarven, das ist zu einfach gedacht, zu kurzfristig. Man erkennt sie vielmehr an ihren glasigen Pupillen, als wären sie auf einer Droge hängengeblieben, und können jedes Alter, jede Hautfarbe, jede der vom Senat anerkannten über vierzig Geschlechtsarten besitzen, denn sie tragen vor allem eins in sich, das sie verbindet, ja, definiert: Entfremdung. Manche benutzen auch das Modewort Wut oder das noch stärkere Hass, welche allerdings nur Ergebnisse der Entfremdung sind. Die Menschen schotten sich wie die Länder nach außen ab. Es ist ein Ergebnis der Aufklärung, der Individualisierung, potenziert durch den Siegeszug der virtuellen Welt der sozialen Netzwerke, welche als real wahrgenommen wird. Ein Paradox, wie man meinen könnte, doch ohne echten Kontakt und vielleicht sogar Zwang scheint der Mensch anscheinend verloren.

Das Gegenteil ist die Verbindung, in ihrer absoluten Version: die Liebe. Tracy hat zunehmend Angst, dass diese Liebe, die sie vor allem für ihr Kind spürt, durch diesen allseits präsenten Hass gefährdet ist. Tracy streichelt abermals ihren Bauch und denkt gleichzeitig an die Korrespondenz, die sie seit neun Monaten mit einem für sie sehr wichtig gewordenen Menschen pflegt. Dieser Kontakt, und es wirkt für sie wie einer aus dem frühen neunzehnten Jahrhundert, wo man sich für handgeschriebene Briefen viel Zeit nahm, zeugt nicht von Entfremdung, sondern von enger Verbindung. Jede Woche schreiben sie sich eine lange E-Mail, die allerdings nie Längen aufweist, sondern stets spannend und schön bis zum letzten Wort ist. Dabei hat Tracy diesen Mann, der so schön schreiben kann und für sie auch schön aussieht, vor einigen Jahren sehr ungewöhnlich kennengelernt, fast aus den Augen verloren, doch dann wiedergewonnen, als hätte das mit ihnen beiden erst reifen müssen wie ein guter Wein, den man noch nicht kosten darf. Anscheinend. Weil es zu schön ist. Oder beide nie ein Treffen ansprechen. Also der Wein noch ein wenig Reifung benötigt. Oder sie beide einfach zu schüchtern sind.

Tracy ist erfüllt von dieser Korrespondenz, diesem Mann, bis sich ihr Körper meldet. Der Bauch, die andere Füllung. Jedoch nicht, weil sich das Kind bewegt. Es ist vielmehr die Gebärmaschine an sich, die Hunger verspürt, welcher sich gegen fünfzehn Uhr am besten im mit kulinarischen Einrichtungen gut bestückten Gleimviertel hinter dem Plattenbau der angrenzenden Gaudystraße befriedigen lässt. Und inzwischen ist es in der prallen Sonne doch etwas zu warm geworden, weswegen Tracy großen Durst empfindet, der unangenehm wird und nicht gestillt werden kann, da sie bereits eine Flasche Wasser beim Spaziergang über den Flohmarkt am Mauerpark ausgetrunken hat. Sie kann also Nachschub gebrauchen und erhebt sich von der Bank am Rande der schönen Wiese, um sich der Realität zu stellen, dem Kampf, den Verrückten auf der Straße mit ihren glasigen Pupillen, den potentiellen und tatsächlichen Attentätern, als abermals dieses eine Mädchen mit den Eiswürfeln winkt und Tracy wieder an Frieden, echte Freundschaft und das Gute im Menschen denken lässt.

Kapitel 3

Laura Maria García fühlt die schöne Traurigkeit, jene Form einer angenehmen Melancholie, die für sie nur durch den ursprünglichen andalusischen Flamenco, der noch mehr maurische Einflüsse enthielt, oder durch Schlafentzug an solch perfekten Tagen auf einer Wiese bei strahlendem Sonnenschein entstehen kann.

Genau genommen entspricht dem aber auch eine Form des Glücks, denn richtig traurig ist Laura selbst nicht gewesen, als sich ihre Eltern trennten. Damals, sie war acht, sah sie allein Vorteile. *Papá* und *mamá* wurden im Umgang miteinander wesentlich entspannter, kauften in bester Stadtlage Madrids und im selben Haus eine weitere Etage auf, wo *papá* einzog und Laura ein weiteres Kinderzimmer bekam, das sie ganz nach ihrem Geschmack gestalten durfte. An die himmelblaue Decke malte der neue Freund von *mamá*, ein recht bekannter Bildhauer und Maler, weiße, fast fotorealistische Wolken, an die Wände schwarze Umrisse von Bäumen, als wäre dort ein Wald. Dieses Zimmer lud zum Träumen ein, und daher lag Laura oft in ihrem Bett, das zwei Vorhänge besaß – einen ganz feinen wie einen Schleier gegen Mücken und einen aus dickerem roten Samtstoff mit Rosenmotivstickereien, der das Bett wie zu Zeiten des ersten richtigen spanischen Königs Philipp II. in eine dunkle Höhle verwandeln konnte. Aber selten fühlte sich Laura danach, sich von der Außenwelt abzuschotten; sie liebt schon immer das Leben und kann nicht genug davon kriegen.

Genau wie jetzt in Berlin, wo sie nach einer durchgemachten Nacht, einem ausgiebigen Brunch in ihrer WG und anschließendem Flohmarkt-Besuch im Mauerpark auf einer zufällig entdeckten Wiese liegt. Sie trägt zum ersten Mal seit ihrer Ankunft in Deutschland Hotpants, zwar mit Strumpfhosen darunter, aber immerhin, und schaut entspannt nach oben. Alles schön, befindet sie. Krähen, Elstern, Spatzen, Tauben und vereinzelt Insekten. Das Leben erwacht. Es sind vor allem die noch kahlen und in Reihe stehenden Pyramidenpappeln am Rande der Wiese, die es Laura antun. Sie werden in Deutschland gern an Sportplätzen gepflanzt, da sie schnell bis zu dreißig Meter hochwachsen, ohne wesentlich in die Breite zu gehen, also ganz nach deutscher Mentalität präzise planbar sind. Möglich ist das, da der Blattstiel einer Pappel seitlich zusammengedrückt und dadurch labil ist, was zu einer hohen Blattbewegung führt. Diese fördert die Verdunstungsrate, was wiederum die Pumpkraft erhöht und zu einer größeren Aufnahme an Nährstoffen und somit zu jenem schnellen Wachstum in die Höhe führt. Die sich nach oben verjüngende reine Gestalt ergibt auch den deutschen Namen. Im Spanischen heißt diese Pappel hingegen *álamo de Lombardía* und verweist namentlich auf ihren Ursprung in der norditalienischen Region Lombardei. Durch Napoleon fand der Baum von dort aus nach ganz Europa als Alleebaum Verbreitung, da seitliches Sonnenlicht die Wege schneller als anderswo trocknen konnte. Inzwischen ist die Pyramidenpappel aber wegen ihrer guten Eigenschaften bei der Aufforstung gerodeter Wälder nicht nur in Europa, sondern weltweit gefragt, sozusagen als echter Global Player.

All das, was Laura durch eine ihrer vielen Hausarbeiten weiß, stellt aber nicht den Grund dar, warum Laura diesen Baum liebt. Es ist allein sein sanftes Hin- und Herschwingen. Selbst ohne Blätter wiegen sich die Baumspitzen ganz zart im kleinsten Wind. Tiefe Dankbarkeit spürt Laura da, echten Frieden. Besonders an diesem milden Sonntag, an dem die Sonne zeigt, was sie auch in Deutschland kann. Worüber sie auch in der noch sehr kühlen Nacht mit ihren Freunden sprach, die nun wiederum gerade schweigen, obwohl sie auf dem Weg hierher, vor gut zehn Minuten, noch wild über die Zukunft der EU diskutierten.

Laura richtet sich auf und schaut zu ihnen hinüber. Drei ihrer hier in Berlin gewonnenen vier Freunde befinden sich nur wenige Meter entfernt im Schatten der Bäume oder wie sie im prallen Sonnenlicht. Roul, der katalanische Politologe und Call-Center-Agent, der sich selbst wegen seines Körperumfangs manchmal Barcelona Buddha nennt, sitzt im Schneidersitz auf einem abgesägten Baumstumpf und dreht für alle Zigaretten. Stefano, der dünne, sonst stets überdrehte Italiener, mit dem Laura durch das Erasmus-Austauschprogramm ein Semester in Umweltverfahrenstechnik an der TU Berlin absolviert hat, lehnt sich etwas dahinter gegen einen Zaun und bläst Seifenblasen in den Wind, als würde er tatsächlich mal zur Ruhe kommen. Clara, die gebürtige Französin, die sich ohne Studium seit zwei Jahren in Berlin erprobt, steht auf einem Bein und jongliert mit kleinen Bällen, bis sie feststellt, dass sie etwas stört.

Clara streift lachend ihren langen Batik-Rock ab und wirft ihn Laura zu, als ob sie ihn mal anprobieren sollte. Und Laura tut es, obwohl sie sonst nie Röcke oder Kleider trägt, sondern ausschließlich Hosen, am liebsten eben kurze Hotpants, denn wenn sie eins in Berlin gelernt hat, dann ist es, über den eigenen Schatten zu springen und spontan zu sein. So wie ihre brasilianische WG-Mitbewohnerin Sophia, die Fünfte im Bunde, die über die Wiese gesprungen kommt und jubelt: »Cuarenta y Tres!«

Laura lächelt, dreht sich mit dem Rock im Kreis, die Jungs klatschen, wobei es auch am Cuarenta y Tres liegen kann, denn was für andere Leute in solchen Momenten ein Jägermeister oder Sekt wäre, ist für die Freunde dieser spanische Likör, der sich aus einem über zweitausend Jahre alten Rezept entwickelt hat. Cuarenta y Tres ist einzigartig, da er aus dreiundvierzig Zutaten besteht, einer geheimen Rezeptur mit unzähligen Gewürzen. Lauras *papá* trinkt ihn pur. Als Longdrink wird er in Berliner Clubs meistens mit Milch im Verhältnis eins zu drei gemischt. Laura und ihre Freunde genießen ihn aber mit eiskaltem Maracujasaft. Sophia hat im Späti sogar einen Sack Eiswürfel bekommen, Sophia ist großartig. Sie stellt kompostierbare Pappbecher auf den Baumstamm, auf dem zuvor Roul gesessen hat, und macht die Drinks. Es ist gegen fünfzehn Uhr. Seit dem Morgen hat Laura nichts bis auf Wasser und Matetee getrunken. Von weitem hört sie schon den Soundcheck von Joe Hatchibans berühmter Freiluft-Karaoke-Party, die bereits ab diesem Sonntag mit mehreren hundert Zuschauern in die neue Saison starten soll. Darum sind sie eigentlich hier. Sie wollen es echt und live erleben, nicht nur auf YouTube.

»Salud!«

»Cin cin!«

»Saúde!«

»Santé!«

»Prost!«, sagt Roul, der in der Nacht seinen Entschluss mitteilte, nun für immer in Berlin zu bleiben, da er als Politologe in Spanien sowieso keinen Job bekäme.

Sie stoßen an, stehen im Kreis, die vorhin kurz eine schöne Traurigkeit oder einfach ein Bedürfnis nach Ruhe verspürten, sind jetzt wieder voll da und mit sich zufrieden, obwohl sie wissen, bald Abschied voneinander nehmen müssen. Oder sie bleiben alle. Oder sie besuchen sich gegenseitig. Das ist ja heutzutage kein Problem, sie sind auch nicht anders aufgewachsen, die Welt wird immer vernetzter. Aber nun sind sie noch hier. Im Jetzt. Im Frühling. Das kann ihnen keiner nehmen. Sie sind jung und in Berlin besonders frei, wenn auch zielstrebig. Es gibt viele Probleme in der Welt, doch sie sind sich gewiss, dass dies alles zu packen ist. Und sie wollen ein Teil dieser neuen Welt sein. Ohne Umweltzerstörung. Ohne Armut. Ohne Ungerechtigkeit. Ohne Krieg. Warum können die Menschen einander nicht toleranter und hilfsbereiter begegnen? Das kann schon mit kleinen Symbolen anfangen, wie zum Beispiel den Eiswürfeln, die Sophia wohl zum dritten Mal einer schwangeren, blonden Frau anbietet. Sie steht auch tatsächlich auf, kommt herüber. Doch da passiert etwas mit Laura.

Es fühlt sich an, als würde ihr jemand auf den Rücken klopfen, weil sie sich an ihrem Getränk verschluckt hat, was aber nicht zutrifft, und zusätzlich geschieht es merkwürdigerweise vorn auf der Brust. Es fängt an einem Punkt an und verzweigt sich nach außen wie das Sonnengeflecht der Nervenbahnen am Bauch, nur eben etwas darüber und zwischen ihren beiden Lungenflügeln. Es ist angenehm warm, das muss sie zugeben. Und sofort denkt sie an Zuckerwatte, die sie als Kind in großen Mengen aß, möglichst direkt aus der Maschine, warme essbare Wolken. Vielleicht lässt sich Laura darum fallen, genau so, wie sie es früher in ihr Bett mit den beiden Vorhängen tat. Es geschieht ganz automatisch, ohne allerdings zu spüren, dass ihr Körper landet. Viel eher fühlt es sich an, als würde sie gar nicht wirklich fallen, sondern in der Luft schweben, weil sich ihre Füße nach oben bewegen. Passend dazu fliegen die Vögel und Insekten nicht mehr über Laura, sondern neben ihr in Kopfhöhe, knapp unterhalb der Baumkronen der Pyramidenpappeln, welche nun voller saftiger Blätter sind, wie Laura überrascht feststellt. Sie hört im Wind ein zartes Blattrauschen, wohl das schönste Flirren, das Laura je gehört hat, lieblich wie Engelsflöten. Von hier oben hat sie eine leicht verzerrte Perspektive, da ihr Körper wie in einem Fahrstuhl immer weiter hinaufgleitet, verfolgt aber das Geschehen unter ihr nicht weniger detailliert.

Sie sieht sich selbst.

Wie Laura Maria García völlig ruhig daliegt.

Aus der Mitte ihres Oberkörpers wachsen rote Rosen.

Und nach wie vor ist sie glücklich, nur anders – nicht mehr hier, nicht mehr jetzt.

Teil II:
4.–19. März

Kapitel 4

»Sie liegt genauso, wie …«, deutet Michael Wandt an und geht mit laut knackenden Kniegelenken in die Hocke.

»Wie sie hinfiel«, bestätigt Sven Tennat, der aus ihrem Team zuerst eintraf. »Niemand hat sie bisher angerührt. Außer die Sanitäter, die den Tod feststellten, sowie ihre Freunde, die anfangs an ihr rüttelten, aber ebenso bereits feststellen konnten, dass …«

»Bei dem Blutverlust, kein Wunder. Durchschuss?«

»Die Kollegen der KT haben sie kurz angehoben, die Kugel steckt noch im Brustkorb, ist nicht ausgetreten.«

»Und ihre Freunde sitzen entspannt am Zaun bei Udo Melzig?«

»Sie sitzen, ja, aber entspannt? Sie stehen wohl eher unter Schock, wie ich finde. Sobald du das Okay gibst, werden sie ins LKA gefahren und einzeln befragt. Die Psychologen sind verständigt.«

»Keiner ist also vorhin weggerannt«, wundert sich Wandt und steht mit erneut knackenden Knien wieder auf. »Nach einem Schuss aus heiterem Himmel und wenn jemand neben einem tot umfällt.« Er kratzt sich am Kopf. »Rennt man da nicht weg? Bringt man sich nicht in Sicherheit?«

Sven Tennat nickt zustimmend. »Diese Frage habe ich mir auch gestellt. Aber ich denke nicht …«

Wandt sieht erneut zu den zwei Männern und zwei Frauen hinüber, die auf den ersten Blick wie tausend andere junge Menschen in Berlin aussehen. Vermutlich harmlose Studenten oder Party People. Das eine Mädchen mit dem Glitzer und der verlaufenen Schminke im Gesicht hat nur eine Strumpfhose an, die anderen drei tragen Hosen, sehen aber ebenfalls recht durchnächtigt oder durch die Ereignisse einfach fertig aus. Dann überfliegt Michael Wandt mit den Augen die Umgebung.

Eigentlich gute Voraussetzungen fürs LKA, denkt er. Das Gelände ist von allen Seiten umzäunt und einigermaßen blickdicht durch viel Buschwerk, auch wenn noch keine Blätter sprießen, so dass nur Hausbewohner von der Gaudystraße ab der zweiten Etage aus den Fenstern oder von ihren Balkonen zusehen können. Was einige auch wie von einer Tribüne aus tun. Bei strahlendem Sonnenschein. Am Sonntag, den vierten März. Bei sommerlichen Temperaturen, da der Winter sich bereits Ende Februar verabschiedet hat und es seitdem jeden Tag kontinuierlich wärmer wird, fast zu warm und trocken, so dass bei Inforadio gemeldet wurde, dass sich bereits Landwirte wegen der geringen Niederschläge Sorgen machen.

Doch es gibt wohl Schlimmeres. In diesem gutgenährten Land. Auf dem Gelände des Friedrich-Ludwig-Jahn-Sportparks, das der Ostberliner Magistrat 1952 zum hundertjährigen Todestag von Turnvater Jahn derart taufte. Wo einst ein Exerzierplatz der Preußischen Armee ansässig war, wie auch auf dem Tempelhofer Feld oder in der Hasenheide, als ob es in Berlin nur noch dort Freiflächen gäbe, wo einst der Krieg geprobt wurde. Jedenfalls hieß der Platz im Volksmund daher mal Exer. Oder auch Platz zur Einsamen Pappel, wegen einer freistehenden Schwarzpappel, unter der während der Märzrevolution 1848 eine der ersten Volksversammlungen der Berliner Arbeiter stattfand. Und bereits im neunzehnten Jahrhundert war das Gelände von Häusern umrandet, da Berlin als Boomtown enorm wuchs und immer neues Bauland benötigte. Eigentlich wie jetzt.

So wie das Mädchen daliegt, kann es in der Tat vom Winkel

her von dem Wohnblock in der Gaudystraße aus erschossen worden sein. Die Kriminaltechnik, die kurz ihre Arbeit unterbrochen hat und erwartungsvoll Michael Wandt ansieht, wird dies bald klären.

»Und es war kein Schuss zu hören?«

»Nein«, bestätigt Tennat. »Weder die jungen Leute hier haben einen gehört noch Tracy.«

»Du hast also noch Kontakt zu ihr?«, fragt Michael Wandt mit gehobenen Augenbrauen. Er hat Tracy Kraft noch von den Ermittlungen vor ungefähr drei Jahren im Gedächtnis. »Du hast Tracy gesagt, nicht Tracy Kraft oder Frau Kraft. Folglich nehme ich an, dass …«

»Richtig erkannt«, gibt Sven Tennat zu. »Wir haben noch Kontakt.«

»Regelmäßig?«, will Wandt mit gewissem Unterton wissen.

»Ja«, bestätigt Tennat und hebt gleichzeitig seine rechte Hand, als müsste er Einspruch einlegen. »Allerdings rief sie mich zum ersten Mal an.«

»Was heißt das genau? Wie macht ihr das?«, wundert sich Michael Wandt, bis es ihm klar scheint und er nickt. »Ah, ihr beide schreibt euch auf dem Handy Kurznachrichten, wenn ihr euch sehen wollt?«

»So ähnlich«, antwortet Tennat. »Aber wir sehen uns nicht.«

Wandt hebt die Augenbrauen und zuckt schließlich wegen der minimalistischen Aussage, die er in Bezug auf Tennats Privatleben nicht zum ersten Mal hört, die Schultern. »Jedenfalls sagtest du am Telefon etwas von einem Bild?«

»Ich habe es direkt nach ihrem Anruf erhalten«, bestätigt Tennat und zeigt ein Foto auf seinem Smartphone. »Ich denke, Frau Kraft hat es aus dem Krankenwagen geschickt.«

»Jetzt sagst du aber Frau Kraft«, fällt Wandt auf, worauf nun Kollege Tennat mit den Schultern zuckt. »Jedenfalls hat die Frau Nerven.«

Tennat nickt eifrig und vergrößert den Bildausschnitt des Fotos, wo es eine Markierung am betreffenden Dachfenster gibt.

»Also da«, befindet Wandt mit ausgestrecktem Zeigefinger und zusammengekniffenen Augen. »Da sind aber Bäume dazwischen. Zumindest von hier, wo das Mädchen …« Er läuft rückwärts. »Wo befand sich Frau Kraft?«

Tennat zeigt auf eine Bank am Ende der Wiese, direkt vor den angrenzenden Tennisplätzen, wo der Betrieb eingestellt wurde, und folgt seinem Chef.

»Vielleicht ein Querschläger oder durch das Geäst der Bäume hindurch«, gibt Tennat zu Bedenken. »Oder, wenn der Wind stärker ist und die Bäume sich bewegen, kann man auch …«

»Kann wie immer zunächst alles sein«, findet Wandt und schüttelt den Kopf. »Stehen bereits Kollegen vor den betreffenden Hauseingängen und lassen sich personenbezogene Daten geben, falls jemand ein- und ausgeht?«

»Haben wir sofort veranlasst. Wir könnten auch jetzt rüber, die dortigen Verhältnisse selbst in Augenschein nehmen. Und vielleicht kurz aufs Dach, bevor wir uns mit den jungen Leuten hier beschäftigen.«

»Platte«, konkretisiert Udo Melzig, der hinzukommt. »Leider ohne Fahrstuhl, tippe ich mal. Der Hausmeister ist bereits verständigt, da der Dachboden oben abgeschlossen ist. Seine Nummer steht im Hausflur, gaben die Kollegen durch. Müsste bald auftauchen.«

»Sehr gut«, lobt Wandt. »Muss ja immer weniger sagen. Da kann ich Ende des Jahres wirklich in Ruhe abtreten.«

Melzig und Tennat äußern diesbezüglich nichts. Niemand tut es in letzter Zeit.

Fünf Minuten später stehen die drei vor der verschlossenen Tür zum Dachboden im Haus Gaudystraße siebzehn a. Wandt schnauft. Der Hausmeister lässt auf sich warten, steckt im Stau nach einem Spiel von FC Union, die ihr Stadion, die Alte Försterei, in Köpenick haben, also südöstlich von ihnen und nicht direkt hier wie der BFC Dynamo. Sven Tennat geht eine Treppe hinunter in den fünften Stock, um wegen eines Schlüssels bei Anwohnern zu klingeln. Auf dem nächstgelegenen Schild steht der Name Langhahn. Eine Frau um die siebzig macht auf. Schmunzelnd setzt sie eine Lesebrille auf und betrachtet den Dienstausweis.

»Oben hängt Wäsche von mir, muss ich sowieso abhängen«, sagt Frau Langhahn, als sie für ihr Alter recht behände die Treppenstufen zum Dach erklimmt.

Die Polizisten signalisieren Frau Langhahn mit einer eindeutigen Handbewegung, dass sie die Feuerschutztür nicht selbst aufschließen darf. Udo Melzig bittet um den Schlüssel, Sven Tennat weist Frau Langhahn den Weg die Treppen hinunter.

»Warum das?«, fragt Frau Langhahn.

»Haben Sie nichts mitbekommen?«, fragt Melzig.

»Was?«

Es scheint unklar, ob sie schwer hört, obwohl sie zuvor nicht den Eindruck gemacht hat. Wandt nickt Melzig zu, damit er Frau Langhahn die näheren Umstände in ihrer Wohnung erklärt. Sven Tennat zieht seine Dienstwaffe aus dem Halfter.

Als sie zu zweit sind, schließen sie die Tür auf und treten ein. In der Tat hängt Wäsche auf Leinen, sonst befindet sich wenig auf diesem sehr ordentlichen Dachboden. Ein paar leere Bilderrahmen, ein Schreibtisch, ein Stuhl, ein Hocker, sonst nichts auf den ersten Blick. Tennat steckt seine Waffe wieder zurück. Wandt macht einen kleinen Bogen um die betreffenden Fenster und geht zum anderen Ende des Dachbodens. Tennat folgt bis zur nächsten Brandschutztür, die sich von innen ohne Schlüssel öffnen lässt. Sie führt zum Hausflur der Hausnummer siebzehn. Schnell wird ihnen klar, dass die Möglichkeit besteht, von jedem der fünf Aufgänge des Häuserblocks über den Dachboden zu gehen, wenn der Schlüssel für den Dachboden bei jeder Brandschutztür passt. Das ergibt bei fünf Häusern mit sechs Stockwerken und jeweils drei

Türen pro Etage insgesamt neunzig Mietparteien, die es zu befragen gilt.

Es ist siebzehn Uhr, als sie in der Siebzehn a anfangen. Die Hausnummern siebzehn, sechzehn, sechzehn a und sechzehn b schaffen sie erst in den nächsten Tagen.

Kapitel 5

Endlich ist hier etwas los – im positiven Sinne für Meta. Renne darum zwischen Süden und Norden, zwischen den Fenstern meines Wohn- und Schlafzimmers hin und her. Zuerst stand ich aber nur in Richtung Park und studierte den Ablauf dieser bezaubernden Choreographie, wie all die Individuen individuell reagierten. Eins der beiden übrig gebliebenen Mädchen blieb angewurzelt stehen, fasste sich an den Kopf und ging in die Knie. Die zweite drehte sich im Kreis, schaute verwirrt in Richtung Bäume und hob die Arme, als würde sie jemand zu verstehen geben wollen, sie und ihr Freunde seien vollkommen harmlos. Die Männer hingegen rannten weg, der Dünne zu den Gebüschen, machte sich klein wie ein Embryo, hielt sich die Hände über den Kopf, als könnte er sich dadurch schützen; der Beleibte zu einer Frau mit ebenfalls dickem Bauch, fuchtelte mit seinen Händen vor ihrer Nase herum, bis sie zum Telefon griff.

Fünf Minuten später, als ich Fernglas und Digitalkamera zur Hand genommen hatte, erschienen drei Polizeiwagen und zwei Krankenwagen aus verschiedenen Richtungen. Die schwangere Frau, die wohl die Einsatzkräfte gerufen und sich danach selbst an den Wanst gefasst hatte, wurde weggefahren. Streifenpolizisten evakuierten den kleinen Spielplatz, der zwischen Wiese und Gaudystraße liegt. Eltern mit Kindern hatten zwar bereits das Weite gesucht, doch nun befanden sich dafür Schaulustige dort, die auf das Klettergerüst gestiegen waren, um wie ich vom Fenster aus Fotos zu machen. Ein Kulturangebot allerfeinster Güte, ausnahmsweise fühlte und fühle ich mich mit dieser Welt verbunden.

Was mich persönlich dabei am meisten interessiert, sind natürlich die Leute von der Kripo. Schon immer mag ich Polizisten, genau wie Leute vom Militär, also Uniformen generell, eben eine gewisse autoritäre Ausstrahlung, doch die von der Kripo sind, obwohl stets in Zivil, die Allerbesten, da sie stets ernst, ja leicht verbissen sind, vor allem wenn sie Schutzanzüge überziehen, was sie aber nicht alle tun. Und ich kenne mich wirklich aus, da ich mein Leben lang schon »Polizeiruf« und »Tatort« gucke, wohl nie eine Folge verpasst habe, sondern eher einige drei- oder viermal sah, ich weiß also um die Fehler von Krimis und wie es stattdessen wirklich am Tatort vor sich geht. Also einige Kommissare blieben wie in der Flimmerkiste in Zivil, als sie an die Leiche herantraten. Ich vermute, es lag daran, dass bald klar war, dass die Frau aus größerer Entfernung erschossen worden ist, sich also vom Täter keine Spur am Ort des Geschehens finden lässt. Was die Schlussfolgerung ergibt, dass der Radius rund um das Geschehen, die Tat, ausgedehnt werden muss zu dem Ort, wo der Schütze stand und schoss. Darum laufe ich eben ab und zu gen Norden zum Schlafzimmer, von wo aus ich sämtliche Hauseingänge meines Plattenbaus sehen kann. Denn wenn auch alle Altbauten ihre Eingänge zur Gaudystraße haben, so sind die der Platte nach hinten gelegen und nur durch eine kleine Unterführung zwischen dem Haus sechzehn b und siebzehn erreichbar. Warum das einst derart projektiert wurde, ist allen hier ein Rätsel, und aus irgendeinem Grund denken nun die Kommissare, der Schuss kam aus der Siebzehn a. Ich persönlich denke mal auch wegen den Bäumen von weiter oben. Und mit Schalldämpfer, da ich keinen Schuss gehört habe, und mit Zielfernrohr, denn es müssen vom Haus aus mindestens vierzig Meter gewesen sein. Vielleicht von einem Balkon aus oder vom Dach. Doch warum aus der Siebzehn a? Von dort aus gesehen, stehen die Pyramidenpappeln in Richtung des umgefallenen Mädchens sehr dicht. Ich hingegen sehe das Opfer, das nun abtransportiert wird, blendend, da es eine kleine Lücke bei den Pyramidenpappeln gibt. Wie für mich gemacht. Und alles Weitere werde ich mittels Radio, der »Abendschau« auf rbb oder der Tagespresse erfahren. Oder durch Nachbarn, wenn ich mit jemand sprechen will. Vielleicht springe ich mal über meinen Schatten. Wenn nicht jetzt, wann dann?

Zum Glück ist Franz Fasel nicht da. Also er heißt nicht wirklich so, und man sieht an ihm, dass ich nicht immer allein in meiner Schuhschachtel hause. Doch Franz Fasel heißt nicht ohne Grund Franz Fasel. Er würde mich auffordern, mein Gesehenes den Beamten mitzuteilen, oder er würde selbst losrennen, um sich den Leuten bei der Arbeit aufzudrängen.

Ja, Franz Fasel ist in mancherlei Dingen ganz anders als ich, aber sonst pflegeleicht. Wäscht sich in meiner Badewanne, aber nur bei dreißig Grad, weil Warmwasser macht sich unangenehm bei den Betriebskosten bemerkbar, und auch nur im Sitzen, denn wenn man ohne Duschvorhang duscht, wird alles nur unnötig vollgespritzt.

Momentan befindet sich Franz Fasel auf einem Meditationsseminar und leckt behaarte Esoterik-Muschis. Das Bild hat sich in meinen Kopf eingebrannt, wenn ich an diesen naiven Jungen, der so sehr das Gute sucht und sich doch mit dem Bösen seine Freizeit teilt, denken muss. Zehn Tage soll dieses Seminar dauern, und nach seinen Angaben schweigt man da, redet nicht, und Frauen und Männer sind getrennt. Wer das glaubt, sei von mir seliggesprochen. Das mit dem Schweigen kann aber stimmen, stand zumindest auf deren Homepage, als ich mal selbst nach dieser Vipassana-Geschichte recherchierte. Funktioniert schließlich auf Spendenbasis und man bekommt das Essen umsonst, könnte also mal wirklich zehn Tage sparen, kostenlos Urlaub machen, wenn man Hin- und Rückreise nicht einberechnet, am Schluss nichts spendet und dies als Urlaub auffasst.

Doch Mösen schleckt Franz Fasel bestimmt. Alle Männer tun das. Sie denken an nichts anderes außer an Mösen, Ärsche und Titten, meint auch meine Mutter, und die muss es schließlich wissen, hurt ihr Leben lang herum, ist ein Profi, kann es nicht sein lassen, muss den Schwänzen immer und überall ihr Geschlecht entgegenstrecken, als wäre sie eine an dreihundertfünfundsechzig Tagen im Jahr läufige Hündin. Sie verhökert dadurch mein Erbe, da sie ständig über kosmetische Eingriffe nachdenkt. Doch was soll's, heute ist alles anders. Es sei denn, sie klingeln bei mir. Auch wenn ich auf Polizisten stehe. Schließlich bin ich nicht geschminkt und meine Wohnung ist noch weniger auf Besuch getrimmt. Außer für Franz Fasel, so lange ich ihn noch nervlich aushalte, obwohl er so pflegeleicht ist und jeden Blödsinn mitmacht, den ich mir einfallen lasse. Schläft sogar nachts neben meinem Bett auf dem Fußboden. Und neben mir auf der Couch beim Fernsehen ist er mucksmäuschenstill, wenn ich es befehle. Er rührt sich nicht einen Zentimeter, wie ein Stofftier. Es sei denn, ich gebe ihm zu verstehen, dass man nun lachen oder sich aufregen darf. Und ein richtiges Laster hat er auch nicht, wenn man vom Rauchen absieht, das er aber nur drei- oder viermal am Tag tut, stets auf dem Dachboden direkt über meiner Wohnung, von wo ich nun äußerst viele Fußschritte vernehme.

Doch andere Menschen in meine Wohnung lassen? Wo sollen sie hin? Bei meiner 44-m²-Schuhschachtel ist jeder Zentimeter genau durchdacht, weil ich so viel Zeug habe, primär Kleidung, die ich zwar kaum noch trage, aber auch nicht wegschmeißen kann. Hinzu kommen Kosmetika, CDs und anderes Zeug. Niemand soll das sehen. Dafür schäme ich mich. Meine zumindest, das tun zu müssen, auch wenn ich mir nicht vorstellen kann, anders zu wohnen. Wie die anderen. Funktional und minimalistisch, so dass man zwar alles hat, aber auch zu zehnt im Wohnzimmer tanzen kann. Geht nicht. Nicht bei mir. Jedenfalls kann man nicht tanzen und sich nur an spezielle Orte setzen. Zum Beispiel aufs

Sofa, wo ich auch esse, meist vor laufendem Fernseher. Ich esse aber nicht viel. Macht nur dick und kostet Geld. Doch auf diesem Sofa soll niemand sitzen, außer meiner Wenigkeit. Und manchmal der Muschi-Lecker, falls ich ihn nach seinem Seminar überhaupt noch hier rein- und an mich ranlasse. Denn gerade bin ich für meine Verhältnisse wunschlos glücklich. Oder sagen wir, ich denke nicht über neue Krankheiten nach, die mich befallen könnten. Alle paar Minuten mache ich dafür Fotos von meinem Fenster aus, vergesse sogar das Radio einzuschalten, da ich keinerlei Ablenkung benötige. Und als sich nicht mehr viel dokumentieren lässt, mache ich die Flimmerkiste an, betrachte ohne Ton in die Luft gesprengte Körper aus aller Welt. Was ich nun mit ganz anderen Bildern verknüpfen kann. Meinen. Die mir recht geben. Denn das Leben kennt nur ein Ziel.

Kapitel 6

Der Häuserblock wurde laut dem Hausmeister vor einigen Jahren komplett saniert, während einige Mieter, die nicht wegziehen wollten, weiterhin darin wohnten. Man isolierte Außenwände nach neuen Energievorschriften, tauschte Rohrleitungen und Kabelstränge aus, brachte Bäder und Küchen auf den aktuellen Standard, setzte den gesamten Dachstuhl neu auf. Neben Gebälk und Ziegeln wurde auch der Holzboden des Dachs erneuert, so dass ein recht großer und noch immer äußerst sauberer Stauraum entstanden ist. Der Hausmeister ist froh, dass die Mieter diesen nicht allzu sehr als Ort zur Entrümpelung nutzen, was bei anderen Objekten, die er ebenfalls zu betreuen hat, ein riesiges Problem darstellt. Ein paar Sachen stehen schon herum, aber sie sind mit Namen beschriftet, und falls nicht, so kommt zumindest nicht mehr hinzu, wenn er seinen wöchentlichen Rundgang macht.

Der Stuhl und der kleine Hocker, die nahe des einen Fensters stehen, werden nun ebenso wie der Boden gründlich von der Kriminaltechnik untersucht, müssen sogar später mitgenommen werden. Der Grund: Das Dachfenster ist hoch gelegen, so dass der Schütze entweder sehr groß sein oder Stuhl oder Hocker als Erhöhung benutzt haben muss. Es werden auch überall Faserspuren sowie Fingerabdrücke gefunden, sowohl am Fenster als auch an der Tür und eben an den herumstehenden Möbeln. Die Auswertung wird folglich einige Tage in Anspruch nehmen, aber dann könnte sich eine Spur ergeben, vielleicht sogar eine, die belegt, ob der Schütze aus der Siebzehn a oder einem der anderen Treppenhäuser kam.

Falls die Befragungen nicht zu einem schnelleren Ergebnis führen. Sven Tennat fängt im Erdgeschoss an, das als erste Etage gilt, weil man eine halbe Treppe hochsteigen muss. Er trifft allerdings niemand an und geht gleich höher. Eine der Türen steht weit offen. An den drei Klingelschildern stehen die Namen Tetzlaff, Schwartzkopff, Remgau-Lesing.

Drei ältere Damen kommen aus der Wohnung mit der offenen Tür, haben den Kommissar schon erwartet. Frau Schwartzkopff bittet ihn herein und fragt, ob der Herr Kaffee, Tee oder auch ein Stück Torte haben möchte. Tennat lehnt dankend ab, setzt sich aber kurz an den reich gedeckten Tisch im Wohnzimmer. An den Wänden hängen Drucke des Malers Spitzweg, eine kleine Deutschlandfahne mit dem Aufdruck WM 2014 sowie ein Kalender mit DDR-Nutzfahrzeugen. Der Fußboden ist mit dickem Teppich ausgelegt, die Kissen auf dem Sofa besitzen in der Mitte einen Knick, beim Telefon liegen eine Bild-Zeitung sowie eine Broschüre der AfD von den letzten Senatswahlen. Tennat erläutert die näheren Umstände seines Besuchs, die sie schon teils durch den Kollegen vor der Tür kennen. Sogleich erklärt Frau Schwartzkopff, dass sie alle drei im zweiten Stock wohnen und allesamt keinen Schuss gehört haben zur Tatzeit. Ebenso wenig wie eine zufallende Tür in ihrem Haus oder derlei. Sie bekamen erst mit, dass etwas geschehen sein musste, als viele fremde Leute – also die Beamten, wie sie ja nun wissen – die Treppen hinauf- und hinunterrannten.

Tennat überlegt, ob er die drei Damen lieber einzeln in ihren Wohnungen befragen soll, da Frau Schwartzkopff (graue Dauerwelle mit leichtem Lilastich) nicht nur die Gastgeberin in dieser Dreizimmerwohnung, sondern auch die Wortführerin der zweiten Etage ist. Tetzlaff (ebenfalls graue Dauerwelle, jedoch ohne Lilastich, Zweizimmerwohnung gegenüber) und Remgau-Lesing (braune dichte Kurzhaarfrisur, eventuell Perücke, Einzimmerwohnung nebenan in der Mitte der Etage) bestätigen das Gesagte mit Kopfnicken oder ergänzen minimale Details, wenn sie nicht gerade in ein Stück Torte beißen oder am Kaffee nippen.

Tennat entscheidet sich, weiter zuzuhören, obwohl es anstrengend wird. Er befindet sich also in einem sehr anständigen Haus, wo man sich kennt, oder zumindest früher kannte, besonders gut natürlich die älteren Herrschaften und vor der Wende. Tennat, der bereits anfangs selbst ein »Herr« genannt worden ist, stutzt kurz bei dem Begriff »Herrschaften«, der nach einer anderen Zeit oder Grunewald klingt, zumal Tetzlaff und Remgau-Lesing verwitwet sind und nur noch Frau Schwartzkopff einen Ehemann besitzt, der allerdings gerade auf ihrer Datsche verweilt, wie so oft bei gutem Wetter.

Verständlich, denkt Tennat, auch wenn er den Mann noch nicht kennt, denn langsam merkt er nicht nur an der Broschüre der AfD, woher der Wind weht. Der Ton verschärft sich bei Frau Schwartzkopff, wird geradezu schrill, ihre Nachbarinnen nicken einträchtig. Die Neuen, die hinzukommen, ja, die Neuen, da weiß man nicht so recht. Einige sind nett und höflich, aber so richtig hat man mit denen nichts zu tun, früher war halt alles besser. Und es gibt inzwischen Ausländer hier, und nach ihrer Meinung ist da auch der Täter zu suchen, also wahrscheinlich nicht direkt bei ihnen im Haus, aber da gibt es doch diese islamistischen Terroristen, die nun mit all diesen Flüchtlingen aus Syrien, Afghanistan und Afrika kommen und alle gleich aussehen. Man denke nur an das Weihnachtsmarkt-Attentat an der Gedächtniskirche oder die Vorfälle, die danach geschahen. Und wer war das? Woher kamen diese Leute? Das ist doch eine ganz andere Kultur, was wollen die hier? Man traut sich doch dadurch nicht mehr auf die Straße oder U-Bahn zu fahren. Und wenn die Beamten schon mal da wären, diese Leute, die bei ihnen mittags täglich klingeln würden, um Werbung in die Briefkästen zu werfen, sähen auch sehr verdächtig aus, wie Zigeuner.

Sven Tennat nickt, allerdings eher in sich hinein, während er in sein Notizbuch starrt, wo er bisher nur stehen hat, dass im Ersten niemand anzutreffen war (laut Frau Schwartzkopff eine Dame im Krankenhaus, ein Herr verreist, ein anderer arbeitet stets sonntags), dann die Namen der Damen im zweiten Stock, dazu den Vermerk »nichts bemerkt« und direkt daneben, allerdings nur in Gedanken, ein kleines Hakenkreuz bei Frau Schwartzkopff. Er überlegt, ob er sich für die Auskünfte bedanken soll. Es ist aber einer der Momente, wo selbst er diese Floskel nicht über die Lippen bringt. Ein Mädchen wurde erschossen und die Damen haben nichts Besseres zu tun, als sich Torte in den Mund zu stopfen und ihre Ressentiments kundzutun. Jedenfalls Frau Schwartzkopff, die die anderen beiden dominiert. So entsteht Meinung. Einer kreischt, die anderen nicken, weil sie in ihrem Umfeld nichts falsch machen möchten.

Der Kommissar steht auf, lässt das mit dem Danke aus und bittet »die Herrschaften«, wegen dieser Gefahren, die die Damen ansprachen, unbedingt die Türen dauerhaft geschlossen zu halten, auch wenn sich *deutsche* Beamte im Hause befänden. Man dürfe nur aufmachen, wenn bei ihnen geklingelt werden würde. Also unbedingt in der Wohnung bleiben! Am besten allein. Und das in den nächsten zwei, drei Wochen. Sicher ist sicher. Und den Beamten keine unnötigen Fragen stellen, bis man wieder auf sie zukommen würde.

Als die Damen Tetzlaff und Remgau-Lesing leicht irritiert in ihre jeweiligen Wohnungen marschieren, beschließt Sven Tennat, bei den anderen Häusern dieses Blocks nicht auf der ersten Etage anzufangen, sondern von oben, falls er die Wahl hat. Vielleicht wohnen da die Neuen.

Die Namen im dritten Stockwerk sind Klimke, Bach/Mehltau und Kraanke. Klimke und Bach/Mehltau sind aber nicht anzutreffen, dafür macht Herr Kraanke auf, ein blasser Mann, der sich nicht gegen seinen Namen wehrt. Er schnauft bei jeder Bewegung, seine Lunge pfeift. Kraanke setzt sich in sein Wohnzimmer, schaltet den Fernseher aus, wo gerade ein alter tschechischer Märchenfilm läuft, und wirkt sichtlich mitgenommen, als Tennat sein Anliegen darlegt. Kraanke schaut immer wieder zum Balkon oder auf einen vollen Aschenbecher, bis er sich äußern kann. Er entschuldigt sich zunächst für die Laute, die seine COPD-Lunge von sich gibt. Er ist Frühinvalide, war früher Kranfahrer, hat selbst solche Platten gebaut, über zwanzig Jahre lang, eine gute Zeit, zog eben auch in eine ein, in ein »kleines Plättchen«, wie er es nennt, bekam nach der Wende eine Umschulung, arbeitete dann fünfzehn Jahre als Wachmann im Krankenhaus in Buch, nachts, in der Pförtnerloge. Eigentlich saß er schon immer viel, sowohl als Kranfahrer als auch als Wachmann, und rauchte eben. Vor kurzem wurden mehrere verstopfte Venen in beiden Beinen gezogen, allerdings nicht in Buch, was er auch nicht gewollt hätte, und trotz zweier Bypässe am Herzen kann er das Qualmen nicht lassen. Zumindest trinkt er kein Tröpfchen. So viel zu ihm, und weil der Kommissar das wissen sollte, um ihn besser einschätzen zu können. Also die Treppen bis zum Dach hochsteigen: Fehlanzeige. Selbst seine dritte Etage gleicht, wenn er vom Einkaufen oder dem Briefkasten kommt, der Besteigung des Mount Everests.

Nebenan wohnt ein Studentenpärchen, die sind fitter. Bach und Mehltau sind jedoch am Wochenende manchmal weg, wie an diesem, denn Kraanke sah sie mit Rucksäcken und Isomatten am Bahnhof Schönhauser Allee, als er zur Physiotherapie musste, vielleicht ein Festival, obwohl noch nicht Sommer ist, oder Couchsurfing, man soll es ihnen gönnen, und dadurch ist es auch für ihn noch ruhiger, als es sowieso schon ist.

Die andere Wohnung gehört Leuten, die nur selten da sind, wird vermutlich auch als eine Ferien- oder Zweitwohnung genutzt. Klimkes sind stets gutgekleidet, ebenso sorgsam nett, falls man sie mal sieht, und vermutlich verheiratet, da nur ein Name an der Tür steht. Wenn sie hier sind, bekommt Kraanke es oftmals nur mit, weil die Jalousien an ihren Fenstern hochgezogen sind, sonst sind diese immer unten. Er hört dann aber keinen Mucks, Klimkes sind sehr leise, ganz im Gegensatz zum Studentenpärchen, dabei achten sie schon wegen der dünnen Wände darauf, die Musik nie zu laut aufzudrehen, und machen nur selten Party bei sich, nur zum Geburtstag und an Silvester. Aber sonst … Er lebt sein Leben, die anderen leben ihres. Und am heutigen Tag bekam er rein gar nichts mit. Er hat lang geschlafen, dann Wechselduschen für seine Beine gemacht und anschließend ferngesehen. Erst als der Kommissar an seiner Tür klingelte, hat er von dem furchtbaren Ereignis erfahren. Das ihn sichtlich trifft, denn Kraanke schüttelt nach wie vor wiederholt den Kopf, wenn er in Richtung Balkon schaut. Und zuvor hat er gedacht, dass die Schritte auf dem Hausflur von einem Umzug kommen. Menschen kommen und gehen. Wie das Mädchen da draußen. Furchtbar. Und wie auch er in absehbarer Zeit. Aber dies wäre von ihm selbst produziert, selbstgewählt und dadurch was anderes, eben ein Suizid auf Raten und nicht wichtig fürs LKA.

Kraankes Lächeln bei jenen Worten, die er erst an der Tür hüstelt, wirkt dabei ungewöhnlich sanft, fast weise. Sven Tennat bedankt sich, erklimmt die nächste Treppe, liest die Namen Kim, Altai, Novak und riecht bereits auf dem Flur den Duft asiatischer Speisen.

Frau Kim öffnet die Tür, sieht den Dienstausweis und bittet Tennat herein. Herr Kim steht in der Küche am Herd, neben ihm ein ungefähr zehnjähriges Mädchen mit langen schwarzen Zöpfen. Es kommt direkt auf Tennat zugelaufen und fragt, ob er koreanisches Kimchi mag. Er nickt, ohne sich vorab verbal vorgestellt zu haben, und bekommt einen kleinen Teller sowie Essstäbchen vom Vater gereicht, mit der Entschuldigung, dass die anderen Speisen noch nicht fertig seien, aber das Kimchi, das müsse er unbedingt probieren.

Wegen des Mädchens geht Tennat mit Frau Kim, die dieses

Vorgehen im Vorfeld mit ihrem Mann abgesprochen hat, auf den Balkon. Sie selbst hat jedoch ebenfalls nichts mitbekommen, bis ihre Tochter die Polizei- und Krankenwagen auf der Gaudystraße und im Park entdeckte. Ihr Mann, der vor einer halben Stunde von der Arbeit nach Hause gekommen ist und von den Polizisten vor der Tür wusste, dass noch ein Kollege bei ihnen klingeln würde, erklärte ihr dann das Geschehen unter vier Augen. Dafür, dass sie nichts Dienliches wissen würde, entschuldigt sich Frau Kim mehrmals sehr höflich und hofft, dass der Täter bald gefasst wird. Frau Kim sagt das, während ihr Blick sorgenvoll ins Wohnzimmer geht, wo ihre Tochter den Tisch deckt. Tennat weiß nicht, was Herr und Frau Kim ihrer Tochter gesagt haben, und er weiß auch nicht, was er erzählen würde, falls er Kinder hätte … Er denkt kurz an Tracy Kraft, isst das köstliche Kimchi auf, bedankt sich bei den Kims und verspricht, sie auf dem Laufenden zu halten.

Dann klingelt er bei Altai und Novak. Doch beide Mieter, über die er von den Kims bereits weiß, dass sie jeweils in den Dreißigern und viel unterwegs sind, machen nicht auf. Also geht Tennat in die Vierte und fragt sich, was eigentlich sein Kollege Udo Melzig macht, der im sechsten Stock angefangen hat und ihm längst hätte entgegenkommen müssen.

Kapitel 7

Udo Melzig sitzt noch immer an einem mit Vollkornbrot, frischem Obst und verschiedenen vegetarischen Aufstrichen gedeckten Tisch. Dies gefällt ihm, passt ausgezeichnet zum Ernährungsstil, den er gerade durch Silke pflegt. Da kann er nicht nein sagen, obwohl sie ja gewisse Vorschriften seitens der Behörde haben, was das Annehmen von Speisen und Getränken betrifft. Aber er braucht Energie, vor allem seitdem er keine Energydrinks mehr konsumiert. Eben für Silke, die Zucker meidet und ständig zu Konzerten, ins Kino oder manchmal sogar auf Ausstellungen will, woran er früher niemals einen Gedanken verschwendet hätte – bis auf Kino, jedoch andere Filme.

Ja, das hätte er wirklich nicht gedacht, dass er das alles mitmacht. Freiwillig. Und sogar ganz gern. Neben der Arbeit. Seit knapp drei Jahren. Eine wirklich lange Zeit. Es scheint wirklich etwas Ernstes zwischen ihnen zu sein. Obwohl sie auf der Arbeit professionellen Abstand wahren, also niemand etwas merken lassen. Und nun, am Tisch bei Eva Langhahn, fragt sich Udo Melzig, ob auch Silke mal so wie seine Gastgeberin sein würde, also nicht vom Aussehen, aber vom Verhalten und dieser Lebensenergie. Es ist ein schöner Gedanke, der sich ihm das erste Mal aufdrängt: zu zweit alt werden und innerlich nicht abbauen. Und dabei hat er es eigentlich nicht so mit alten Leuten.

Aber bei Eva Langhahn ist das anders. Allein schon wie sie wohnt. Es ist zwar nicht gerade sein Stil, aber Melzig gefällt es, weil es positiv ist und er sonst oftmals viel Elend sieht. Das Wohnzimmer ist voll mit Pflanzen, die sich an den Wänden entlangschlängeln, was dem Ganzen einen Hauch von Dschungel verleiht. Passend dazu sitzt er in einem Rattanstuhl an einem Rattantisch mit Glasplatte. Einen Fernseher gibt es nicht, aber ein Radio, auf dem anfangs Jazzradio läuft, bis Eva Langhahn es ausschaltet. Im Bücherregal stehen Reiseführer, was die Vermutung zulässt, dass Langhahn in ihrem Leben viel verreist ist. Auf einer kleinen Weltkarte, die von einer üppigen Efeutute fast verdeckt wird, entdeckt Melzig kleine Stecknadeln auf jedem Kontinent, die darauf hindeuten, dass Langhahn bereits dort gewesen ist. Schließlich hat sie für das Goethe-Institut gearbeitet, wie es jetzt auch ihre Tochter tut, bemerkt Langhahn, als Melzig wieder mal zur Weltkarte schaut. Ja, Eva Langhahn ist wahrlich aufgeschlossen und eine gute Beobachterin. Besonders mit den Jungen und Neuen, die im Laufe der Zeit ein- und teils wieder bald ausziehen, tauscht sie sich gern aus. Schließlich sind einige hilfsbereit, tragen einem die Taschen hoch, ohne dass man sie darum bittet, erzählen dabei das eine oder andere. Und wenn das Stichwort Reisen fällt, fallen zwischen den Generationen die Schranken. »Man muss den Leuten halt immer nur Stichworte geben und sie reden lassen«, betont Eva Langhahn, »darin liegt die Kunst. Und sich selbst nicht aufdrängen.«

Auch ohne viel in der Welt gereist zu sein, kann Melzig ihr da nur recht geben, denn er tut bei ihr am Wohnzimmertisch dasselbe, wie Eva Langhahn spitzbübisch anmerkt. Stichworte geben, reden lassen. Deshalb ist er ja gekommen. Aber vielleicht mögen die Neuen und Jungen Eva Langhahn auch, weil ihr kleiner Dackel wirklich drollig aussieht und »nie bellt, wie die Krawalltanten aus dem zweiten Stock«. Und da gibt es eben »Hansi«, ihren Wellensittich, den sie den ganzen Sommer tagsüber auf den Balkon hängt, natürlich im Schatten, damit er »keinen Sonnenstich kriegt«, und nachts holt sie ihn herein.

Udo Melzig sitzt also eine ganze Weile bei Eva Langhahn,

macht sich Notizen, was Nachbarn und Umgebung betrifft. Und da Eva Langhahn jeden Tag mindestens zweimal Gassi geht und selbst »drei Vögel« hat, also einen im Namen, einen im Kopf und einen echten Wellensittich auf dem Balkon, beobachtet sie halt ganz genau Flora und Fauna. Was schließlich zu der für Udo Melzig wichtigsten Beobachtung führt und den langen Besuch doppelt und dreifach rechtfertigt.

Udo Melzig bedankt sich anschließend, ohne es als Floskel zu meinen. Die Hand von Eva Langhahn ist beim Verabschieden angenehm warm. Er hat das seltene Gefühl, diesen Menschen drücken zu können, lässt es aber natürlich sein.

Auf dem Flur hört Melzig, wie Kollege Tennat bereits im Vierten sein muss, er also drei ganze Etagen geschafft hat. Melzig will darum zumindest sein sechstes Stockwerk fertig machen, bevor er sich mit Tennat und Wandt, der sich gerade auf der Wiese aufhält, austauscht.

In der mittleren der jeweils drei Wohnungen, welche stets eine kleine Einzimmerwohnung ohne Balkon ist, wohnt ein Student namens Melvin, der tatsächlich in dieser Platte ein Klavier stehen hat. Eva Langhahn ist wirklich tolerant, denkt Melzig erneut, denn sie hat das nicht erwähnt, nur das Stichwort »sympathischer Musiker« gegeben, wobei doch so ein Klavier garantiert durch mehrere Etagen zu hören sein muss. Karl Melvin hält aber die Zeiten ein, in denen die Hausordnung Lärm gestattet, betont er, und eigentlich übt er auch nur richtig, wenn die unmittelbar betroffenen Nachbarn arbeiten, also niemals sonntags. Am Nachmittag, nachdem er bis zum Mittag geschlafen hatte, saß er somit mit Kopfhörern am Rechner, weil er etwas an einem Sequenzer programmiert hat, also bis eben, als der Kommissar kam. Dienliche Informationen liefert der Junge mit den wirren roten Locken folglich nicht, allerdings bestätigt er indirekt einige Aussagen von Eva Langhahn, was ihre Glaubhaftigkeit unterstreicht.

Da in der dritten Wohnung auf der Etage das verheiratete

Pärchen in den Dreißigern mit Namen Bulgari nicht aufmacht, beschließt Melzig, seinen Chef anzurufen, damit dieser erneut hochkommt, auch wenn Treppensteigen für Michael Wandt keine Stärke mehr darstellt. Mit Sven Tennat, der tatsächlich bis einschließlich der vierten Etage Bewohner befragt hat und froh über eine Pause ist, stehen sie gegen neunzehn Uhr wieder auf dem Dach. Die Sonne ist untergegangen. Die Kriminaltechnik, die den Dachboden abgeklebt, gesaugt und mit Infrarot gescannt hat, gibt das betreffende Fenster frei. Melzig, der sich noch von Eva Langhahn eine Leiter geborgt hat, hängt sich hinaus aufs Dach.

»Es macht absolut Sinn, was Frau Langhahn sagt.«

»Es ergibt Sinn, muss es heißen«, korrigiert Michael Wandt.

»Dann eben das«, erwidert Melzig gelassen.

»Aber dann *mache* ich jetzt eben ein paar Fotos.«

»Tu das. Also *mach* das. Gute Idee.«

»Auch, wenn es dunkel ist?«, fragt Tennat. »Und dann?«

»Morgen ebenso, wenn es hell ist«, meint Michael Wandt, der sich zu ihm dreht. »Und dann geht's in die anderen Treppenhäuser. Vor- und nachmittags. Melzig und ich fahren jetzt gleich in die Keithstraße, schauen, ob Lauras Freunde noch da sind oder bereits nach Hause gefahren wurden. Falls sie nicht zu geschockt waren, müssen Protokolle vorliegen, und wir überprüfen, ob es unterschiedliche Aussagen zum Tathergang gibt. Können ja immer noch nicht ausschließen, dass das vielleicht …« Er hebt Augenbrauen und Hände gleichzeitig. »Armes Ding … So jung.« Er schüttelt den Kopf. »Darum müssen Melzig und ich auch ordentlich das Meeting morgen früh vorbereiten. Vielleicht ist dann auch klar, welchen Weg der Schütze genommen hat.«

»Und ich?«

»Du fährst natürlich zu Tracy Kraft ins Krankenhaus, weil wir sie nicht telefonisch erreichen. Vielleicht ist ihr noch was eingefallen. Zumindest ist eine Befragung nötig. Und überhaupt … Oder soll das ein anderer Kollege übernehmen?«

Kapitel 8

Als er um kurz nach drei ihren Namen auf dem Display sah, schwankte er sofort zwischen Freude und Furcht, denn ein Anruf ihrerseits war ersehnt, jedoch bei seinem Beruf mit einer gewissen Gefahr verbunden. Ihre Stimme, als Tracy Kraft dann Hallo und allein seinen Vornamen sagte, klang aber in seinen Ohren wie ein warmer Hauch, der zunächst Gutes versprach. Erleichtert grüßte Tennat in ähnlichem Tonfall zurück und fügte in Gedanken hinzu, dass alles gut sei und sie tatsächlich allein seinetwegen anriefe. Tracy zögerte dann aber, setzte an, etwas zu sagen, holte tief Luft, brach ab, was ihn wieder zu seiner anfänglichen Befürchtung tendieren und fragen ließ: »Was ist passiert?«

Geistesgegenwärtig, wie sie nun mal ist, schilderte Tracy nicht nur präzise den Sachverhalt, also das, was vor ihren Augen auf der Wiese mit wem geschehen ist, sondern auch jene kleine Lichtreflexion am Dachfenster – konnte Zufall sein oder auch nicht. Und erst zum Schluss teilte Tracy mit, dass sie nun für sich selbst einen Krankenwagen ordern müsse.

Darum vor allem beißt sich Sven Tennat auf die Lippen. Er tut es bereits seit dem Nachmittag, fährt nun zum Rudolf-Virchow-Klinikum und denkt an all die E-Mails, die sie sich seit dem letzten Sommer geschrieben haben. Es war Tracys Idee gewesen und bereits ihre erste besaß sehr viele Zeichen, war also keine kurze Anfrage über sein Befinden oder derlei, sondern eine recht lange Steilvorlage, die er wie ein Stürmer annahm, obwohl er als gelernter Verteidiger zunächst unsicher gewesen war, wie genau er darauf reagieren sollte. Schließlich hatte er lange Zeit nicht, vielleicht sogar noch nie, derart mit einem Menschen kommuniziert, und seine Versuche zuvor waren stets davon geprägt gewesen, dass sein Wortanteil wesentlich größer oder auch die Sprache an sich nicht dieselbe gewesen war. Alles Bisherige hatte ihn nicht sehr befriedigt, doch bei Tracy stellte es sich als völlig anders heraus. Auch die Themen waren äußerst angenehm, da sie beide kaum die Vergangenheit oder Zukunft tangierten. Es ging allein um gelebte Gegenwart, um das Alltägliche eines Individuums in der Großstadt, ohne auf den Beruf und nahestehende Personen einzugehen. Es waren oder sind – denn im Kopf geht solch ein Denken und Schreiben, wenn man sich darauf einlässt, weiter – kleine Momentaufnahmen, Miniaturen von Menschen auf der Straße, im Supermarkt oder wo auch immer, kurze Begegnungen, die man unmittelbar erlebt und die man einander mitteilt. Also meistens das. Ohne persönliche Treffen oder einem Telefonat standen somit Tracy Kraft und Sven Tennat in engem Kontakt, er würde sogar behaupten, im für ihn engstmöglichen, da er trotz räumlicher Ferne mit jemand anderem etwas ganz Wesentliches im Leben teilte: eine Sichtweise. Eine völlig neue Erfahrung für ihn. Und es schwebte vielleicht auch etwas zwischen den Zeilen, etwas, was man nicht ansprach, etwas, was sie beide betraf.

Dabei haben sie sich vor gut drei Jahren berufsbedingt kennengelernt, seinerseits folglich ungünstig, wie in den meisten Fällen bei Polizisten. Es betraf Ermittlungen, bei denen viele Menschen unter Verdacht standen, doch waren alle anfangs Verdächtigen am Schluss unschuldig – zumindest was die Morde anging, wie so oft, wenn man Schuld allein auf Tötungsdelikte bezieht. Danach sind sie sich lange nicht begegnet. Es kamen zwar jedes halbe Jahr zwei von diesen allgemein begehrten Einladungskarten und sogar VIP-Pässe zu Modeshows der Berlin Fashion Week, doch der Kommissar ließ seine Schwester Patricia mit einer Begleitung ihrer Wahl dorthin gehen. Sven Tennat schaffte es einfach nicht, seinen Urlaub derart zu planen, sich extra frei zu nehmen, was theoretisch schon gegangen wäre, nur nicht praktisch, indem er es einfach tat. Es war folglich etwas, was er zwar überlegte, also nicht etwas, was man irgendwo auf einer Ablage oder in einem E-Mail-Ordner ablegt und dann vergisst, demnach auch absolut kein Spam, doch er hatte zu viele Bedenken gegen die Sinnhaftigkeit dessen.

Mode interessiert Sven Tennat überhaupt nicht mehr. Gute Kleidung schon, hochwertig und langlebig fabriziert. Und sein Auge ist auch nicht nur geschärft durch diesen Fall vor drei Jahren, der ihn in die Modewelt führte. Doch alles, was damit verbunden ist, der Verkauf, die Anpreisung, das Bedarfserwecken, der ewige Konsum, denn es geht um Geld, um sehr viel Geld, ist ihm nicht direkt zuwider, weil es nun mal dem Zeitgeist entspricht, doch es hat nichts mit ihm zu tun als Menschen, mit seinen wirklichen Interessen. Und würde es allein um Tracy Kraft als Person gehen, so würde er einen Café-Besuch bevorzugen; einen, wie sie ihn damals, als sie sich das zweite Mal in ihrem Leben trafen, bereits hatten. Es ist wahrlich ein schöner Nachmittag gewesen, Sven Tennat denkt oft an diese Begegnung.

Er fühlt also von Anfang an eine gewisse Faszination für die Person Tracy Kraft, doch das Drumherum scheint nicht zu passen. Als eines Tages eine Einladung zu ihrem Geburtstag kam, eigentlich die zweite, denn bereits im Jahr zuvor hatte er überraschenderweise eine erhalten, die er aber wirklich nicht hatte wahrnehmen können, da er gerade an der Ostsee geweilt hatte, dachte er sehr lange nach, ob er hingehen sollte oder nicht. Er hatte tatsächlich Urlaub und das Haus an der Ostsee, dieses Erbstück seiner Großeltern, das zu gleichen Teilen seiner Schwester und ihm gehört, war nun dauerhaft vermietet. Bei einem Geburtstag, so hat er sich gesagt, ist kein großer Zirkus wie bei der Fashion Week zu erwarten, eher ein kleiner bei ihr zu Hause mit ein paar geladenen

Gästen. Zudem war es eben die zweite Einladung, was schon als hartnäckig erschien, auch wenn er die genauen Motive natürlich nicht kannte. Trotzdem überkam ihn eine Unsicherheit, ob er als Polizist da hinpasst, so ganz allein, ohne jemand bis auf das Geburtstagskind zu kennen, mit der Notwendigkeit, sich zu integrieren, obwohl dieses Integrieren in Gesellschaften ihm früher nie schwergefallen ist und es auch nach wie vor nicht tut, zumindest beruflich, wenn es sein muss. Und es musste ja nun nicht sein. Also es musste *nur* sein, wenn man diese Frau wiedersehen wollte, vielleicht auch *nur*, um die Gedanken an diese Person abzuschließen. Er beschloss, dass es das Beste wäre, wenn er zwar hinginge, aber seine sechzehn Jahre jüngere Schwester mitnehmen würde, denn sie hatte er ebenfalls lang nicht gesehen, was oftmals ein gutes Zeichen war, doch Patricia antwortete auf seine Frage nur: »Mach das mal schön allein, du Maulwurf.«

Gewiss, er macht kaum noch etwas gezielt in Gesellschaft. Selbst den Sport im Fitnessstudio, den er gut zwanzig Jahre lang dreimal die Woche trieb, lässt er etwas schleifen, seitdem ihm jemand – übrigens am Ende der Ermittlungen im Fall, bei dem er Tracy Kraft kennengelernt hat – ins Bein schoss. Und mit seinen besten Freunden, die er seit der Schule kennt, verabredet er sich nur noch selten, da ein jeder viel zu tun hat, entweder von der Familie oder dem Beruf sehr beansprucht ist. Sonst bleibt Sven Tennat nach der Arbeit oft zu Hause, man kann sagen fast immer, und widmet sich anderen Dingen. Er hat Stück für Stück seine Wohnung renoviert, das hatte er lange nicht getan und hat sich hingezogen, da er sich nicht stressen lassen wollte und, zugegebenermaßen, zunächst ohne Plan vorgegangen ist. Nach und nach wurden aber fast alle Wände seiner Wohnung mit Gips verspachtelt, poliert und anschließend lasiert. Nebenbei und Zimmer für Zimmer sortierte er Sachen aus, die er an karitative Einrichtungen in seiner Umgebung abgab. Möbel und Geschirr an ein Neuköllner Einkaufshaus für ALG-II-Empfänger, Kleidung an die Flüchtlingsunterkunft am Flughafen Tempelhof. Und auch wenn nicht alles bei den Hilfsbedürftigen Verwendung gefunden hat, so möchte er selbst nur noch das Nötigste besitzen, nichts, was unnütz herumliegt – so sein Konzept.

Dann begann er damit, in dieser leeren und an mancher Stelle hallenden Wohnung zu lesen, denn beim Renovieren hatte er stets Musik gehört und fühlte sich davon gesättigt. Also er hatte auch in den Jahren zuvor gelesen, doch nicht derart gezielt und bei absoluter Ruhe. In ein neues, zunächst völlig leeres Regal, das er von einer Wand zur andern zog (selbstgeplant, -gesägt, -geschliffen, -geölt, -angebracht) und noch viel Platz bot, kam dadurch regelmäßig ein gelesenes Buch hinzu. Er weiß nicht genau, wie viele Romane er in dieser Zeit las, vermied es, sie zu zählen, doch vermutlich waren es mehr als in den gesamten zwanzig Jahren zuvor. Bereits am Morgen und dann während der Arbeit freute er sich darauf, als hätte er am Abend ein Rendezvous (wie später wochenweise mit Tracys Mails), und von speziellen Autoren las er sämtliche Werke in chronologischer Reihenfolge, da es ihn interessierte, wie sie sich stilistisch und auch in ihrer Weltsicht entwickelt haben. Unverkennbar taten es ihm ältere Autoren und Autorinnen an, wenn sie in der letzten Lebensperiode nicht verbittert, sondern voller gelassener Einsicht ihre Geschichten erzählten. Dazu passten Rotwein, Schokolade mit einem Kakaoanteil von mindestens fünfundsiebzig Prozent sowie ein ganz besonderes Licht im Zimmer, denn meistens las er spätabends. Sven Tennat hatte auch lange gesucht, bis er die richtige Auswahl an Lampen traf, wobei das Design weitaus weniger entscheidend war als das verwendete Leuchtmittel. Er verwendete LEDs, die eine spezielle Kelvinzahl besaßen, so dass das Licht so warm wie von alten Glühbirnen strahlte. An den LEDs, die zudem Strom sparten, konnte sich auch seine Katze nicht verbrennen, die er von einem Nachbarn geschenkt bekommen hat, genau genommen, ein junger Kater, wie er zu Hause feststellte. Ein äußerst liebes, aber auch großes

Tier, das viel Aufmerksamkeit verlangt, ihn auf Schritt und Tritt in seiner Wohnung verfolgt und beim Lesen gern auf seinem Schoß sitzt, um gekrault zu werden, oder vor den auf dem Boden stehenden Lampen wartet, bis ein Insekt vorbeischwirrt. Alle anderen Aktivitäten sind dadurch abgeebbt, auch in vollkommener Übereinstimmung mit Tennats täglichem Befinden.

Es muss nicht mehr sein, und es gibt niemand, der mehr einfordert wie bei seinem Kollegen Udo Melzig, der nun bereits seit drei Jahren mit Silke Bartsch zusammen zu sein scheint. Melzig hat sich sogar die Haare lang wachsen lassen, also immerhin bis über die Ohren, und mit seinen kleinen Löckchen wirkt er weniger streng als vorher mit der gegelten Kurzhaarfrisur. Dazu hat er seinen Kleidungsstil geändert, es darf auch mal ein T-Shirt in Pastell sein, nicht immer nur Schwarz, Weiß oder Grau. Was ihm gewiss guttut, aber auch die allgemeine Bewegung außerhalb einer LKA-Welt, die Sven Tennat allerdings schon auswendig zu kennen meint.

Für Sven Tennat, der mit seinen Fünfundvierzig zwei Jahre älter ist, dreht sich die Schallplatte anders. Nicht gerade langsamer, aber eben anders. Und die Platte auf dem Plattenspieler muss auch nicht gewechselt werden. Was immer das genau zu bedeuten hat, langweilig ist ihm jedenfalls nicht. Und es entstehen dadurch keine Kratzer auf der Platte, keine Dramen, keine seelischen Verletzungen. Besonders hat er diese Einstellung empfunden, als er dann trotzdem zum Geburtstag von Tracy Kraft gegangen ist, weil ein ganz gewisser Teil in ihm eben doch kein Maulwurf sein möchte.

Kapitel 9

Michael Wandt sitzt allein in seinem Büro, draußen ist die Nacht noch immer so dunkel wie der Kaffee vor ihm, nur nicht so heiß. Er wischt sich trotzdem mit einem Taschentuch die Stirn ab, da er die Heizung aufgedreht hat und diese entweder volle Pumpe Leistung fährt oder eiskalt bleibt. Da kann man in all den Jahren noch so viel mit den Hausmeistern sprechen, eine vernünftige Temperaturreglung wird er in seiner bald endenden Laufbahn nicht mehr erleben.

Dafür noch einige Tote. Arbeit ist Arbeit. Und so betrachtet er möglichst neutral die vor ihm liegenden Gesprächsprotokolle im Fall Laura García. Roul Martez, Stefano Rubi, Clara Libre und Sophia Benre durften inzwischen nach Hause. Die neue Schreibkraft, die seine Moko vor kurzem genehmigt bekam, hat bereits sämtliche Mitschnitte abgetippt, was Wandt noch niemals in dieser Geschwindigkeit erlebt hat. Und das an einem Sonntag. Der Mann beherrscht die Zehnfingertechnik, vierhundert Anschläge pro Minute bei Audiodateien, kann auch jegliche Handschrift lesen, ist allerdings zurückhaltend in seiner Art, was ihm bereits den Spitznamen »Nerd« einbrachte. Aber wenn man Kernkompetenzen bündelt, ergibt das für alle nur Vorteile.

Na gut, die Freunde von Laura García wurden nur kurz befragt, dann eher beraten, wie sie sich nun am besten verhalten sollen. Primär heißt das, dass sie die Empfehlung erhielten, an diesem Abend und den folgenden Tagen nicht allein zu bleiben. Das ist hilfreich bei solchen Erlebnissen. Man muss ja nicht ständig darüber reden, was vorgefallen ist, doch wenn jemand zu Hause ist, jemand, bei dem man an die Tür klopfen kann, wenn es seelisch schlimm wird, dann ist das einfach besser. Nur haben diese jungen Menschen keine Familie hier, also keinen Vater, keine Mutter, keine Geschwister, sondern nur Freunde. Also man riet ihnen, dass sie zu viert oder jeweils zu zweit irgendwo übernachten sollen. Denn sie alle sind traumatisiert, vielleicht ihr Leben lang. Das bekommt man nicht ohne Umstände aus dem Kopf. Selbst Polizisten ergeht es so. Selbst Michael Wandt, Jahrgang 1951, Erster Kriminalhauptkommissar und Einsatzleiter, Besoldungsgruppe A 13, der Ende des Jahres pensioniert werden soll. Natürlich hängen einem Kleinkinder und verweste Leichen am längsten nach, doch jeder Tote hinterlässt Spuren, viel mehr als die Täter am Tatort. Besonders wenn der Fall nicht aufgeklärt wird. Dann kommen Fragen auf, die im Kopf ein Eigenleben führen und das eigene Leben qualvoll gestalten.

Michael Wandt, wischt sich darum Schweiß von der Stirn, geht zur Heizung, dreht sie aus und nimmt sich das erste von vier Protokollen vor. Die Kollegin Silke Bartsch führte das Gespräch, befragt wurde Roul Martez.

SB: Zunächst vielen Dank, Herr Martez, dass Sie noch mitgekommen sind.
RM: Das muss sein. Ich meine … Also wir alle … Wir können einfach nicht verstehen, dass … Wer hat nur?
SB: Das wollen wir auch wissen. Doch bleiben wir zunächst bei Ihnen. Laut Ihrem Pass sind Sie in Barcelona geboren?
RM: Richtig.
SB: Aber laut der polizeilichen Anmeldung war Ihre letzte Adresse, bevor Sie nach Berlin kamen, Madrid.
RM: Richtig.
SB: Laura kommt auch aus Madrid. Wie lange kennen Sie sich schon?

RM: Madrid hat über drei Millionen Einwohner.
SB: Dies ist keine Antwort auf meine Frage.
RM: Indirekt schon.
SB: Also Sie haben sich erst hier kennengelernt?
RM: Ja. Ich lebe bereits seit einigen Jahren in Berlin, also seit einer Zeit, in der Laura noch die Schulbank für ihr Bachillerato gedrückt hat.
SB: Dem Abitur?
RM: Richtig.
SB: Ihre erste Berliner Adresse war die Wagenburg an der Lohmühle?
RM: Ist das ein Problem? Freunde wohnen dort und ich musste anfangs irgendwo unterkommen. Ich habe aber schon lange eine eigene Wohnung, bezahle Steuern wie jeder deutsche Arbeitnehmer, da ich in einem Call-Center arbeite. Also falls Sie mich irgendwie …
SB: Ja, was?
RM: Ach, nichts.
SB: Gut, ich wollte damit auf nichts Besonderes hinaus, falls Sie dies dachten. Ich mache nur meine Arbeit und frage solche Dinge, damit wir möglichst schnell ein umfassendes Bild von Lauras Umfeld bekommen. Mir fällt auf, dass besonders Sie sehr gut deutsch sprechen. Ist für mich nur ein kleiner Akzent zu vernehmen.
RM: Danke, ich gebe mir Mühe. Außerdem habe ich ab der Educación Secundaria Obligatoria, also der Mittelschule, Deutsch als zweite Fremdsprache gehabt. Im ersten Jahr in Berlin, als ich noch in der Wagenburg lebte, habe ich einen Intensivsprachkurs gemacht. Zudem das Studium. Also nicht nur Marx und Engels im Original, sondern auch viele andere Texte, die sich mit dem Thema meiner Masterarbeit über die Achse Berlin–Madrid während des Spanischen Bürgerkriegs von 1936 bis 1939 beschäftigen.

SB: Verstehe. Aber Laura haben Sie erst hier kennengelernt?
RM: Vor zwei Monaten. Warum fragen Sie das schon wieder?
SB: Wegen des Umfeldes, wie gesagt. Wissen Sie etwas über Lauras Herkunft?
RM: Nicht so viel wie Sophia, mit der Laura zusammenwohnt. Wohnte … Ich kann es noch immer nicht fassen, dass … Aber sie kommt … kam aus gutem Elternhaus, ihr Vater ist Zahnarzt, ihre Mutter arbeitet bei einer Bank. Haben Sie denen schon …?
SB: Kollegen in Spanien kümmern sich darum. Aber gibt es hier noch andere nahestehende Personen? Oder hatte Laura einen festen Freund in Spanien? Gar in Berlin?
RM: Nicht, dass ich wüsste. Laura hat sich nie besonders für Jungs interessiert. Und gerade nachts in Berlin gibt es viele Möglichkeiten … Nein, wir waren eigentlich meistens unter uns. Manchmal waren da natürlich noch andere Leute zugegen. Doch zuletzt bildeten wir den harten Kern. Hat sich mit der Zeit irgendwie ergeben. Haben uns bestimmt zweimal in der Woche getroffen. Meistens bei Sophia, haben gekocht, gequatscht und manchmal auch einen Film oder eine Serie zusammen geguckt. Die Chemie stimmte einfach.
SB: Sind Sie darum nicht weggerannt, als Laura umfiel? Normalerweise würde man doch auf einer Wiese in so einem Moment sofort das Weite suchen, um sich in Sicherheit zu bringen.
RM: Wie meinen Sie das?
SB: Ganz einfach: Hatten Sie keine Angst?
RM: Doch. Stefano ist zum Beispiel sofort zum Zaun gerannt, wenn ich mich recht erinnere.
SB: Ich fragte nach Ihnen. Warum sind Sie nicht weggerannt. Warum?
RM: Ich sah diese Frau, die gerade von der Parkbank aufstand und in unsere Richtung laufen wollte. Und ich dachte dann nur noch an einen Krankenwagen.
SB: Warum haben Sie nicht Ihr eigenes Telefon genommen?

RM: Akku leer.
SB: Und bei den anderen?
RM: Ich verstehe nicht, warum Sie das fragen.
SB: Ich muss das. Das sind Details, die wir klären müssen.
RM: Aber das klingt, als würden Sie auf etwas Bestimmtes hinauswollen. Das finde ich nicht gerade gut.
SB: Gewiss, diese Fragen klingen bestimmt unangenehm in Ihren Ohren. Doch sagten Sie nicht vorhin, wir alle wollen …
RM: Aber der Täter ist nicht bei uns zu finden!
SB: Das habe ich auch nicht behauptet. Zunächst müssen wir die Umstände klären. Dazu wäre es gut, wenn wir vielleicht jetzt zu den Positionen kommen. Sie standen im Kreis. Wir haben dazu einen Ausdruck von der Wiese vorbereitet. Können Sie bitte Ihren Standort markieren, als alles geschah.

Michael Wandt schaut von dem Protokoll hoch, reibt sich seine Augen, trinkt von seinem Kaffee, der nun fast so kalt wie die Nacht vorm Fenster geworden ist. Hätte er nicht vor zwanzig Jahren mit dem Rauchen aufgehört, würde er jetzt zu einer Zigarette greifen. Er denkt besonders in solchen Nächten daran, sehnt sich nach dieser alten Gewohnheit, da der Tod anderer so nahe liegt, dass der eigene in die Ferne rückt. Doch er geht zu keinem Automaten und zu keinem Kollegen, sondern hört die mahnende Stimme seiner Frau im Ohr und bleibt sitzen, um alle Protokolle nacheinander durchzugehen.

Silke Bartsch hat manchmal eine strenge Art, die Michael Wandt an frühere Zeiten erinnert, bis ab Ende der siebziger Jahre die Verhörmethoden wissenschaftlich analysiert und verbessert wurden. Es scheint ihm darum erstaunlich bei einer jungen, talentierten und vor allem besser als er ausgebildeten Person wie Bartsch, dass sie sich entlang eines schmalen Grads bewegt. Sie stellt keine Suggestivfragen und unterlässt zu viel Druck, doch als empathisch kann man ihre Vorgehensweise nicht beschreiben. Ist auch nicht wirklich falsch, wenn man Protokolle zu lesen hat, da alle Gespräche ein recht kongruentes Bild ergeben und den Chef wieder an gebündelte Kernkompetenzen denken lässt.

Fakt ist jedenfalls: Laura García war ein allseits beliebtes Mädchen von erst dreiundzwanzig Jahren, eine strebsame Studentin der Umweltverfahrenstechnik, aus gutem Elternhaus und ohne Feinde oder eifersüchtige Exfreunde. Sie hat wohl einfach Pech gehabt, stand zur falschen Zeit am falschen Ort. Und weder der Politologe Roul Martez, der beim Gespräch sehr nervöse Italiener Stefano Rubi, die Französin Clara Libre, die in einer Bar arbeitet und nebenbei zur Zirkusschule geht, noch Sophia Benre, die brasilianische WG-Mitbewohnerin von Laura, die als Einzige manchmal etwas mehr Party macht, haben damit wohl etwas zu tun. Sie alle sind geschockt und müssen vorerst nicht weiter belästigt werden, sondern nur betreut.

Außerdem gibt es Eva Langhahn, die Dame, die unterm Dach der Gaudystraße siebzehn a wohnt und Udo Melzig etwas mitteilte, was dieser sich erneut sagen ließ, als er sein digitales Aufnahmegerät hervorholte. Wandt greift zur entsprechenden Audiodatei und schaltet sie an: »Bereits mehrmals habe ich zerfetzte Vogelkadaver auf der Gaudystraße oder im Park gesehen. Also zuerst mein Dackel, dann auch ich.« Eva Langhahn lacht – recht ulkig. »Eben auch da unten auf der Wiese, wo das Mädchen ...« Eva Langhahn seufzt nun. »Anfangs dachte ich, es sei ein Vogelvirus. Und jedes Mal haben ihnen Körperteile gefehlt, weswegen ich annahm, dass sie bereits von anderen Tieren zerfleddert wurden. Da gibt es einen Rotfuchs auf dem Gelände. Und Katzen. Und natürlich Ratten wie überall in Berlin. Ist halt eine Großstadt, und einige Tiere haben inzwischen hier bessere Bedingungen als auf dem Land. Doch jetzt, seitdem Sie, lieber Herr Melzig, mich vorhin fragten, ob ich zu jener betreffenden Uhrzeit eine zugeschlagene Tür oder einen Schuss gehört hätte, da frage ich mich, ob es nicht doch ein Fernschütze sein könnte, der die harmlosen Vögel ... Das habe ich vorher ausgeschlossen, da ich vom Balkon, der bei solchen Temperaturen tagsüber immer offen bleibt, nie einen Schuss hörte. Und hören tue ich gut, wenn ich will.« Langhahn lacht erneut, fast wie anfangs.

Schalldämpfer ist damit schon mal klar, stellt Michael Wandt fest, da Eva Langhahns Balkon weniger als zehn Meter Luftlinie zum betreffenden Dachfenster hat. Und auf den Fotos, die Melzig durch jenes Fenster machte, sieht man zwar keine Vögel, da es dunkel ist, doch am Tag sah Michael Wandt sehr viele, wenn er sich recht erinnert.

Die Kollegen der Polizeidirektion 1, Abschnitt 15, aus der Eberswalder Straße, auf der anderen Seite vom Park gelegen, haben vorhin auch durchgegeben, dass sie schon einige Meldungen dieser Art erhielten – tote Vögel, keine toten Menschen.

Jemand schoss also über sein Ziel hinaus. Und ist sehr verantwortungslos, da in Schusslinie zwischen Wiese und Gaudystraße ein Spielplatz liegt. Darum müssen sie in den nächsten Tagen den Fall lösen. Auch wenn es keinen Toten zum Leben erwecken wird. Nein, im Gegenteil, es kann sogar noch mehr passieren, weil der Mann oder die Frau bewaffnet ist und garantiert einen Knall hat.

Kapitel 10

Alles bewegt sich bis auf die eigene Person.

Wie du in deinem Bett liegst, es noch Nacht ist, du die elektronische Ziffernanzeige des Radioweckers betrachtest, die einzelnen Zahlen neu arrangierst oder auseinandernimmst, wie alles in deinem Leben, bis du irgendwann aufwachst und merkst, dass du nicht mehr jung bist, es wahrscheinlich niemals warst, doch nun schon gar nicht mehr, was nicht schlimm ist, eher einst ersehnt und lang erwartet, nun allerdings zugleich erschreckend ist, nicht nur wegen deiner Falten, sondern da deine Unzufriedenheit niemals aufgehört hat zu existieren.

Du starrst auf die Uhr, die Zeit vergeht.

Hallo, hier Meta.

Kann nicht schlafen. Habe keine Tabletten mehr gefunden und dafür schlechte Laune.

Franz Fasel hat sich bei mir um Punkt 21.45 Uhr gemeldet, als der »Tatort« aufhörte. In dieser Weise guter Junge, er weiß, was sich gehört, eben Mutti niemals bei ihrer Sendung stören. Aber warum hat er das Meditationsseminar nach sechs von zehn Tagen abgebrochen? Er wollte doch Konstanz beweisen. Ging es nicht darum? Weil er vorher immer alles hingeschmissen hat. Ausbildungen. Studium. Jobs. Bands. Beziehungen?

Nur zu mir will er immer. Wollte es auch vorhin. Stand anscheinend auf dem Hauptbahnhof, kam vom Seminarhaus in

Thüringen mit dem Wochenendticket. Fast sieben Stunden Fahrt, zweimal umsteigen mit jeweils einer knappen Stunde Warten. Was für ein Idiot! Konnte mir allerdings diese Frage mit den behaarten Muschis verkneifen, haben ihn wohl vermisst. Am Telefon faselte er aber bald dies, dann das, kam aber schließlich zum Punkt und fragte, ob er noch zu mir kommen könne. Habe ihm natürlich gesagt, das geht überhaupt nicht, brauche meinen Hässlichkeitsschlaf. Dann sagte er am Schluss: »Ich liebe dich.« Und ich: »Hast du noch andere Probleme?«

Das hat noch gefehlt. Obwohl ich an diesem Tag für meine Verhältnisse ein wenig geil bin. Also da könnte ich schon die Beine breit machen, mal sehen, ob das mal endlich klappt. Oder es selbst probieren. Was ebenfalls stets problematisch ist. Zu den Höhen der Ekstase sich aufzuschwingen. So ein Scheiß. Nein, ich genieße es lieber so. Dieses leichte Kribbeln unter meiner Haut.

Deswegen bin ich aber nicht wach und habe schlechte Laune. Auch nicht wegen Franz Fasels spätem Anruf. Es ist wegen meinem zweiten sozialen Kontakt nach draußen. Wobei der zweite nicht der mit meiner Mutter ist, denn dieser Kontakt ist asozial. Nein, ich meine den zu meinen …, wie sagt man noch mal, Freunden?

Ich lernte Betty und Craig auf der Arbeit kennen, als ich noch arbeiten ging und nicht alle halbe Jahre zum Jobcenter. In den Neunzigern habe ich schließlich fast etwas Richtiges gelernt, Mediengestalterin nannte sich das und gibt es wohl nicht mehr mit diesen Namen. Danach jobbte ich mal hier, mal dort, wohl am längsten ausgerechnet für ein Frauenmagazin. Habe da auch endgültig mein Weltbild verfeinert, bin das Gegenteil von *clean american fun*.

Vielleicht gefiel das Craig, der als Musikjournalist immer nur ab und zu ins Büro kam, um Texte abzuliefern. Damals machte man das noch vor Ort, auch Besprechungen. Betty, bereits damals seine Freundin, arbeitete als Chefredakteurin, war der Boss von allem. Nach und nach nahmen sie sich meiner an – so muss man das wohl nennen. Von mir aus kam das gewiss nicht, und mit ihnen, die ein paar Jahre älter sind, zog ich manchmal auch abends um die Häuser. Dachte, das macht man so und irgendwas muss da dran sein. Am Rausgehen. Herumstehen. Unter-Menschen-Sein. Es versuchen. Zu lächeln. Doch es ging nicht. Keine Chance. Wie das mit der Arbeit. Ich befand mich einfach schon immer auf keiner Gewinnerliste, hegte danach auch nie wieder solche Illusionen.

Irgendwann kam auch die Geschichte mit der Schilddrüse, vermutlich eine Spätfolge vom giftigen Borna oder selbstgewollt, denn die Schilddrüse, so sagt man in der Naturheilkunde, sei ein Organ, das besonders stark durch emotionale Instabilität viele Probleme bereiten kann. Also halbe-halbe. Hälfte DDR, Hälfte Meta. Macht hundert Prozent Ossi-Versager. Was zur Folge hatte, dass die Schilddrüse entfernt wurde und ich seit über zehn Jahren Hormone nehme, die allerdings nichts ausgleichen, sondern meiner generellen Tendenz, meine Existenz zu erfassen, in die Hände spielen, diese Hände also nicht entspannt falten, sondern immer weiter verkrampfen. Der einzige Vorteil ist, dass ich dadurch einen Persilschein habe, nicht mehr richtig arbeiten gehen zu müssen. Meine Betreuerin vom Jobcenter sieht nur meine Fresse und weiß, wie sinnlos alles ist. Ich schieße jeden Vogel ab.

Seitdem Betty und Craig weggezogen sind, sehe ich sie unregelmäßig. Die Frauenzeitung ging pleite, das Pärchen pilgerte nach Hamburg, wo es bessere Verlage gibt und sie weiter Karriere machten, vor allem Betty. Dadurch melden sie sich meistens nur noch, wenn sie in Berlin sind. Wohnen dann auch nebenan, da sie noch immer Craigs Einzimmerwohnung aus den Neunzigern halten, kostet ja nix für sie. Für diese Wohnung habe ich auch einen Schlüssel. Manchmal kommen auch Bekannte von ihnen zu Besuch, und man könnte dann meinen, ich sei als Doorwoman sozusagen ein praktischer Kontakt und keine richtige Freundin. Doch wenn wir uns schreiben oder sehen, ist es stets intensiv. Manchmal zu intensiv.

Ich stehe also auf, kann einfach nicht schlafen, und es ist bereits nach Mitternacht. Mache den Fernseher an. In einer Doku auf Phoenix spricht mein Lieblingssprecher Hans-Peter Bögel. Seine Stimme klingt stets warm, ruhig und mit einer besonderen Betonung zum Satzende, die kein anderer so macht. Er setzt meistens eine minimale Zäsur vor dem letzten Wort, als wenn er ewig Zeit hätte für das, was er in seiner Gänze zu sagen hat. Es wirkt dadurch nicht wie von einem Monitor abgelesen, sondern als würden die Sätze direkt aus seinem Kopf kommen. Extrem entspannt. Und stets gesund. Sein Äußeres habe ich aber noch nie im Netz gesucht, um die Fiktion von Perfektion nicht zu zerstören. Nein, ich will meinen Hans-Peter Bögel nur hören. Es beruhigt mich ungemein. Egal wie stumpfsinnig es ist. Ich gebe mich diesen seinen Worten ganz hin. Es geht bei seiner Tier-Doku gerade um den Überbegriff des Gartens Eden und wo es ihn überall noch zu finden gilt. Hans-Peter Bögel erklärt, dass in Neuguineas Regenwäldern zwar nur zwei Prozent des Sonnenlichts durch das dichte Blätterdach den Boden erreichen, aber dort zweiundvierzig bunte Paradiesvogelarten unverdrossen ihren Moonwalk proben. Sie tun es für ihre unauffällig braun und gelb gefiederten Weibchen, welch ein Aufwand. Dann folgt in der Doku ein harter Schnitt zum afrikanischen Okavangodelta, wo allesamt identisch graue Elefanten nach einer langen Wanderung durch die Wüste aus einer Staubwolke dem Wasser entgegenkommen, dem reich gedeckten Tisch im überfluteten Grasland der Kalahari, einem nur temporären Paradies.

Genau das merke ich mir.

Temporäres Paradies.

Als der Abspann folgt, knipse ich den Fernseher wieder aus und sinne kurz darüber nach. In Verbindung mit Menschen, die ebenfalls solche Orte aufsuchen. Vor einigen Jahren haben Betty und Craig mal eine Postkarte von den Malediven geschickt, auf deren Vorderseite zwei braungebrannte Halbnackte in kitschiger Rückenansicht barfuß und händchenhaltend unter Palmen an einem weißen Sandstrand entlanglaufen. Es war unter uns natürlich ironisch gemeint, versprach aber für die Allgemeinheit: Glück ist nur eine Frage des Ortes, also erreichbar für jeden. Nur nicht für mich.

Was bleibt, ist die Lebensrestzeit herumzukriegen. Oder doch mal etwas tun, was wirklich Sinn macht. Ein Zeichen setzen.

Franz Fasel sprach davon wieder mal indirekt in seinen paar Sätzen, die ich ihm am Telefon zwischen Hallo und Tschüss eingestand. Er sagte, er habe etwas begriffen. Er muss nur keinen Zweifel mehr spüren bei den Dingen, die er tut. Allerdings müssen es Dinge sein, die ihm am Herzen liegen. Also nicht welche, die von außen kommen. Dann bringt er sie auch wirklich konsequent zu Ende. Es muss also etwas Besonderes sein wie du, also ich.

Und wenn ich genau darüber nachdenke, hat er recht. Wie überhaupt manchmal, wenn nicht alles so verdammt vertrackt oder pathetisch bei ihm wäre. Denn Franz Fasel ist eigentlich ein kluges Bürschchen, eigentlich sogar innerlich hübsch wie äußerlich sowieso. Dadurch hat er es bei mir geschafft. Dass ich mich öffne, also zumindest ab und zu, meine Schuhschachtel samt meiner Beine.

Und wenn ich diesen Gedanken von ihm mit dem Zweifel weiterdenke, ist in diesem Sinne etwas heute auf der Wiese passiert. Ich stelle mich darum an das betreffende Fenster, starre wieder hinunter auf den Park, der jetzt, ganz in Schwarz gehüllt, äußerst idyllisch wirkt, jedoch ohne Trauer. Irgendjemand hat wohl am Nachmittag gegen fünfzehn Uhr keine Zweifel verspürt, ist konsequent gewesen, hat eine Sache zu Ende gebracht. Vielleicht ist dies auch nicht geplant gewesen, als würde sein Handeln die Verlängerung fremder Gedanken sein. Der eines Einzelnen oder

der eines Kollektivs. Also meiner Gedanken oder der von ganz vielen, die ähnlich denken. Wer weiß das schon. Bin ja auch nun wirklich nichts Besonderes. Nur hat diese Konsequenz weitere Konsequenzen zur Folge? Wenn man das noch weiterdenkt. Einfach alles, was der eigene Filter, das eigene Herz hergibt. Und dann macht.

Ich weiß es nicht. Noch nicht. Vermutlich werde ich es auch nie wissen. Gehe ins Bad. Betrachte kurz im Spiegel mein blasses, zerfaltetes Comic-Gesicht. Krame in allen Schränken herum. Bis ich zum Glück noch Schlaftabletten finde, wenn auch nicht die besten, und schlucke sie hinunter.

Kapitel 11

»Sind Sie …?«

»Ich weiß nicht genau …«

»Sie müssen doch wissen, wer Sie sind?«

»Das schon, Sven Tennat ist mein Name.«

»Aber warum sagen Sie dann …?«

»Ich dachte, Sie würden meinen …«

»Ja, was?«

»Ich weiß nicht genau …«

»Das sagten Sie schon eben. Aber vielleicht dachten Sie an das Wort ›Freund‹? Denn solch einen bräuchte Frau Kraft.«

»Ja, ja, gewiss, ich bin ein Freund.«

»*Ein?* So, so … Dann muss ich mir das überlegen.«

»Was denn?«

»Jemand muss den Schlüssel nehmen.«

»Schlüssel?«

»Wegen der gepackten Tasche.«

»Tasche?«

»Die, die im Wohnzimmer auf dem Tisch bereitstehen soll. Die, mit der Kleidung für *die* Freundin und *das* Kind, falls es losgeht. Aber nur wenn Sie nicht *ein*, sondern *der* Freund sind!«

»Ich bin auch Polizist.«

»Wie bitte?«

»Gut, und *der* Freund. Wie viel Zeit habe ich?«

Sven Teynnat fährt wieder in die Nähe des Tatorts, betrachtet diesen optisch und emotional aus anderem Blickwinkel, da es nun eine andere Mission zu erfüllen gilt. Zunächst sucht er einen Parkplatz, vergeblich. Dann parkt er einfach in zweiter Reihe vor Tracys Haus, an dessen Fassade Autonome noch immer Farbbeutel werfen, weil ihnen solche Eigentumsobjekte ein Dorn im Auge sind. Er betritt den geräumigen Eingangsbereich durch eine Glastür, geht vorbei an dem kleinen und nachts unbesetzten Doorman-Fenster, nimmt den bronzefarbenen Fahrstuhl, drückt auf den Knopf mit der Vier, sieht sein müdes Gesicht im Spiegel, fährt sich einmal durch die Haare. In Tracys Wohnung, die er vor neun Monaten zuletzt betreten hat, erinnert ihn sofort jedes Detail an ihren Geburtstag. Er kam nicht bewusst zu spät, doch so, dass er nicht der Erste sein konnte. Er fühlte sich ähnlich unsicher wie bei den Abschlussprüfungen an der Fachhochschule für Wirtschaft und Recht, wo er allerdings nie zu spät kam, jedoch nur mit durchschnittlichen Noten bestand. In seinen Händen hielt er einen Blumenstrauß, eine Flasche Crémant sowie die Buchempfehlung eines Buchhändlers seines Vertrauens, einen Roman von Milan Kundera, bei dem Tennat, als er das Buch aufschlug, sofort gedacht hat, dass es zu Tracy passt, da bereits im zweiten Satz die Rede ist von jungen Mädchen in Hosen mit tiefem Bund, wie es einige Jahre lang bei Frauen zu beobachten war, was sich nun in das Gegenteil umgekehrt hat, denn sie tragen wieder vermehrt welche, deren Bund bis über den Bauchnabel geht. Das hat also einen Modebezug. Doch vor ihrer Wohnungstür ist der geladene Gast auf den Gedanken gekommen, ob der Buchtitel nicht vielleicht zweideutig sei: *Das Fest der Bedeutungslosigkeit.*

Als die Tür aufging, begrüßte ihn aber nicht die Gastgeberin, sondern eine Freundin, die sich gleich bei dem für sie doch fremden Mann einhakte, um ihn rasant ins Wohnzimmer zu ziehen, so dass er sich über sein Mitbringsel weniger Gedanken machte als über jenes Ankommen. In der Mitte des Wohnzimmers stand ein langer Eichenholztisch, an dem bereits alle Plätze mit gleich viel Männern und Frauen belegt waren. Sämtliche Gesichter strahlten ihn an, er winkte in die Runde. Tracy, die sich am Kopf des Tisches befand, stand auf und umarmte ihn, als würden sie sich ständig sehen, stellte ihn kurz mit seinem Vornamen vor. Dann wurde ein weiterer Stuhl geholt, und man platzierte ihn zwischen zwei Frauen, jedoch nicht der Dame, die ihm Einlass gewährt hatte, die saß gegenüber.

Es wurde schon ordentlich konsumiert, wie zahlreiche auf dem Tisch stehende offene Flaschen verrieten, und er, der in seiner anfänglichen Unsicherheit mitzog, war das nicht mehr gewohnt. Die anderen Gäste schienen hingegen gut im Training zu sein, sie sprühten über vor Eloquenz. Der Polizist in ihm fragte sich, ob dies nur vom Alkohol kommen könnte, doch er ermahnte sich, nicht zu sehr in berufliches Denken abzudriften, was ihm gelang, denn die Gespräche gestalteten sich vielseitig und keineswegs versnobt, vielleicht weil alle Gäste aus sehr unterschiedlichen Branchen kamen und ebenfalls zum ersten Mal auf einem Geburtstag von Tracy eingeladen waren. Es wurde ein Abend, der keine Längen aufwies, keine Pausen, sondern einer, der an Sven Tennat vorbeirauschte, als befände er sich auf einer Autobahn ohne Tempolimit. Seiner Karre wurde auch ständig Benzin in den Motor gespritzt. Zwischen den fünf Gängen, die ein gebuchter Cross-Kitchen-Koch zubereitete, floss neben verschiedenen Weinen, Champagner und Wodka gar Absinth, dessen Wirkung Tennat wohl am meisten unterschätzte. Und jedes Andeuten, nachdem der junge und gutaussehende Koch seine Sachen gepackt hatte und von dannen gezogen war, dass auch der Kommissar, der sich irgendwann als dieser geoutet hatte und nur noch Wasser trank, sich Richtung Heimat bewegen müsste, wurde von den beiden Frauen neben ihm – einer Juristin mit Schwerpunkt Aufenthaltsrecht sowie einer Event-Managerin – vehement abgelehnt.

Jetzt ist Sven Tennat allein in Tracys Wohnung, wirklich nüchtern und schnappt sich die Tasche, wirft nur noch einen kurzen Blick in alle Zimmer und auf den Balkon, um sich zu vergewissern, dass keine Brand- oder Einbruchgefahr besteht, und düst zurück zum Virchow. In seinem Kopf tauchen Szenen aus alten Filmen auf, in denen meist etwas beleibte Männer auf weißen Fluren auf- und abgehen, nervös an Glimmstängeln ziehen, literweise schwarzen Kaffee trinken, jedoch käsebleich im Gesicht sind, bis sie nach Stunden des Wartens gerufen werden, um das Neugeborene zu bestaunen. Als Bündel zwischen anderen Bündeln, getrennt durch eine Glasscheibe, wenn die Arbeit getan ist.

War das früher wirklich so? Bei seiner Geburt vielleicht, sein Vater ist zumindest starker Raucher gewesen, und das Krankenhaus Neukölln hatte nicht den besten Ruf in Berlin. Meint Tennat zu wissen, auch wenn er nie wirklich gefragt hat, unter welchen Umständen seine Geburt vonstattenging. Und als seine Schwester auf die Welt kam, da fuhr er erst am nächsten Tag hin und grübelte – mit sechzehn und mitten in der Pubertät – über ganz andere Dinge nach.

Im Virchow ist die gesamte Atmosphäre bestimmt anders. Tracy liegt womöglich in einer Gebärlandschaft bei warmem Licht. Eine an einer apricotfarbenen Wand befestigte Sprossenwand mit Hanfseilen, daneben ein Pezziball, ein Gebärhocker aus Naturholz sowie zahlreiche andere organisch geformte Utensilien, die verschiedene Positionen des Gebärens erleichtern sollen. So sieht es gewiss dort aus. Und er wird das aus der Nähe gar nicht erleben können, weil die Geburt vielleicht schon gelaufen ist oder nun andere, Tracy wirklich nahestehende Menschen zugegen sind. Er wird also nur die Tasche vorbeibringen, kurz Hallo sagen und, falls es dazu Gelegenheit gibt, das fragen, was die Ermittlungsarbeiten erfordern.

Doch es kommt anders.

»Sie können auf Ihre Freundin positiv einwirken«, sagt die Dame an der Rezeption, die Tennat vorhin bereits gesprochen hat.

»Aber ich dachte, es ist klar, dass sie nun hierbleibt?«

»Es gibt stets mehrere Möglichkeiten, wenn eine derartige Indikation vorliegt. Entweder bleibt Frau Kraft hier und wir lassen die Geburt einleiten oder sie geht wieder nach Hause. Denn die Herztöne des Babys sind vollkommen in Ordnung und es gibt keinerlei Anzeichen von Wehen.«

»Aber wäre es nicht gut, wenn sie zumindest eine Nacht zur Beobachtung bleibt?«, fragt Tennat besorgt. »Immerhin war das ein aufregendes Erlebnis heute Nachmittag, und vorhin hat sie verständlicherweise einen Krankenwagen bestellt.«

»Eben. Aber dazu bedarf es der Zustimmung der Patientin.«

»Und sie will nun nicht?«

»Sie will keinen Zwang.«

»Zwang?«

»Zwang, ja, Zwang. Weder durch eine künstliche Geburt noch allgemein in ihrem Leben.«

»Allgemein im Leben?«

»Das hat sie gesagt. Mehrmals.«

Tennat erntet einen fragenden Blick, als würde er wissen, was damit gemeint ist.

»Laufen viele Geburten heute?«, fällt ihm ein, als wäre dies entscheidend.

»Der September ist eigentlich der Monat mit den meisten Geburten. Es kommt daher, weil an Weihnachten und Silvester die meisten Babys produziert werden. Das ist erst seit den Achtzigern so. Vor dem Zweiten Weltkrieg und in den Jahrzehnten danach ließen sich Paare eher von heißen Sommernächten inspirieren, da sie dann außerhalb des Elternhauses ein passendes Plätzchen suchen konnten. Folglich waren früher Februar und März die geburtenreichen Monate.«

»Und heute? Wir haben Anfang März, nicht September …«

»Es geht, auch wenn der aufsichthabende Arzt gerade in einer komplizierten OP steckt und darum noch nicht zu Frau Kraft kann.«

Tennat nickt und fragt sich während einer ihm ewig vorkommenden Pause, in der die Nachtschwester auf ihren Monitor schaut, warum keine Freundin von Tracy hier ist, zum Beispiel jene Event-Managerin oder die Rechtsanwältin für Aufenthaltsrecht. Oder einer von diesen attraktiven Männern, in deren Begleitung Tracy vor allem vor, aber auch während ihrer immer offensichtlicher werdenden Schwangerschaft zu Events wie den Presseball oder der Berlinale ging. Da gab es laut diversen Boulevard-Magazinen Schauspieler, Theaterregisseure und andere bekannte Persönlichkeiten. Zwar niemand, der auch auf dem Geburtstag war, und nie etwas Dauerhaftes, wie es den Eindruck erweckt hat, aber immerhin. Ja, warum wurde also er, Sven Tennat, nicht *ein*, sondern *der* Freund vorhin erwartet, um ihm den Wohnungsschlüssel auszuhändigen? Eine Frage, die sich zu einer möglichen Antwort verdichtet.

Kapitel 12

Sie hat immerhin fünf Stunden wie ein Stein geschlafen, stellt Silke Bartsch fest, als sie morgens um sechs unter der Dusche steht. Melzig wollte bei sich zu Hause bleiben. Hat sich eingebürgert bei ihnen, wenn es brennt. Tut er auch sonst dreimal pro Woche, braucht dieses eigene Revier genau wie Kraftsport, und wenn sie sich abends nach Dienst und Fitnessstudio sehen, machen sie was außerhalb ihrer Wohnungen. Selten sitzen sie wie normale Pärchen vorm Fernseher, es sei denn, es gibt Fußball oder derlei. Aber sonst mag Melzig, den sie nur selten Udo nennt, eigene Aktivität, ein Vorspiel vor der eigentlichen Aktion. Ach, Männer.

Dabei war das anfangs anders, als die frischgebackene Kriminalkommissarin Silke Bartsch aus Leipzig nach Berlin kam und sofort auf den forschen Melzig stieß. Sein Interesse war von der ersten Minute an unverkennbar, und da sie hier niemand kannte, ergab eins das andere, bis sie begriff, dass es so nicht geht. Und nach einer kurzen heilsamen Trennung ging Melzig ohne Umschweife auf ihre neu gestellten Bedingungen ein, die aber zu jenem Aktionismus führten, der eigentlich Kollege Tennat unterstellt wird.

Und mit Sven Tennat war sie auch mal aus, als es eben kurz aus war mit Melzig, doch richtig Interesse hat Tennat nicht gezeigt. Es erwies sich zwar als netter Abend mit einem netten Menschen, doch dieser nette Mensch machte keine Anstalten, noch einen Kaffee bei ihr zu trinken oder derlei, als er sie bis zur Haustür brachte. Was wiederum nicht nett war und die Vermutung nahelegt, dass er vielleicht gar nicht auf Frauen steht, was Melzig, als sie wieder mit ihm zusammenkam, vehement bestritt, sozusagen unvorstellbar in seinem Kopf ist. »Er steht halt nicht auf junge Dinger«, entgegnete er. Und Silke Bartsch selbst: »Wie meinst du das?« Worauf Melzig verstummte oder sie leidenschaftlich an sich riss – eins von beidem.

Ach, Männer. So naiv. Jeder auf seine Weise.

Nachdem Silke Bartsch sich eine Jeans angezogen hat, widmet sie sich der Optik im Gesichtsfeld fürs berufliche Weiterkommen. Zunächst benutzt sie eine Feuchtigkeitscreme als Grundlage. Dann neutralisiert ihre ruhige, niemals zitternde Hand mit einem Corrector durch Schlafmangel bedingte dunkle Stellen in der Augenpartie. Über den Corrector kommt ein Concealer, der mit den Fingern eingeklopft wird. Zum Fixieren gibt es weißes Puder. Dann trägt sie helle Foundation und ganz wenig aprikotfarbenes Rouge auf dem hervorstehenden Teil der Wangen auf. Mit abgestuftem Augenbrauenstift, Lidschatten, Eyeliner und Mascara unterstreicht dies ihren natürlichen Teint. Sieht aus, als würde sie sich kaum schminken, so muss es sein. Beim Lippen- und Konturenstift wählt sie jedoch an diesem Montag ein kräftigeres Rot. Schließlich steht ihr Eisprung bevor, den kann man nicht verleugnen. Die Sonne scheint.

Im Auto, während die Scheibenwischer gegen Regen kämpfen, werden in den Nachrichten auf Inforadio dem Mord an Laura García einige Sätze eingeräumt; es waren ja auch am Tag zuvor ziemlich schnell Leute von der Presse vor Ort. An so einem öffentlichen Platz ist das kein Wunder, auch wenn die Wiese recht abgeschirmt lag. Liegt. Wo das Mädchen lag. Und nachdem Berlin im letzten Jahr öfter von solchen Taten heimgesucht wurde, sind lokale Zeitungen und Radiosender für solche Vorfälle sensibilisiert, um eine Story als Erste zu generieren. Denn es wird nicht ausgeschlossen, dass ein ausländerfeindlicher oder auch terroristischer Hintergrund vorliegt, also eine Art gezielter Anschlag.

Woher diese Informationen stammen? Aus eigener Beobachtung? Oder von einem von Laura Garcías Freunden? Der dünne Italiener sagte etwas in die Richtung, als Silke ihn im LKA vernahm. Das war überhaupt der Nervöseste von diesem Gespann, es war ihm alles sichtlich unangenehm, so allein mit der Kommissarin und dem Aufnahmegerät, das er ständig anstarrte. Er zappelte die ganze Zeit auf seinem Stuhl herum, was er aber laut den beiden Frauen und dem anderen Mann, die danach kamen, immer tut.

Trotzdem Blödsinn. Ausländerfeindliche Akte betreffen nicht gerade privilegierte Studenten, die sich in der Gesellschaft perfekt anpassen und bloß eine etwas dunklere Haut- und Haarfarbe besitzen. Und Terrorismus? Da wählt man doch gleich eine Variante mit deutlich mehr Opfern, oder? Besonders auch, wenn man die Umstände mit den Piepmätzen kennt, wie es ausgerechnet Melzig derart formulierte, der am Abend nicht zu ihr gekommen ist und sonst doch so gern vom *Vögeln* spricht. Ein kleiner Macho ist das, aber auch dadurch verdammt sexy, wie Silke Bartsch nicht nur an diesem Tag ihres Eisprungs zugeben muss. Da muss sie ihm nichts erklären, ihn nicht umerziehen, das kann er.

Bei der Konferenz um Punkt acht wird das mit den Piepmätzen von Michael Wandt bestätigt. Der Raum ist voll, die Luft stickig, Melzig sitzt wie immer im LKA möglichst weit entfernt von ihr, es herrscht eine angespannte Stimmung. Der LKA-Leiter Volker Bomann platzt in den Raum, wedelt mit einigen Zeitungen herum und verweist darauf, dass diese Geschichte möglichst schnell aufgeklärt werden muss. Gewisse Leute machen Druck, und er will nicht hören, dass es heißen würde, das Berliner LKA sei bei solchen Fällen auf dem rechten Auge blind. Nicht erst seit dem NSU-Skandal schwebt dieses Damoklesschwert über ihren Köpfen. Wenn auch mit einer gewissen Berechtigung, wie Silke Bartsch nicht nur bereits in Leipzig erfahren hat. Doch dies ist eine andere Geschichte. Eine ganz andere. Hoffentlich.

»Geben wir zunächst dem Aspekt, dass das Mädchen aus Versehen getroffen wurde, mehr Gewicht«, stöhnt Michael Wandt, nachdem Volker Bomann in seinem feinen Anzug wieder auf den Fluren entschwunden ist. »Es besitzt derzeit die größte Wahrscheinlichkeit. Es ist nun auch ziemlich klar, warum kein Schuss vernommen wurde. Die Schusswaffe besaß also nicht nur einen Schalldämpfer, sondern wurde, wie bereits vermutet, mit spezieller Unterschallmunition, auch als *Subsonic* bekannt, geladen, da einfache Schalldämpfer nicht den Geschossknall von normalen Projektilen mit ihrer Überschallgeschwindigkeit von dreihundertdreißig Metern pro Sekunde beeinflussen können. Subsonic-Munition besitzt aber, wie natürlich bekannt, den Nachteil, dass die geringere Geschossgeschwindigkeit eine geringere Rasanz der Flugbahn zur Folge hat, folglich eine geringere Durchschlagswirkung durch geringere Geschossenergie. Dies erklärt, warum das recht schwere Projektil unterhalb der Lunge von Laura García direkt zwischen den beiden untersten Rippen stecken blieb und dort beim Magen die Aorta durchtrennte. Unterschallmunition hat überdies keinen stabilisierten Drall, weswegen die Kugel taumelt und ein gezieltes Treffen aus dieser Distanz – es wurden nun fünfundsechzig Meter Luftlinie berechnet – unmöglich macht.«

»Es sei denn, es wird eine .300-Whisper-Munition verwendet«, fügt Silke Bartsch hinzu.

»Sehr gut, wurde aber nicht«, entgegnet Wandt und fährt fort. »Es war eine .22-lfb-Hülse, ein recht preiswertes Blei-Rundkopfgeschoss. Wir können mit großer Berechtigung davon ausgehen, dass das Ganze wirklich ein Versehen war. Ein ungefähr so lautes Versehen, wie wenn man eine Bierflasche öffnet. Jedoch tödlich. Und der Täter kann diese Munition durch eine Pistole oder ein Gewehr abgefeuert haben, wobei vorrangig ein Gewehr mit Zielvorrichtung vermutet wird, weil sonst wohl kaum derart viele Vögel getroffen worden wären.«

»Über zwanzig in zwei Jahren laut Frau Eva Langhahn«, wirft Melzig ein, als Wandt ihn kurz ansieht. »Und die Polizeidirektion 1, Abschnitt 15, weiß von fünfzehn.«

»Oder es wurde eben doch mit einer Pistole geschossen und der so geübte Schütze hat einen außerordentlichen Dachschaden, weil er wohl sehr regelmäßig schoss«, setzt Wandt seine Ausführungen fort und schüttelt den Kopf. »Was ebenfalls eine gewisse Wahrscheinlichkeit besitzt. Also das mit dem Dachschaden. Denn der Täter schoss zur meistfrequentierten Zeit in so einem Park, spazierte zuvor und anschließend mit seiner Waffe übers Dach. Und durch eins der Treppenhäuser. Kam nach einer genaueren Zuordnung aller Fingerabdrücke auf dem Dachboden wahrscheinlich aus der Siebzehn oder Sechzehn a. Es ist also Vorsicht geboten.«

»Das machen wir aber nicht nur mit Männern«, empfiehlt Silke Bartsch.

Melzig schaut sie an, hebt die Augenbrauen und sagt tatsächlich: »Der eigene Nachwuchs soll nicht zur Zielscheibe werden, dem fehlt es noch an Erfahrung.«

Silke Bartsch verdreht die Augen. »Ich bin aber keine Anwärterin mehr und war beim Studium Jahrgangsbeste mit Auszeichnung. Zudem die zusätzlichen Qualifikationen, die andere Kollegen erst viel später machen oder nie. Und wie soll man lernen, wenn man in den allermeisten Fällen nur mit Berichteschreiben, Recherche und Klinkenputzen beauftragt wird. Na gut, wenn der Nerd bleibt, dann werden es weniger Berichte für mich. Und Klinkenputzen müssen wir bei der Anzahl an Anwohnern alle an diesem Tag. Am Sonntag wurde ich aber wieder von der Front ausgeschlossen, durfte wieder nur mit den Zeugen reden, mich um sie kümmern, was auch wichtig ist, zu allem einen Teil beiträgt, manchmal sogar völlig die Dinge entscheidet, doch eben nicht …«

»Das können wir gern machen«, stimmt Wandt zu, nachdem er sich einen Schluck Kaffee gegönnt und seinen Mund mit einer

Serviette abgetupft hat. »Tennat ist auch noch nicht da. Er verspätet sich. War wohl eine kurze Nacht. Oder gar keine.«

»Habe auch noch keine neue Info«, bestätigt Melzig und schaut auf sein Handy. »Hat noch nicht auf meine Nachricht geantwortet.«

»Und im näheren Umfeld von Laura García müssen wir auch nicht ermitteln«, fügt Bartsch in ihrem Interesse an. »Nicht heute, wenn sich anderes ergibt. Wir sollten uns auf die Gaudystraße konzentrieren. Allein schon wegen Volker Bomann und der Presse.«

»Eben«, bestätigt Wandt.

Die anderen Anwesenden, zehn Männer und zwei Frauen, sagen dazu nichts. Und Silke Bartsch denkt, dies ist mein Tag.

Kapitel 13

Er wusste nicht sofort, was Sache war. Er wusste es weder beim Schuss noch danach. Er schloss das kleine Dachfenster, verstaute die Waffe, lief auf Socken in seine Wohnung und nahm sich ein eiskaltes Bier aus dem Kühlschrank. Alles war wie immer, wenn der Kochtopf etwas Dampf ablassen muss.

Auf seinem Balkon im dritten Stock rann das Bier im Schatten des Sonnenschirms angenehm zügig seine Kehle hinunter, so dass er nur zweimal ansetzen musste, um es bis auf den letzten Tropfen zu leeren. Anschließend stieß er auf – ein ebenfalls befreiender Aspekt –, allerdings nicht zu laut sowie mit vorgehaltener Hand, streckte die Beine aus und schloss die Augen an diesem Frühlingstag.

In solchen Momenten, man kann sie rituell nennen, wäre er nun nach einigen Sekunden eingenickt, hätte sofort Träume gehabt, denn träumen konnte er stets gut. Doch die Sirenen, die dann ertönten, verhinderten dies, allerdings ohne ihn direkt aufzuschrecken. An der Eberswalder Straße fuhren tagtäglich diverse Male Einsatzkräfte los, es gehörte zum normalen Klangbild seiner Umgebung. Sie kamen aber nun konstant näher, unverkennbar, was ihm merkwürdig erschien, denn die Gaudystraße kann man nicht als Verkehrsader, ja, wegen ihres Kopfsteinpflasters nicht mal als eine beliebte Abkürzung bezeichnen. Und als sowohl Rettungs- als auch Polizeiwagen sogar in den Park fuhren, rutschte er, der längst seine Augen wieder geöffnet hatte und nun nicht träumen konnte, einige Zentimeter in seinem Plastikstuhl herunter, blieb dort, wo er saß, wartete ab, während seine Gedanken fleißig Karussell fuhren.

Zwei Bier später saß er in seiner Wohnung vorm Fernseher, ohne auch nur das Geringste von dem weiter zu beobachten, was ihn zuvor stark verunsichert hatte. Er konnte aber auch nicht das Programm verfolgen, nichts ließ sich finden, was ihn ablenkte. Dann klingelte das Telefon. Laut der auf dem Display angezeigten Nummer war es Karl-Gustav. Er rief sonst selten an, und der Mann hatte gut lachen.

»Steigen zwei Spanier in die U-Bahn, halten sich alle Fahrgäste die Ohren zu«, krächzte Karl-Gustav sofort.

»Habe ich schon mal gehört. Rufst du deswegen an? Bin beschäftigt.«

»Mit was?«

»Du musst nicht alles wissen.«

»Warum?«

»Ist halt so.«

»Spielst an dir herum!«

»Vielleicht … Nun, was willst du?«

»Steigen zwei Spanier in die U-Bahn …«

»Ich bitte dich«, unterbrach er Karl-Gustav sofort, »wir alle wissen, wie schnell und vor allem wie laut Spanier reden, können halt nichts anders, kommen aus Großfamilien, wo bis zu vier Generationen durcheinanderquaken. Wo ist denn da nun ausgerechnet heute der Witz?«

»Nicht besonders zu Scherzen aufgelegt«, stellte Karl-Gustav mit gewissem Unterton fest. »Ist was passiert?«

»Was soll passiert sein?«

»Zum Beispiel direkt vor deinem Balkon, mein Guter. Oder eigentlich vor meinem und schräg rechts von deinem.«

»Du meinst … Also ich habe da schon was bemerkt. Ist ziemlich viel Trubel da unten. Aber woher weißt du … Bist du nicht in der Datsche?«

»Buschtrommeln, mein Guter, die guten alten Buschtrommeln. Die Bullen sind auch bereits in der Siebzehn a gewesen. Else rief mich empört an. Irgendein Kommissar hat ihren Kaffeeklatsch aufgelöst. Soll mir recht sein, juckt mich nicht die Bohne …« Karl-Gustav Schwartzkopff lachte kurz auf. »Doch um auf die Spanier zurückzukommen … Da wurde eine junge Frau erschossen. Ausgerechnet eine Spanierin. Deswegen meine einleitenden Worte.«

»Mein Gott, wer macht denn so was?«

»Weiß der Geier. Ich jedenfalls nicht. Bin ja nicht vor Ort und sozusagen aus der Schusslinie.« Karl-Gustav lachte erneut, stockte aber plötzlich und räusperte sich. »Auch wenn ich zwei Waffen besitze. Schließlich muss man sich schützen, bei all den Einbrechern. Rumänen, Polen, Weißrussen, Ex-Jugos in all ihren fiesen Facetten … Die meisten Einbrüche begehen aber Junkies, Beschaffungskriminalität und so. Haben sie erst letztens wieder im Fernsehen gebracht. Die eine Waffe liegt darum auch bei mir im Garten. Nur die andere …«

»Gut, aber was kann ich dafür, dass deine Frau …«

»Nichts, mein Guter, rein gar nichts. Vorerst. Nur es gibt nicht viele Waffen dieser Art. War ja kein Schuss zu hören, wie ich wiederum hörte. Da muss ich nur eins plus eins zusammenzählen. Also eins plus eins ergibt … Warte mal… Ich habe heute auch schon meine Bierchen …«

»Nur posaune ich nicht bei jeder Gelegenheit herum, dass ich einen Waffenschein besitze und mich selbst verteidige, wenn's drauf ankommt, ganz wie die Reichsbürger, für die du Verständnis zeigst. Und all den anderen Kram. Steigen zwei Spanier … Und vorher waren es Kanaken. Und davor Wessis. Obwohl, die sind es immer noch. Türken auch. Es summiert sich.«

»Ruhig Blut, ruhig Blut. Sind doch nur Worte beim Stammtisch, keine Taten. Ein gewaltiger Unterschied. Aber wenn du schon die anderen Jungs ansprichst, die halten dicht. Wohnen ja auch nicht in unserem Block.«

»Und deine Frau hat diesbezüglich auch nichts der Polizei erzählt?«

»Man kann über Else denken, was man will …« Karl-Gustav lachte aus vollem Hals, bis er husten musste und etwas Zeit benötigte, um sich zu fangen, »aber niemals würde sie …«

»Bist du dir da sicher?«

»Absolut. Außerdem weiß sie nicht, wo das zweite Kanönchen liegt.«

»Aber ich.«

»Eben.«

»Und nun?«

»Meine Frage lautet: Ist die Waffe sicher?«

»Eine Hand wäscht die andere.«

»Das ist keine Antwort auf meine Frage«, befand Karl-Gustav in einem Tonfall, der nun ernst wurde.

»Ich denke schon.«

Er legte auf und ging in die Küche, machte sich einen Kaffee, obwohl er seit seiner Prostataoperation besser Kräutertee trinken sollte. Anschließend nahm er eine Dusche, um sich abzukühlen, was er sonst auch nur morgens nach dem Aufstehen tat. Beim Abtrocknen sah er die Florena-Handcreme und kam auf zwei Ideen.

Zunächst versuchte er, den entstandenen Stress abzubauen. Das mit dem Schuss ging ja nach hinten los. Früher hatte er dazu regelmäßig seinen Penis angefasst, vor allem nach der Arbeit. Vierzig Jahre lang war er im Einzelhandel tätig gewesen. Zuerst im Konsum an der Kasse, dann nach der Wende beim Leergut im Lager bei Kaisers, welches es inzwischen auch nicht mehr gab. Also mit Flaschenhälsen oder dem, was ähnlich geformt war und zwischen seinen Beinen baumelte, hatte er immer viel zu tun gehabt, nur nicht mit Frauen. Es ergab sich einfach nicht. Nicht direkt. Weder in der Nähe von Leipzig, wo er als Halbwaise mit seinem Vater und Großvater in einem kleinen Bergbau-Kaff aufgewachsen war, also ohne große weibliche Einflüsse bis auf den in der Schule oder auf der Straße, noch in Berlin, wo er Anfang der Siebziger hingezogen war. Dabei hatte er gerade hinter der Konsum-Kasse, ausgerechnet in der Leipziger Straße, wesentlich mehr Gelegenheiten gehabt. Doch niemals hatte er etwas anderes außer »Guten Tag«, »Das macht …« und »Auf Wiedersehen« gesagt. Wenn er es hochrechnete, hatte er nur eine Handvoll Freundinnen in seinem Leben gehabt. In fünfundsechzig Jahren ergab das alle dreizehn Jahre eine, und diese Beziehungen, falls man sie so nennen möchte, hatten nie länger als ein paar Monate gedauert. Da staute sich viel an. Sehr viel. Zuerst im Kaff bei Leipzig, dann im Konsum mitten in Berlin an der Leipziger Straße. Doch inzwischen klappte es nicht mal mehr, sich selbst anzufassen. Er bekam seit seiner Prostata-OP keinen Steifen, geschweige denn einen Erguss. Seine Prostata schmerzte dafür bei jedem Versuch und erinnerte ihn nur daran, dass er bald wieder zum Arzt musste, um sich einen Finger in den Arsch einführen zu lassen. Kein schöner Gedanke, kein schönes Gefühl. Und so ließen die fünf Finger eines Mannes, der nur fünf Frauen in seinem Leben gehabt hatte, von seinem Penis ab, zogen dafür ihn, der sich trotz Dusche noch schmutzig fühlte, an und widmeten sich der zweiten Idee beim Anblick der Florena-Creme, der nun existentiellen.

Er öffnete die Wohnungstür, im Hausflur schien niemand zu sein. Die Bullen wuselten bisher nur in der Siebzehn a, vielleicht auch auf dem Dach. Fingerabdrücke, dachte er, da müssen überall Fingerabdrücke sein. Und führen hierher zu mir. Und darum wischte er seine Tür mit einem Mikrofasertuch ab. Die Klinke, den Beschlag, den Rahmen, die Klebefolie mit dem Blumenmotiv, den fast vergilbten Wir-sind-Weltmeister-Sticker von 2014, das Klingelschild. Dies tat er auch unten an seinem Briefkasten und ebenso am gesamten Treppengeländer. Keiner kam ihm entgegen, er machte dies absolut unbeobachtet. Dann cremte er sich die Hände mit der fetten Florena ein und lief zu seinem Nachbarn gegenüber, um dort Abdrücke möglichst nahe dem Türschloss zu hinterlassen. Der Typ war nicht viel jünger als er, hatte jedoch oft Damenbesuch. Es war nur eine spontane Eingebung und besser als nichts.

So war das am Sonntag gewesen. So ist der Stand am Montag, als er nach einer unruhigen Nacht schweißgebadet aufwacht. Er hat von seinem Großvater geträumt, der nach vielen Jahren sowjetischer Kriegsgefangenschaft nie wieder ins normale Leben zurückfand. Gesellschaftlich galt er als Alt-Nazi, auch wenn er nur einer von vielen Mitläufern gewesen war, der nach dem Krieg keinerlei diesbezügliches Engagement zeigte. Eher im Gegenteil, er verfiel einer rein inneren Welt, saß, während sein Sohn im Bergwerk arbeiten ging, in der Küche, starrte vor sich hin, dachte an etwas, was er niemals äußern würde, aber erlebt hatte. Dadurch bekam er nicht einmal richtig mit, wenn sein Enkel von der Schule zurückkehrte. Erst wenn ihm ein Teller Suppe vor die Nase gestellt wurde, zeigte er Gegenwärtigkeit, griff nach dem Essen und holte danach ein altes Damespiel hervor.

Dame, so wusste er dann zeitweise zu berichten, als hätte er dies noch nie erwähnt, gehöre zu den strategischen Brettspielen mit perfekter Information, da der Erfolg nicht vom Zufall abhängig sei. Manchmal erwähnte der Großvater auch, dass Dame besonders in Russland populär sei, er es selbst aber bereits in Deutschland gelernt habe. Und ein einziges Mal, es passierte wirklich nur an diesem einen Märztag, als es draußen stürmte, der Regen gegen das Küchenfenster peitschte, die Welt da draußen scheinbar unterging, gab er seinem Enkel preis, dass er in Russland aber gelernt hatte, ein Spiel allein im Kopf zu gewinnen, all die Züge im Voraus mit allen Variablen durchzugehen oder von

Zug zu Zug neu zu berechnen und auf dem Spielbrett ganz anders Züge zu setzen, um sein Gegenüber, wenn es ein russischer Offizier war, nicht bloßzustellen. Und die Russen spielten gern mit ihm, denn er gewann stets gegen seine Mitgefangenen, wodurch für sie ein einzelner Sieg zugleich ein Sieg über alle Deutsche bedeutete. Das Siegen war also den Siegern weiterhin sehr wichtig und damit zu begründen, dass sie in Sibirien hocken mussten, weit weg von ihren Familien. Und daher tranken die Russen auch viel oder noch mehr als zu Hause. Und einmal, als einer ihm ebenfalls Wodka einschenkte, ihn bewusst betrunken machte, gewann sein Großvater aus Versehen. Dies war sein letztes Spiel in Russland. Er kam danach für einige Wochen in Einzelhaft, einen kleinen Holzverschlag, in dem man weder stehen noch sich auf den Boden ausgestreckt hinlegen konnte. Und jedes Mal, wenn die Russen an seinem Verschlag vorbeiliefen, spuckten sie ihn an und sagten: »Du bist ein Verbrecher.«

Der Großvater verstand das nicht, und es ärgerte ihn noch immer. Und sein Enkel am Küchentisch verstand es natürlich erst recht nicht, und es ärgerte ihn ebenfalls, während es draußen stürmte, der Regen gegen das Küchenfenster peitschte, aber niemals all die Tränen der Menschheit wegzuwischen imstande war.

Doch nun an diesem Montagmorgen, mit Mitte sechzig, einem Alter, welches damals sein Großvater besaß, denkt er zum ersten Mal an die Möglichkeit, dass diese Aussage, von der er nun sogar nachts geträumt hat, eine prophetische Weissagung gewesen sei.

Du bist ein Verbrecher.

Und die Russen meinten nicht seinen Großvater, sondern den Enkel. Was sich allerdings schon seit zwei Jahren anbahnte, als Karl-Gustav ihm das mit der Waffe erklärte. Sie sollte einfach nur nicht mehr bei ihm, Karl-Gustav, dem Großvater ganz anderen Kalibers, dessen Enkel in allen Schubladen kramen dürfen, ohne etwas zu befürchten, liegen. Das war der Grund, ein kleiner Gefallen, und dann lag diese Waffe woanders, bis der Single, der mit zwanzig vom Land nach Berlin floh, wegen der auf seinen Balkon kackenden Vögel auf die Idee kam, etwas dagegen zu unternehmen. Gegen diesen Schmutz. Gegen die Bakterien. Gegen alles. Und für sich. Denn das Schießen zeigte durchaus befreiende Wirkung. Besonders nach der Prostata-OP.

In der Küche macht er sich einen Kräutertee, in den er neben Milch und Zucker etwas Kognak dazugibt, was auch sein Großvater einst tat. Also Alkohol auf nüchternem Magen bereits um sieben Uhr. Seine Regeln, die der fünfundsechzigjährige Enkel zuvor einhielt, sind dahin. Aber draußen vorm Fenster regnet es, wenigstens das. Ist gut für die Bäume, Sträucher und die … Wiese.

Du bist ein Verbrecher.

Mit Kopfschmerzen.

Unter der Dusche versucht er wie am Tag zuvor sich anzufassen, doch es bleibt nur bei einem halbherzigen Versuch.

Ergibt das Leben überhaupt noch Sinn?

Ein Gedanke, der sich ihm nicht erst plötzlich aufdrängt. Selbst der wöchentliche Stammtisch ist wahrlich keine Freude mehr, war es eigentlich nie richtig gewesen. Er hasst die anderen, wie er nun zugibt, will sie nicht mehr sehen, diese Kompromissbekanntschaften. Er kam nur dazu, weil er mal zufällig in dieser Kneipe landete. Da entdeckte ihn Karl-Gustav am Tresen, während er an die Wand starrte und eine Partie Dame simulierte. Da fragte Karl-Gustav, ob er nicht auch in der Gaudystraße wohne, er kenne ihn vom Sehen, und ob er nicht Lust hätte, an seinen Tisch zu kommen. Seine Clique – Karl-Gustav benutzte wirklich dieses kindische Wort – spiele Canasta, am liebsten zu fünft, habe sich so eingebürgert, doch einer sei krank. Canasta! Ein Kartenspiel, deren Erfolg vom Zufall abhängig ist, also kein Spiel mit perfekter Information wie Dame, wo allein der Geist entscheidet. Dass er Karl-Gustav nicht damals schon ausgelacht hat. Vier Jahre ging das dann so, und der andere, der an jenem Abend krank gewesen sein soll, tauchte nie wieder auf. Vermutlich gab es den überhaupt nicht. Oder er wurde rausgeekelt. Wie nun auch er selbst. Bestimmt. So ist Karl-Gustav. Der Platzhirsch. Immer große Klappe. Genau wie seine Frau mit ihrer eigenen Clique. Und immer schön nachtreten, wenn jemand auf die Fresse fliegt. Da haben sich zwei gefunden. Fürs Leben. Und er selbst will gar nichts finden, will nicht mehr leben, sondern nur … Da ist schon wieder der Gedanke.

Von ihm, dem *Verbrecher*, der ein unschuldiges Mädchen erschossen hat, eine Spanierin, vermutlich klug, schön und mit ganz anderen Perspektiven als er. Ihm tut es leid. Ja, das tut es. Innen in ihm drin. Da zwischen der Brust. Und so zieht er sich eine schwarze Hose und ein schwarzes Hemd an, seine besten Sachen. Kämmt sich die spärlichen Haare, die ihm geblieben sind, ordentlich nach hinten, als würde er zu einer Beerdigung gehen. Oder zum Arzttermin, um sich rektal begutachten zu lassen. Das macht er aber nicht, nie wieder, das schwört er sich, obwohl er in den letzten Wochen wieder so ein komisches Gefühl wie vor der Erstdiagnose und der dann sofort erfolgten OP hat. Aber das rückt nun wirklich in den Hintergrund.

Vor seinem Haus stehen schon wieder Bullen, standen oder saßen vermutlich die ganze Nacht dort irgendwo. Er räumt seine Wohnung auf. Ohne nachzudenken, warum genau, aber es scheint ihn abzulenken. Oder er tut es, weil jemand anders die Regie übernimmt. Sein Kopf denkt die ganze Zeit nach, nur nicht über das, was er gerade tut. Zuerst dieses Anziehen seiner besten Sachen, nun Aufräumen.

Er wäscht in der Küche ab. Er sieht seinen faltigen Händen zu. Macht sein schmales Bett. Sogar einen Knicks mit der Handkante in das aufgestellte Kopfkissen. Stapelt Altpapier. Verstaut das Leergut in der Küche. Fegt das Laminat. Wischt Staub. Auch auf den Schränken. Schrubbt das komplette Bad. Geht mit dem

Schwamm sogar ins Klo. Will wohl einfach etwas zu tun haben. Seine faltigen Hände werden von all dem Wasser und Putzmittel ganz weich und aufgedunsen, bis er wieder zur Handcreme greift und feststellt, dass er sich erneut umziehen muss. Nicht nur unter den Achseln riecht er nach Schweiß. Und dieser Schweiß riecht beißend, er riecht nach Angst. Er wechselt das Hemd, wählt wieder ein schwarzes, das zweite, das er in dieser Qualität besitzt, und nimmt das erste Bier zur Hand. Sonst trinkt er erst immer ab sechzehn Uhr, wie er sich mehrmals beim Aufräumen ermahnt. Zumindest werktags, als ob er noch arbeiten würde, und nur am Wochenende etwas früher. Er fühlt sich damit noch schlechter, noch schuldiger, als dürfe er nicht tun, wonach ihm ist. Nein, darf er auch nicht. Er hat ein Mädchen erschossen. Weil sich diese Weissagung erfüllt hat. Er hasst das Wort. *Weissagung*. Er denkt an die Farbe Weiß. An blasse Haut. Die eines Gottes mit weißem Bart. Und Gott gibt es nun wirklich nicht. Höchstens ein Schicksal. Ja, das gibt es.

Ich bin ein …

Es ist elf Uhr, als die Beamten in das Haus des *Verbrechers* kommen. Man hört die Klingeln durch den ganzen Plattenbau schellen, wenn man vorn in der Küche oder hinter seiner eigenen Wohnungstür steht. Soweit er es richtig deutet, fangen sie unten und gleichzeitig unterm Dach an. Er wird also in die Zange genommen.

Gegen zwölf, nach einer ihm endlos vorkommenden Stunde, in der er wegen seines Dursts und einer immer schnell schmerzenden Blase zwischen Küche, Klo und Wohnungstür hin und her marschierte, klingeln sie schließlich auf seiner Etage. Zuerst nebenan. Er fleht den einen Gott, den es nicht gibt, an. Dass sie ihn in Ruhe lassen. Steht mit diesem Gedanken, diesem Gebet ganz dicht am Guckloch, obwohl er sich lieber in sein gemachtes Bett verkriechen will. Sein Herz schlägt trotz des Alkohols schnell und er bemerkt wieder diesen beißenden Schweißgeruch. Vorsichtig dreht er die Klappe vom kleinen Guckloch weg und bringt sein Auge direkt ans Glas. Man kann ihn nicht sehen, man könnte nur etwas sehen, wenn dahinter noch etwas Luft wäre, weil zum Beispiel diese kleine Klappe fehlt. Und auch nur an anderen Wohnungstüren. Das weiß er genau, denn er hat bereits an einigen durchs Guckloch gespäht. Nur mal aus Neugier. Und weil er vielleicht geil war. Und das mit dem Reingucken geht bei ihm eben rein gar nicht, denn er hat eine andere Linse in seine Tür eingebaut, wo man wirklich nur hinausschauen kann. Nicht herein. Hat er selbst im Baumarkt am Ostbahnhof besorgt. Oder in dem in Pankow. Er weiß es nicht mehr genau, und jedes Nachdenken fällt ihm immer schwerer, zu viel Bier, zu viele Kognaks. Ohne etwas gegessen zu haben. Um diese Uhrzeit. Es ist ein Fehler gewesen. Alles. Er kann nicht stillstehen. Sein Körper schwankt. Oder es ist allein die Gehirnmasse im Schädel, die sich auflöst. Oder jemand anders versucht weiterhin die Regie zu übernehmen, das Spiel zu leiten. Er denkt wieder an seinen Großvater. An dessen weiße Haut. Und wie er seinen Enkel oftmals siegen ließ, fast jede zweite Partie, und irgendwann sein Leben beendete, nachdem er wohl jeden erdenklichen Spielzug in seinem Kopf durchgedacht hatte und begriff, es wird auf dieser Erde niemals einen Sieger geben.

Sein Enkel sieht nun durch die Linse an seiner Wohnungstür. Er denkt an Variationen von Dame. *Wolf und Schafe* ist eine Variante, bei der das Ziel darin besteht, dass die Schafe den Wolf so einschließen, dass er sich nicht mehr bewegen kann. Für die Schafe ist es daher am besten, wenn sie in einer Reihe vorgehen, um den Wolf einzumauern. Wenn es dem Wolf jedoch gelingt, die Kette der Schafe zu durchbrechen, dann hat er gewonnen.

Eine Frau klingelt nebenan. Sie trägt einen blonden, zu einem Zopf gebunden Pferdeschwanz. Wirklich hübsch, vielleicht Ende zwanzig oder Anfang dreißig, erinnert ihn fast ein wenig an eine seiner fünf Ex-Freundinnen. Daneben fummelt ein kahlköpfiger Mann, sucht an der Tür nach Fingerabdrücken. Er macht das mit einem Pulver und Klebefolie. Dann vergleicht der Mann die Folie mit einem Computer, so einem kleinen ohne Tasten, wie bei diesen neuen Handys, die man überall sieht, nur größer, bis der Mann seine Glatze schüttelt.

Die Frau klingelt gegenüber, wo er gestern mit seinen Florena-Händen … Ihr Kollege vollzieht auch dort sein Werk, um schließlich zu nicken. Mehrmals. Und sie klingelt erneut. Klopft. Immer abwechselnd. Klingeln und Klopfen. Ruft bald sogar den Namen des Nachbarn, der aber nicht da ist. Bis sie sich umdreht und auf die Letzte der drei Türen pro Etage zeigt, auf seine. Sie klingelt bei ihm. Sofort energisch. Während der Glatzkopf mit seiner Lupe an seiner Tür zugange ist. Bald tritt dieser einen Schritt zurück, scheint überrascht, zuckt mit den Schultern. Sie sehen einander an, heben die Augenbrauen, sagen nichts. Irgendetwas geht in ihren Köpfen vor. Nur was?

Die Frau kommt schließlich recht nah an die Tür heran, kneift die Augen zusammen und schaut direkt in seine Linse. Sie kann ihn nicht sehen, denkt er, der Enkel, den der Großvater gewinnen ließ. Unmöglich. Obwohl die Dame auf dem Spielfeld vielleicht nur wenige Zentimeter entfernt steht. Er könnte sogar ihre roten Lippen küssen, wieder mal das spüren, was er so lange nicht … Sein Penis gibt aber selbst im Angesicht des Todes kein Lebenszeichen von sich. Und alles, was strömt, ist wohl nur Blut. Gestern auf der Wiese bei der Spanierin. Heute bei …

Er muss fast lachen. Oder es lacht in ihm, ein ganz anderer Spieler. Und der Spielstein schwankt wieder ein wenig, steht auf der Kippe. Soll ich? Oder nicht? Angriff oder Verteidigung?

Er macht nicht auf. Inzwischen sind alle seine Vorhänge an den Fenstern zugezogen und er tut, als wäre er verreist. Oder auf einer Datsche wie Karl-Gustav, falls er eine hätte. Ganz einfach. Man kann also durch die zugezogenen Vorhänge und den dunklen

Flur nicht mal eine Lichtreflexion durch die Linse erkennen, falls er den Kopf etwas abwenden würde. Das ist bei ihm aber sowieso unmöglich. Sollen sie sich doch zunächst gegenüber abarbeiten. Das wäre in seinem Interesse. Sie stürmen diese Wohnung und er macht sich dann aus dem Staub. Verreist wirklich ein bisschen, bis Gras über die Sache gewachsen ist. Und da er keine Fingerabdrücke an seiner Tür hat, können sie nicht einfach seine Wohnung aufbrechen. Das wäre gegen jedes Gesetz. Auch wenn er ein *Verbrecher* ist. Was sie aber nicht wissen können. Noch nicht. Oder?

Denn da greift die Dame in ihre Taschen, während sie weiter durch die Linse starrt. Er kann es nur an der Bewegung ihrer Schultern erkennen. Dorthin, wo sich ihre Waffe befinden muss. Sie wird doch nicht… Nein, das nicht. Aber etwas anderes.

Kapitel 14

»Wo steckt er?«

Michael Wandt dreht sich um, schaut in den Himmel und klappt den Regenschirm zu, als Sven Tennat durch die Unterführung der Gaudystraße tritt.

»In der Sechzehn a im dritten Stock rechts. Wissen aber nicht, ob dieser Arno Gericke wirklich unser Mann ist. Er macht einfach nicht auf. Das ist bisher alles.«

»Fingerabdrücke?«

»Nein, da sind eben keine. Es ist die einzige Tür ohne.«

»Handschuhe?«, gibt Tennat zu bedenken.

»Vielleicht.«

»Vorstrafen?«

»Habe ich checken lassen. Die Computer sagen, Arno Gericke hat eine lupenreine Weste. Ist niemals auffällig geworden.«

»Verwandte oder Freunde, die ihn zur Räson bringen können?«

»Fehlanzeige. Scheint ein einsamer Wolf zu sein. Wie viele in diesem Alter.«

»Wer ist oben?«

»Melzig und Bartsch. Sie versuchen weiterhin, verbal Kontakt aufzunehmen, was Gericke aber verweigert. Er hat nur einmal geschrien. Regelrecht geflucht. Den Wortlaut wiederhole ich nicht. Aber es betraf Silke Bartsch. Als Frau.«

»Warum?«

»Weil sie ihn mit einer Taschenlampe geblendet hat. Gericke muss genau hinter der Tür gestanden und durch die Linse geschaut haben, als sie auf diese Idee kam.«

»Gewiefte Kollegin. Merke ich mir«, lobt Tennat.

»Ja, guter Instinkt«, findet auch Michael Wandt. »Habe ich auch noch nie gemacht. Und du?«

»Ich auch nicht.«

»Ich meine deinen Besuch bei Tracy Kraft.«

»Also neue Erkenntnisse zu unserem Mord an Laura García kann ich nicht liefern. Tut mir leid.«

»Das meine ich auch nicht nur, sondern eher …«, erklärt Michael Wandt. »Alles gutgegangen? Ist das Kind da? Mutter wohlauf? Junge oder Mädchen? Nun tu doch nicht so!«

»Wo soll ich da anfangen …«

Doch in diesem Moment kommt Melzig aus der Sechzehn a und winkt ihnen zu. »Er singt.«

»Na also!« Wandt klatscht in die Hände, wobei sein Regenschirm auf den Boden fällt. »Gute Arbeit.«

»Nein, nicht so«, entgegnet Melzig kopfschüttelnd, während Tennat den Regenschirm aufhebt. »Die Tür ist noch zu. Und er singt wirklich. Trällert ein Lied. Leicht lallend und nicht textsicher. Der Mann muss sich ordentlich einen hinter die Binde gekippt haben. Um diese Uhrzeit.«

»Weiß er überhaupt, was wir wollen?«, fragt Tennat.

»Na klar. Dass er die Tür aufmacht.«

»Aber keine Reaktion auf unser Anliegen?«

»Indirekt. Er verrückt Möbel. Man hört Holzknarren und Schleifgeräusche. Wir können davon ausgehen, dass sich Arno Gericke verbarrikadiert.«

»Und der Balkon? Vielleicht können wir ihn zur Wohnungstür locken und einer steigt vom Nachbarbalkon aus rüber zu ihm. Die Balkone an den Häusern grenzen doch seitlich aneinander. Oder von oben oder unten. Andererseits ist das gefährlich, weil er doch wahrscheinlich eine Waffe hat. Aber Kollegin Bartsch hockt nicht direkt vor der Tür?«

»Nein, eine halbe Treppe höher. Außerdem ist der Kriminaltechniker bei ihr.«

»Was sagen Nachbarn über den Mann?«

»Nicht viel. Gericke sitzt oft auf seinem Balkon. Ist Rentner. Allein lebend. Wortkarg. Die KT hat gerade festgestellt, dass die Fingerabdrücke, die wir auf dem Dachboden fanden, auch an seinem Briefkasten sind. Und zwar innen. Wir haben den Kasten einfach ausgehebelt. Weil außen im Gegensatz zu den anderen Briefkästen ebenfalls kein Fingerabdruck zu finden war. Muss Gericke wohl nicht bedacht haben. Also deswegen komme ich zu euch. Nicht primär wegen seiner Gesangskünste.«

»Na also!«, wiederholt Wandt. »Gute Arbeit.«

»Ja, war Silkes Idee, innen nachzusehen.«

»Dann soll es ihr Tag sein.«

»Und nun?«, will Tennat wissen und reibt sich die Augen. »Mitsingen oder stürmen? Wenn er es überhaupt ist. Wir sollten in jedem Fall das Einsatzkommando rufen. Allein die visuelle Präsenz kann ein Einlenken bewirken.«

Wandt nickt mehrmals, reicht Tennat seinen Schirm, holt sein Telefon hervor, wendet sich jedoch dann erneut Melzig zu. »Welches Lied singt Herr Gericke?«

»›Es regnet, es regnet‹.«

»Aber es hat doch soeben aufgehört.«

»Seine Vorhänge sind verschlossen.«

Melzig zeigt nach oben in den dritten Stock.

Wandt nickt.

»Und wie kann man bei diesem einfachen Lied nicht textsicher sein?«

»Er singt: ›Es regnet, es regnet, die Pferde werden blass! Und wenn's genug geregnet hat, dann‹ …« Melzig schüttelt den Kopf. »Dann kommen Varianten. Manchmal singt er: ›dann frisst der

Wolf das Schaf‹. Oder: ›dann strömt auch wieder Gas‹. So genau verstehen wir das alles nicht, denn er lallt und verschiebt Möbel.«

»Er will doch nicht das Haus in die Luft sprengen, wenn es auf Gas hinausläuft?«

»Dieser Block besitzt wie die meisten Plattenbauten keinen Gasanschluss«, entgegnet Melzig lächelnd. »Nur Strom, Fernwärme und Wasser. Da können wir beruhigt sein.«

»Jungs, wir müssen trotzdem handeln«, befindet Wandt und schaut auf seine Armbanduhr. »Wenn der jetzt irgend so eine Gasflasche hat. Warum soll er denn sonst von strömendem Gas singen. Oder die Pferde werden blass. Warum? Und welche Pferde?«

In diesem Moment erklingen nahezu gleichzeitig ein Schuss und ein Schrei. Sie schauen sich an. Tennat zieht die Waffe. Melzig ebenso und rennt vor. Mit dem Rücken zur Wand. Eine Treppe zur ersten Etage. Die Waffe hält er mit beiden Händen und durchgestreckten Armen vor der Brust. Dann zum zweiten Stock. Pro Etage jeweils zwei Treppen mit zwölf Stufen, wie er gestern zählte. Nach einer ist man am Fenster gen Norden, wo Pflanzen stehen. Teils verwelkt, aber auch blühende Orchideen. Tausend Gedanken schießen gleichzeitig durch Melzigs Kopf. Vor allem einer: Silke. Bloß nicht das. Dazu Bilder. Zum Beispiel eine Erinnerung. Vorgestern, am Samstag, waren sie abends noch beim Italiener, er hat den Tisch vorbestellt. Dann wieder ein konkreter Gedanke. Dieser Schrei war anders. Oder? Nur wie klingt der Schrei einer Polizistin, die sonst nichts erschrecken kann? Ist sie angeschossen? Arno Gericke hat doch auf seiner Waffe einen Schalldämpfer. Vielleicht nahm er ihn ab. Melzig ist sich nicht sicher. Hofft, dass es Silkes Waffe war. Nur warum hat sie geschossen? Ging sie in die Wohnung, war die Tür plötzlich offen?

Es ist so verdammt ruhig auf den letzten Metern. Keine Stimme, kein Geröchel, nur sein eigener Atem, die Schritte auf den Stufen, seine Kleidung, wie sie an der Wand schabt. Silke wäre eine Frau fürs Leben. Ihr würde er einen Antrag machen. Er muss es. Er mag es, wie frech sie zu ihm ist, wie sie ihn erzieht, es so bezeichnet, wenn sie die Handschellen ans Bett … Er schmunzelt, gleichzeitig werden seine Augen feucht, was sonst noch nie während eines Einsatzes passiert ist. Melzig kneift sie zusammen, versucht sich zu konzentrieren. Er ist es. Konzentriert. Wendet sich der letzten Treppe zur dritten Etage zu. Tennat sichert. Alles gelernt, tausendmal einstudiert. Nur nicht diese Angst um Silke. Und jemand in der zweiten Etage öffnet plötzlich die Tür. Eine alte Frau. Melzig zieht seine Waffe hoch, deutet an, dass sie zurück in die Wohnung soll. Tennat kümmert sich darum.

Dann geht Melzig weiter, die letzten Meter zur Gewissheit. Ein Weg von sonst wenigen Sekunden zieht sich ins Endlose, seine Schläfe pocht, draußen krächzt eine Krähe, die Sonne bricht durch die Wolken. Dann sieht er endlich, was Sache ist.

Blutspritzer an der Wand rechts von der mittleren Tür.

Darunter etwas, das Gehirnmasse sein kann.

Arno Gericke liegt auf dem Boden, mit eingeknicktem Kopf an der Wand, muss durch den Schuss dagegen geflogen sein, dann heruntergerutscht, die Wohnungstür steht offen.

Nahe seiner rechten Hand liegt eine Körperlotion.

Silke steht eine halbe Etage höher. Noch immer mit der Waffe in der Hand. Kreidebleich.

Der Kriminaltechniker bestätigt später, was sie zuvor durch Silkes Mund erfahren haben.

Arno Gericke hat plötzlich die Tür aufgerissen und ist mit vorgehaltener Florena-Körperlotion, als wäre es eine Pistole, auf den Flur gesprungen. Silke Bartsch, die zuvor das Entriegeln der Tür gehört und ihre Waffe gezogen hatte, hat in der Annahme, dass eine Pistole auf sie gerichtet wird, sofort geschossen.

Dumm gelaufen. Ausgerechnet für sie. Sie hat einen Menschen erschossen. Einige Kollegen müssen während ihrer ganzen Karriere nicht einmal einen einzigen Schuss abgeben. Zudem ist das Opfer, der vermeintliche Todesschütze vom Sonntag, unbewaffnet gewesen. Das wird Folgen haben. Untersuchungen nach sich ziehen. Befragungen. Warum schoss Kriminalkommissarin Silke Bartsch auf einen unbewaffneten Mann? Doch wo war überhaupt die Waffe?

Arno Gericke hat Flur und Wohnzimmer leer geräumt. Daher kamen diese Geräusche, die sie hörten. Sämtliche Möbel stehen nun im kleinen Schlafzimmer, wo zunächst kein Reinkommen ist. Im Wohnzimmer steht dafür ein Sonnenschirm. Direkt hinter einem ungefähr drei Quadratmeter großen Stück Kunstrasen. Beides vom Balkon hereingeholt. Warum, das kann keiner beantworten. Warum genau er mit einer Körperlotion als Schusswaffe aus der Wohnungstür heraussprang, ebenso nicht. Vermutlich hat es Arno Gericke aber darauf angelegt, erschossen zu werden. Seine Gesänge vom »strömenden Gas« und den »blassen Pferden« kann ein Psychologe derart deuten.

Im Bericht. Über Arno Gericke. Dem Vogelhasser und Todesschützen vom vierten März. Der keine persönliche Notiz hinterließ und kein einziges Foto bis auf sein eigenes Antlitz im Personalausweis besaß. Fünfundsechzig Jahre alt, hunderteinundsiebzig Zentimeter groß, Augenfarbe grün. Ein ordentlicher Mensch, Bad und Küche wie geleckt. Schmutzige Wäsche direkt in der Waschmaschine. Ansonsten kaum Firlefanz, keine CDs, Bücher oder Tinnef. Die Schränke sind ziemlich leer, wenn man von Kleidung, Kontoauszügen, Mietvertrag, ärztlichen Befunden wegen einer Krebsdiagnose zwei Jahre zuvor und einer kleinen Sammlung von Bierflaschen aus verschiedenen Ländern absieht. Wohnte seit dreizehn Jahren in der Gaudystraße, vorher an der Fischerinsel in einem der Hochhäuser. Und Arno Gericke gehörte noch zu einer Generation, die keine digitalen Spuren hinterlässt, er besaß keinen Computer, nicht mal ein Handy, nur einen Festnetzanschluss, ohne gespeicherte Nummern. Was ging in ihm in den letzten Stunden seiner Existenz vor? Was hat er sich bei diesem Abgang gedacht?

Vermutlich handelte es sich um eine Kurzschlussreaktion. Dabei war es nur Totschlag, zwar eine vollkommen idiotische Aktion, die ihn in den Knast gebracht hätte, sicher. Aber kein Grund, um sich gleich das Leben zu nehmen, auch wenn das natürlich Laura Garcías Freunden und Eltern ein wenig die Trauerarbeit erleichtern kann.

Und er ist doch der Täter gewesen? Denn er hat kein Geständnis abgelegt, sich nicht dazu geäußert. Es gibt auch keinen Zeugen, der ihn auf dem Dach oder Hausflur gesehen hat, sondern bloß Fingerabdrücke und ein merkwürdiges Verhalten, als die Polizei wollte, dass er die Tür aufmacht. Und vor allem findet das LKA keine Waffe in seiner Wohnung. Wenn es also zu einer Anklage gekommen wäre, hätte Arno Gericke durch einen geschickten Anwalt eventuell auch einen Freispruch erwirken können. Wenn es keine Waffe gibt. Und keine Zeugen. Aber vielleicht wollte Arno Gericke das nicht. Vielleicht war Arno Gericke es leid. Ohne Familie, ohne Freunde. Warum springt man sonst nackt auf den Hausflur?

Udo Melzig denkt darüber immer wieder nach, geht das auch mit Sven Tennat bis tief in die Nacht durch. Nur für LKA-Leiter Volker Bomann ist die Sache abgehakt, solange niemand genauer nachfragt. Denn er kann nun eine Pressekonferenz geben, wo er im frisch gebügelten grauen Anzug und einem farblich Akzente setzenden Schlips verkündet, dass der Fall als aufgeklärt gilt. Das ist sein Job. Er kann die schnelle Ermittlungsarbeit des LKA loben und die Bevölkerung beruhigen, da, anders als die Presse am Morgen noch thematisiert hat, kein ausländerfeindlicher oder terroristischer Hintergrund vorliegt. Aufkommende Fragen zum Täter und den Umständen seiner Festnahme wird Volker Bomann mit dem Verweis auf laufende Ermittlungsarbeiten abwehren, bis allmählich Gras über die Sache gewachsen ist und kein Hahn mehr danach kräht. Um den Rest kümmern sich andere. Wenn es Zeit wird.

Kapitel 15

Franz Fasel ist gekommen. Wie immer überpünktlich. Sage siebzehn Uhr, er klingelt um viertel vor. Was soll ich machen … Aufmachen, was anderes fällt mir immer auf die Schnelle nicht ein.

Er steht also da. Lächelt. Sein durchgeschwitztes T-Shirt klebt an seiner Haut, weil er mit dem Fahrrad immer rast, und das ohne Helm. Vielleicht ist es aber auch nass vom Nieselregen. Die warmen Tage scheinen wohl vorerst vorbei, ebenso Pollenalarm. Und Franz Fasel sieht wie immer gut aus, seine Arme sind noch sehniger geworden. Deutlich erkennt man blaue Adern, die sich vom Unterarm über den Bizeps ziehen. Er könnte sich allerdings endlich die Haare schneiden, aber nicht zu kurz, das mag ich nicht. Außerdem wirkt sein Gesicht ein wenig blass und eingefallen, weil er beim Schweigeseminar immer in dieser Meditationshalle sitzen musste und wohl nichts gegessen hat. Und am liebsten würde er mich vermutlich in die Arme nehmen, lässt es aber natürlich bleiben, da er mich kennt und weiß, was sich gehört und was nicht. Gibt mir also keinen Kuss auf den Mund, vor allem nicht mit Zunge. Ganz bestimmt würde er aber gleich gern reden, reden, reden, doch ich verbiete es ihm sofort.

Er duscht dafür im Sitzen in meiner Badewanne bei nicht mehr als dreißig Grad. Wechselsachen hat er im Rucksack, da bei mir nichts von ihm herumliegen darf. Danach geht er auf den Dachboden, um eine selbstgedrehte Zigarette zu rauchen. Das dauert nie länger als zehn Minuten, danach putzt er sich sofort die

Zähne. Ja, er hat wirklich weiße Beißerchen, richtig gesund und ganz im Gegensatz zu meinen, dem Spiegelbild meiner Seele, das mich selten den Mund aufmachen lässt, also vor allem draußen.

Das mit dem Rauchen scheint Franz Fasel tatsächlich zu entspannen. Manchmal will er danach zwar Sex, doch dieser Wunsch stört mich nicht, da er ihn nie ausspricht, sondern man ihn ihm nur ansieht. Also kein Handlungsbedarf, wenn von meiner Seite unerwünscht. Gelegentlich mache ich aber auf dem Sofa die Beine breit, schmiere seinen Schwanz mit viel Gleitgel ein, da ich selten feucht bei so etwas werde. Manchmal ist das Rein und Raus auch ganz angenehm, da ich dann denke, dass ich mal etwas tue, worum sich die ganze Welt doch dreht. Es gibt mir also eine Ahnung davon, wie es ist, mit anderen Menschen ansatzweise eine Erfahrung zu teilen.

Diesmal ist Franz Fasel ungefähr zwanzig Minuten auf dem Dachboden und wirkt danach total entspannt. Sein Blick ist glasig und nicht ganz bei der Sache, verfolgt zwar die Bilder der Flimmerkiste, doch regelmäßig schaut er durch das Fenster nach draußen, wo man in der Ferne den Fernsehturm am Alexanderplatz sehen kann. Zuerst ist der Turm wie die meiste Zeit an diesem Montag fast eins mit dem schmutzigen Himmelgrau um ihn herum, doch dann kommt die Sonne kurz zum Vorschein und taucht den Horizont in ein Abendrot, das den Gefühlsdusel bestimmt tief beeindruckt. Franz Fasel kommentiert aber weder kitschige Naturereignisse noch miserable Kulturformate im Pantoffelkino, obwohl ich es tue und er es dadurch ebenfalls dürfte. Was sagen. Egal was. Aber er sitzt einfach neben mir und schweigt. Als wäre er noch woanders. Zum Beispiel in einer Meditationshalle. Bei behaarten Esoterik-Muschis. Oder an einem völlig anderen Ort, zum Beispiel dem Dachboden über mir, wo er zwanzig Minuten lang bestimmt nicht nur eine Zigarette paffte.

Morgens steht er wie immer viel früher als ich auf, schnappt sich meinen Schlüssel, fährt mit dem Rad zur Tartanbahn, joggt ein paar Runden, macht Sit-ups und Dehnübungen. Anschließend kauft er frische Brötchen, macht Kaffee und deckt den Küchentisch. Wenn ich vernehme, dass der Wasserkocher brodelt, stehe ich langsam auf. Es ist meistens gegen zehn und ich habe ungefähr zwölf Stunden geschlafen. Normalerweise.

Doch diesmal höre ich, wie er sofort nach dem Aufstehen auf den Dachboden geht, um zu rauchen, was er sonst erst nach dem Frühstück tut. Und als ich bereits gegen neun Uhr aufstehe, ist der Tisch zwar gedeckt und sind Brötchen gekauft, doch Franz Fasel sitzt im Wohnzimmer auf der Couch und schreibt etwas in ein Notizbuch. Er nimmt öfter solch Schreibkram zur Hand, notiert allerdings stets nur ein paar Sätze oder streicht andere wieder durch. Ich weiß auch, dass Franz Fasel einen literarischen Anspruch erhebt, dieses Schreiben einer von so vielen nicht ausgelebten Träumen ist, denn jeder, der zu viel faselt, ist ein Träumer. Und er hat auch mal wirklich etwas veröffentlicht, ich fand was im Netz. Er hatte sogar mal einen kleinen Preis gewonnen, doch dann diese Literatursache genauso abgebrochen wie Musikmachen und sehr viel anderes. Nur seitdem wir uns kennen, also seit etwas über einem halben Jahr, habe ich ihn noch nie so eifrig und im Fluss schreiben gesehen. Er scheint wie in Trance, bemerkt gar nicht, wie ich ihm vom Flur aus zusehe, bis ich mich räuspere und er das Notizbuch zuklappt.

»Schon wach?«, fragt er, während ich leicht verärgert auf die Uhr schaue. »Kein Wunder, die Sonne scheint wieder. Schön, oder?«

»Aber nicht in meinem Gesicht«, erwidere ich. »Bin noch nicht ausgeschlafen. Was machst du da?«

»Nichts Wichtiges. Notiere nur ein paar Gedanken.«

»Mach mal lieber Kaffee.«

»Warum warst du nicht joggen?«, frage ich in der Küche, während ich lustlos eine Brötchenhälfte mit Butter beschmiere.

»Habe keine Lust gehabt«, antwortet er.

»Aber das tut dir doch sonst so gut. Nicht, dass du wie andere Männer fett wirst.«

»Es gibt Schlimmeres.«

»Was Schlimmeres als fett zu sein?«, wundere ich mich.

Franz Fasel lächelt, zuckt mit den Schultern und macht sich ein Müsli. Nach und nach schafft er es doch, neue Sachen in meinen Haushalt zu bringen. Mein Kühlschrank, der zuvor nur Platz für Butter und Kaffee bot, ist dadurch in jedem Fach gut gefüllt. Allerdings vertrage ich vieles nicht, vor allem keine Zwiebeln, keinen Knoblauch, keinen Sellerie. Doch bei Äpfeln, Kirschen und Melone bediene ich mich gern. Ist schließlich umsonst und Franz Fasel isst komischerweise nie selbst davon.

»Und wie war es bei den Verrückten?«

»Erkenntnisreich«, antwortet er ohne Umschweife.

»Hast wohl 'ne Neue gefunden.«

»Nein, 'ne Alte.«

»Du bist pervers«, pruste ich los und verschlucke mich fast am Brötchen. »Noch älter als ich? Nicht, dass du nekrophil wirst ...«

»Ja«, antwortete er ernst.

Ich komme ins Grübeln, schaue ihn an, frage mich wirklich, ob er den Witz nicht verstanden hat oder ... »Du meinst doch nicht eine Ex, die dort ...«

»Kann man wohl so sagen, wenn man von einer sehr alten Liebe spricht.« Er schaut mich an, seine Augen wirken nun so glasig wie am Vorabend. »Denn es geht um die Unsterblichkeit. Ich habe eine Ahnung davon bekommen. Es gibt sie wirklich. Oder zumindest wurde ich mir diesbezüglich über meine eigenen Möglichkeiten bewusst.«

Ich nicke, bin in gewisser Weise beruhigt. Obwohl ich mich natürlich gleichzeitig wieder frage, was er dann hier eigentlich will. Beim offensichtlichen Verfall, der Endlichkeit. Er kann doch auch etwas kriegen, was so wie er redet, oder einfach jünger und knackiger ist als ich.

»Sonst noch eine Erleuchtung?«

»Muss morgen zu einem Termin beim Jobcenter, habe eine Einladung im Briefkasten gehabt.«

»Was für ein Glück, dass du dein Schweigeseminar abgebrochen hast, sonst hätten sie dir deine Bezüge wegen unentschuldigtem Fehlen um zehn Prozent gekürzt.«

»Kann man so sehen. Mich wundert aber nichts mehr, denn es passieren momentan viele Dinge, die einander bedingen. Es gibt da einen höheren Plan, das habe ich begriffen. Wir müssen es einfach akzeptieren, und dann vielleicht ab und zu wenigstens verstehen, wieso das passiert, das wäre ganz nett.«

»Aha.«

»Eben.«

»Haben sie dir das in Thüringen eingetrichtert?«

»Quatsch«, protestiert er und richtet sich auf. »Dort gab es nur Vorträge, in denen Buddha die Welt mit drei Reiskörnern erklärt. Und Essen für uns gab es nur morgens und mittags, wenn auch äußerst üppig und vielseitig gewürzt, wie ich anerkennen muss. Doch ab zwölf Uhr war bis zum nächsten Morgen nur noch Tee oder Wasser angesagt. Ich habe mir darum jedes Mal den Bauch so vollgeschlagen, bis ich meinte zu platzen, doch ich bekam ab dem späten Nachmittag trotzdem wieder Hunger. Weil mein Kopf so viel ratterte. Und dann eben abends diese Vorträge mit den Reiskörnern. Und diese Leute, vor allem die Männer, mit denen ich einen Schlafraum teilen musste. Kann ganz klar sagen, dass Entspannungssüchtige die verspanntesten Wesen sind, die es gibt. Ist wie mit den Psychologen. Wer sich das Metier aussucht, hat meistens selbst einen Schuss.«

»Gutes Stichwort«, finde ich.

»Warum?«

»Wegen der Sache hier?«, sage ich, während Franz Fasel seinen

Müsli-Löffel in die Schale taucht. »Wir haben doch vorm Schlafengehen in der ›Abendschau‹ auf rbb die Pressekonferenz gesehen.«

»Ach, das. Ich dachte, ich sollte gestern nichts sagen.«

»Stimmt«, bestätige ich. »Braver Junge. Hast du gut gemacht. Nur nicht so!«

»Beim nächsten Mal«, entschuldigt er sich und kaut sein Müsli.

»Beim nächsten Mal? Wie meinst du das?«

»Allgemein«, antwortet Franz Fasel und schaut mich ernst an. »Hatte mir auch schon Sorgen gemacht.«

»Um mich?«

»Ja, vor allem um dich. Und allgemein.«

»Allgemein? Wegen der Allgemeinheit? Du Idiot.«

Er lächelt, isst sein Müsli weiter, und es entsteht eine Pause, in der ich mich auf meine mit Butter beschmierte Brötchenhälfte konzentriere, die einfach nicht in den Magen will.

»Hast du mit deiner Mutter gesprochen?«, fragt er nach einigen Minuten. »Wie geht es ihr?«

»Wieso fragst du nach meiner Mutter?«, empöre ich mich und nehme einen Schluck Kaffee. »Wozu?«

»Nur so. Weil du manchmal von ihr erzählst, wenn wir uns einige Tage nicht gesehen haben.«

»Wir sehen uns inzwischen fast täglich«, erinnere ich ihn. »War nicht im Sinne des Erfinders. Aber nein, hatte zum Glück keinen Kontakt zu ihr. Bis auf per MMS gesendete bekloppte Bilder, wie sie in Düsseldorf auf der Kö shoppen geht.«

»Und deine Freunde aus Hamburg?«

»Du fragst Sachen«, stöhne ich, während mir bewusst wird, dass sich Franz Fasel ganz genau gemerkt hat, wie ich in einem kurzen Anfall guter Laune ein einziges Mal meine Freunde erwähnte. »Dir haben Sie wirklich den Kopf verdreht.«

»Das mache ich schon selbst, ist vielleicht sogar eine Gabe.«

»Was?«

»Na, Kopfverdrehen. Mache ich selbst. Passiert von allein. Als ich vor ein paar Tagen zum Beispiel meditieren sollte, habe ich in meinem Kopf mit geschlossenen Augen Ikonen gemalt. Ikonen meiner eigenen Archetypen. Ich sah sie zum ersten Mal. War entsetzt. Weil die Psyche eines Menschen letztlich immer sehr einfach aufgebaut ist.«

»Und deswegen fragst du nach meinen Freunden? Vielen Dank.«

»Nein, dies ist die Gabe, von der ich danach geredet habe.«

»Oder 'ne verdammte Macke.«

»Das liegt im Auge des Betrachters. Wie immer.«

»Mein Gott, das geht ja an diesem Morgen wieder gut los mit uns beiden Psychos«, stöhne ich. »Erst stehst du zwar wie immer früh auf, machst aber alles anders, bringst meinen Rhythmus durcheinander, dann machst du mit deinem Gefasel deinem Namen alle Ehre.«

Ich schüttle den Kopf. Franz Fasel sieht mich mit nun wieder klaren, aber auch den großen Augen eines Kindes an.

»Um auf das andere, also nicht uns, sondern das richtige Pärchen zurückzukommen …«, sage ich einlenkend. »Sie kommen vielleicht demnächst für ein paar Tage nach Berlin. Machen sie gern im März.«

»Sie sind also nicht bereits hier?«, wundert sich Franz Fasel.

»Wieso sollten sie hier sein? Dann würden sie mir Bescheid geben, Dummerchen.«

»Natürlich, gewiss«, bestätigt er und nickt. »Was sonst. Schließlich bist du ihre Freundin.«

»Und gewiss keine Ikone.«

»Wer weiß.«

Kapitel 16

Katze miaut, als Sven Tennat die knarzende Treppe zum vierten Stock seines Altbaus erklimmt. Das Miauen zaubert ihm ein Lächeln ins Gesicht, wobei sich dahinter die Frage formt, ob Katze ihn vermisst oder einfach großen Hunger hat. Eventuell beides, ist seine Antwort, die allein seiner Liebe entspringt, denn so genau weiß er es nicht.

Sein eigener Magen knurrt seit Stunden, und bei Katze ist in den letzten Monaten ein kleiner Hängebauch entstanden, den es vielleicht zu beseitigen gilt. Wenn man dies für notwendig erachtet. Weil das sich mit den Jahren summieren kann. Wie beim Menschen. Und das Herrchen kann bei sich, aber nicht immer beim Tier nein sagen. Katze bekommt zwar nur das allerbeste Trockenfutter, das es auf dem Markt gibt, also ohne Weizen oder Soja und nur mit hochwertigen tierischen Proteinen, doch manchmal eben auch einen Löffel Joghurt oder Ei zwischendurch. Es passiert nur alle paar Tage, manchmal sogar eine Woche gar nicht. Doch dies ist wohl bereits zu viel für einen Stubentiger.

An mangelnder Bewegung kann es nicht liegen. Wenn das Herrchen da ist, spielen sie jeden Abend eine gute Stunde mit einem langen Seil, dessen Knotenenden Katze durch die Wohnung verfolgt, bis das Seilende anhält, Katze sich hinhockt, das vermeintliche Opfer fixiert, sich anschleicht, wieder hinhockt und es dann von einer Sekunde zur anderen zielgenau anspringt. Außerdem gibt es den rund um die Uhr offenen Balkon, wo Katze im

Sommer stundenlang auf Gelegenheiten wartet, Insekten zu fangen. Eine gewiss ebenso viele Kalorien verbrennende Tätigkeit, da Katze sich stark konzentrieren muss. Also so sieht das zumindest aus, wenn ein Mensch das betrachtet. Ohne Fernseher, mit einem Buch in der Hand. In einem Sessel vor der Balkontür und mit einem Glas Rotwein neben sich. Doch der Winter ist gerade erst vorbei. Und aufgrund seiner Arbeit, die Sven Tennat noch rund zwanzig Jahre durchziehen muss, kann es natürlich sein, dass das Tier auch sonst viel auf der faulen Haut liegt, einfach abwartet, bis Gesellschaft kommt. Über die knarzende Treppe. Um dann sofort herzerweichend zu miauen und rasant zur Tür zu rennen.

Sven Tennat kniet sich also hin, noch bevor er die Tür schließt. Katze schmiegt sich in seine geöffnete Hand, reibt ihren Geruch an seinen, zeigt mit dem Kopf unmissverständlich an, wo zuerst gekrault werden soll. Keine Spur, dass jemand wegen der Abwesenheit des Herrchens eingeschnappt ist. Noch nie hat Tennat dieses Verhalten, welches man Katzes Artgenossen allgemein nachsagt, erlebt. In den letzten Tagen sahen sie sich auch nur spätnachts, wenn das Herrchen nach einer Dusche bald ins Bett ging, um dann dort noch einige Sätze zu lesen, bis ihm von selbst die Augen zufielen, und nicht mehr aufgingen, bis ihn morgens der Wecker aufschrecken ließ und er wieder unter die Dusche sprang. Da blieb keine Zeit für bewusstes Miteinander, für Kalorien verbrennendes Spielen. Und selbst bei den wenigen Streicheleinheiten war Tennat nicht richtig konzentriert, da er an den Fall Laura García oder die Sache mit Tracy dachte. Er hat darum auch immer das Telefon in Reichweite, falls eine Nachricht oder ein Anruf kommt. Und es ist bereits einundzwanzig Uhr, als Kollege Melzig ihn anklingelt.

»Silke will wieder zum Dienst.«

»Kann ich verstehen, dass sie das will. Macht nur unter den gegebenen Umständen wirklich keinen Sinn.«

»Das brauchst du mir nicht zu sagen. Sie ist doch auch nur krankgeschrieben und niemand macht ihr Vorwürfe. Kein Bericht wird sich widersprechen. Weder unserer noch der, den Externe schreiben. Falls es dazu kommt.«

»Das wird passieren. Unbewaffneter Mann wird …«

»Eben. Darum will sie nun umso mehr was auch immer beweisen. Frauen …«

»Verstehe ich gut. Das sollte Silke aber nicht probieren. Also generell schon, nur nicht jetzt.«

»Ich weiß. Finde ich auch absolut richtig, aber wir beide haben auch noch nie jemand … erschossen, getötet? … Vor allem unbewaffnet. Was sollen wir da … Das braucht Zeit. Mindestens einige Wochen. Dann eine mehrmonatige psychologische Betreuung.«

»Das klingt nach einem guten Plan, finde ich.«

»Aber nicht Silke. Sie mag keine Nervenklempner.«

»Dabei ist das doch ihr Spezialgebiet. Zumindest hat sie zuletzt einige Kurse abgelegt. Auch als sie bei uns anfing, wurde ziemlich bald klar, dass sie da einiges auf dem Kasten hat und es bestimmt weiter bringen wird als wir. Will sie sich nicht sogar auf Psychologie spezialisieren?«

»Ja, für den Job. Aber Psychologen allgemein …«

»Was macht sie jetzt?«

»Sie putzt im Schlafzimmer ihre Waffe.«

»Das klingt … Wie soll ich sagen …«

»Macht sie jeden Tag und beruhigt … nicht nur sie.«

»Wenn du es sagst.«

»Kenne mich aus. Mit ihr und mir, mit uns.«

»Dieses *Uns* freut mich. Falls ich das noch nie gesagt habe.«

»Hast und sollst du auch nicht. Aber jetzt ist es okay. O Mann, dass ich dich anrufe … Dass ich das mache … Das zeigt schon …«

»Finde ich gut.«

»Ist aber nicht offiziell.«

»Ich bin da schweigsam wie ein Grab.«

»Das weiß ich, Genosse Tennat«, sagt Melzig zum Abschluss und lacht fast erleichtert auf. »Darum könntest du wenigstens mir erzählen, was denn nun mit dir und …«

Silke Bartsch denkt an die Waffe, denkt Sven Tennat, als das Gespräch und die parallele Streicheleinlage für Katze beendet sind. Sie alle haben es an diesem Tag getan. Nachgedacht … und gesucht, als sie in der Gaudystraße ihre Ermittlungen fortführten. Inzwischen haben sie auch einen Auszug aus dem Waffenregister angefordert, wo zunächst sämtliche Personen in der Nähe der Gaudystraße erfasst sein sollen. Die werden sie morgen abklappern.

Mittels des in Laura Garcías Brust steckenden Projektils können sie nun die mögliche Tatwaffe eingrenzen. Ansonsten haben sie erneut Arno Gerickes Wohnung durchforstet. Sie hoben den kompletten Bodenbelag vom Estrich, in Bad und Küche wurden Fliesen abgeklopft. Natürlich haben sie auch die naheliegenden Verstecke wie Badewannen-Unterbau und Klospülung überprüft. Mit einem Metalldetektor fuhren sie auch jeden verdammten Zentimeter der Raufasertapete entlang. Doch weder dort noch in Möbeln oder technischen Geräten fanden sie die Waffe des Täters, als der Arno Gericke aufgrund von Schmauchspuren an in der Waschmaschine gefundener Kleidung und auch an seiner rechten Hand gilt. Fehlt eben nur die Waffe.

Sie durchforsteten mit sehr vielen Einsatzkräften die ganze Straße, alles, was sich in Wurfweite befand. Ebenso erneut den Dachboden, wo besonders an den Fenstern zwischen Wärmedämmung und Dachgebälk sich handbreite Rillen befinden, in denen Kaugummis, Bierdosen und vor allem leere Tabakpackungen steckten, nur keine Waffe. Und die werden sie dort wohl kaum mehr finden, denn die an den Brandschutztüren deutlich sichtbar befindlichen amtlichen Siegel, wonach niemand diesen Bereich betreten darf, ohne sich nach Paragraph hundertsechsunddreißig des Strafgesetzbuches strafbar zu machen, wurden bestimmt nicht versehentlich eingerissen, weil jemand seine Wäsche aufhängen wollte und nicht lesen kann. Die Aufkleber wurden systematisch in jedem der fünf Hausflure durchtrennt, ohne Angst vor Konsequenzen.

Wann immer Sven Tennat bei den Ermittlungen an einem Fenster stand, und seine Kollegen und er waren inzwischen in vielen Wohnungen gewesen, schaute er, ob er in Tracys Wohnung Licht oder sie selbst auf ihrer Terrasse oder im Jahn-Sportpark sehen würde. Doch er vernahm kein Lebenszeichen, obwohl sie doch zugegen sein musste. Er wollte auch nicht an ihrer Tür klingeln, obwohl er sogar einmal seinen Wagen direkt vor ihrem Haus parkte, da ihre Verabredung darin bestand, dass sie sich melden würde.

Tat sie aber nicht. Und tut es nicht an diesem Abend. Als Sven Tennat etwas Zeit findet, um sich Essen zu kochen und dabei Radio zu hören.

Bei heruntergedrehtem Gas dünstet eine Pasta mit Lachs-Sahne-Sauce noch einige Sekunden vor sich hin, damit die Soße in die Teigware einziehen kann, aber nicht zu sehr, während seine Lieblingsmoderatorin auf Radio Eins am Mikro ist. Er hört Marion Braschs warme Stimme gern zu, selbst jetzt, schaut aber auch immer wieder zum Telefon, das gerade für den nächsten Tag aufgeladen wird und neben dem Herd liegt. Ein paar Zentimeter weiter befinden sich ein Salat aus Roter Beete, Schalotten und einer Honig-Kürbiskernöl-Balsamico-Vinaigrette sowie ein Glas mit Rotwein. Es würde für zwei Personen reichen. Und er, der nicht alles allein essen kann, denkt, er hätte nicht so oft sagen sollen, dass es besser wäre, wenn Tracy, die nicht hier ist, im Krankenhaus bliebe. Das fand Tracy nicht gut, auch wenn ihre Hand die meiste Zeit in seiner lag, selbst auf der Fahrt vom Krankenhaus zu ihr. Und nun liegt Tracy allein in ihrem zwei mal zwei Meter messenden Bett, wo auch er mal eine Nacht gelegen hat.

Denn damals auf Tracys Geburtstag entschied sich der Kommissar irgendwann zu gehen, obwohl sowohl die Event-Managerin als auch die Juristin für Aufenthaltsrecht ihn nicht von dannen ziehen lassen wollten. Er plante, dies still und heimlich zu tun, sozusagen aus Notwehr. Er ging kurz ins Bad, um sich frisch zu machen, und als er wieder auf den Flur trat, stand plötzlich Tracy vor ihm, als hätte sie dort auf ihn gewartet. Sie fragte mit leicht verwischtem Kajal, ob er nun … Und er bejahte dies mit einem Kopfnicken, worauf sie ihm ein Taxi rief und er im Schlafzimmer warten sollte. Er überlegte dann noch, ob man vom Schlafzimmer besonders gut die Türklingel hören könne oder ob es einen anderen Grund gäbe, doch kippte er bald einfach nach hinten aufs Bett und machte die Augen zu. Ihm war keineswegs schlecht und es drehte sich nichts; ihm war im Gegenteil äußerst angenehm zumute, wie er feststellte.

So lag er da und genoss. Ein Gefühl von extremer Geborgenheit übermannte ihn, etwas, was er nicht direkt vermisste, da er es nicht kannte, aber von dem er immer geahnt hatte, dass es möglich sei. So fühlte es sich an. Oder als wäre er auf eine angenehme Art und Weise infiziert, nein, es muss lauten, als wäre er geimpft worden. Denn am nächsten Morgen, als er in diesem Bett aufwachte, während Tracy in einem Flieger in die Staaten saß, war er immer noch von diesem Gefühl durchdrungen. Es hörte danach auch nicht auf und wurde durch den dann beginnenden E-Mail-Verkehr nicht einfach nur konserviert, sondern weiterentwickelt. Ohne dass er Ansprüche stellte. Nein, das tut er nicht, ist nicht seine Art. Auch wenn Sven Tennat noch nie so viele Kinderwagen auf den Fußgängerwegen aufgefallen sind wie in den neun Monaten seit jenem Geburtstag.

Kapitel 17

»Das habe ich doch schon gesagt.« Karl-Gustav Schwartzkopff sieht die Herrschaften an.

Der eine ist nach vorn gebeugt, der andere nach hinten gelehnt. Nennt man dieses Spiel nicht *Guter Bulle, böser Bulle*? Der eine, nach vorn gebeugt und mit Namen Kriminaloberkommissar Sven Tennat, sieht ihn nur an, nickt bei jedem Wort, als würde er alles verstehen, gibt aber selbst kein Sterbenswörtchen von sich. Der andere, ebenfalls Kriminaloberkommissar, aber mit Namen Udo Melzig und leicht aggressiv, hat sich auf seinem Stuhl weit zurückgelehnt, die Beine ausgestreckt, die Arme verschränkt und stellt immer dieselben bohrenden Fragen.

Müssten sie von der Körperposition nicht andersrum sitzen, der, der fragt, nach vorn, und der, der nur nickt, nach hinten?

Eine Frage, die sich Karl-Gustav Schwartzkopff auftut, als wäre dies für den Ausgang dieses Besuchs von Bedeutung. Er findet aber keine Antwort, schüttelt immer wieder den Kopf, schaut auf die Uhr und denkt ab und zu ans Mittagessen, das bereits duftet, etwas mit Fleisch aus dem Ofen.

»Dann sagen Sie es noch mal!«, fordert ihn Udo Melzig auf und beugt sich endlich ebenfalls nach vorn, was die Sache aber nicht besser macht.

»Die Waffe wurde gestohlen«, beteuert Karl-Gustav Schwartzkopff abermals. »Aus meiner Datsche. Habe ich sofort angezeigt. Der Zettel liegt vor Ihnen aufm Tisch. Sie haben ihn sich noch nicht mal richtig angesehen. Vermutlich, weil Sie das vorher wussten. Denn das müsste doch auch in Ihren Akten oder Computern vermerkt sein. Ich bin doch nicht doof.«

»Aber wir. Darum es fällt uns schwer zu glauben, dass die Waffe wirklich gestohlen wurde. Die Umstände sprechen eher dafür, dass Sie die Waffe Herrn Arno Gericke gegeben haben.«

»Welche Umstände?«

Herr Melzig lehnt sich wieder nach hinten und verschränkt die Arme, Herr Tennat kann sich ein Gähnen nicht unterdrücken – zum dritten Mal. Ein seltsames Gespann ist das.

»Kaffee? Kaffee?«, fragt Karl-Gustav Schwartzkopff lauter werdend. »Else, wo bleibt der Kaffee?«

Else kommt ins Wohnzimmer gelaufen.

»Die Herren möchten doch keinen Kaffee«, erinnert Else mit leicht nach oben gekippter Stimme und verschwindet wieder in der Küche, nachdem Melzig sie ernst angeguckt und mit einer etwas zu flapsigen Handbewegung Zeichen gegeben hat, dass sie doch fernbleiben soll.

»Wie gehen Sie mit meiner Frau um?«, beschwert sich ihr Ehemann, der Karl-Gustav nun mal und das ganz gern seit fast fünfzig Jahren ist.

»Wir können uns auch im LKA unterhalten«, zischt Udo Melzig. »Die Räumlichkeiten dort werden allerdings als nicht besonders angenehm empfunden.«

»Die Waffe ist aber weg«, bekräftigt Karl-Gustav. »Wie auch andere Sachen. Das sehen Sie auch am Bericht der Versicherung. Nun sehen Sie sich doch mal die Unterlagen an!«

Doch die Herrschaften rühren sich nicht. Bis auf ein viertes Gähnen von Herrn Tennat und ein Kratzen Herrn Melzigs an seinem unrasierten Kinn.

»Trinken Sie gern Bier?«, fragt nun allerdings dieser Tennat und steht auf, um sich an den Balkon zu stellen. Seine Stimme klingt wesentlich friedlicher als die seines Kollegen.

»Bier haben wir auch. Oder Cola. Soll ich meiner Frau …«

»Nicht hier«, sagt Tennat, ohne sich umzudrehen, jedoch im selben entspannten Tonfall. »Nicht ich. Ich meine Sie. In der Gleimstraße. Nur ein paar hundert Meter entfernt. In *Höher's Gaststube*.«

Karl-Gustav schluckt, bekommt Durst und greift zu einer kleinen Plastik-Wasserflasche.

Die Wanduhr zeigt kurz vor zwölf. Am Tag zuvor starb Arno Gericke zur selben Zeit. Danach waren die Herrschaften vom LKA bestimmt nicht in seiner Kneipe, sonst hätte Erika vom Tresen ihm gestern Abend gesagt, dass ungebetener Besuch da gewesen sei. Und jetzt machen sie gerade erst auf. Wer gab ihnen also diese Info mit *Höher's Gaststube*? Vielleicht ein Nachbar. Vielleicht einer, der mal zufällig im Laden war, um Zigaretten zu holen. Dann sah dieser den Stammtisch zusammensitzen, und eins ergibt das andere.

»Manchmal«, antwortet Karl-Gustav. »Sie haben auch Essen und zeigen Fußball. Also falls Sie später was essen wollen, kann ich den Laden mit bestem Gewissen empfehlen.«

»Sie leugnen also nicht, dass Sie Arno Gericke näher kennen.«

»Wieso sollte ich das?«

Herr Tennat dreht sich um, schaut Melzig an, ohne eine Miene zu verziehen, dann wendet er sich wieder dem Anblick des Jahn-Sportparks zu. Die Sonne scheint gerade wieder, allerdings wegen Schleierwolken zaghaft. Auf der Gaudystraße düst ein Moped übers Kopfsteinpflaster. Besonders von ihrem Balkon im zweiten Stock aus, wo nun dieser Tennat steht, hört man das gut. Am Dienstag gehen seine Frau und er eigentlich immer um diese Zeit in die Schönhauser Arcaden, da dann das Einkaufszentrum nicht allzu voll ist. Es sind nur Mütter, Arbeitslose, Touristen oder Rentner wie sie zugegen. Das verläuft sich.

»Warum haben Sie das nicht gleich am Anfang gesagt?«, fragt Udo Melzig.

»Sie haben nicht gefragt! Sie haben gleich mit meinem Waffenschein angefangen.«

»Aber wenn es Ihr bester Freund war, der da starb und zuvor ...«

»Bester Freund?«, wundert sich Karl-Gustav. »Arno Gericke war ab und zu bei unserem Stammtisch. Arno war der Jüngste von uns und kam im Laufe der Jahre erst dazu. Kannte ihn vom Sehen, da er im selben Block wohnt. Sah immer ein bisschen allein aus der Junge. Also holte ich ihn zu uns an den Tisch. Hat auch gut in unsere Gruppe gepasst. Wir spielen Karten, genauer gesagt Canasta. Doch wir waren eigentlich nie in diesem Sinne richtige Freunde, wie es Freunde sind. Eher so etwas wie Sportkameraden in einem Verein.«

»Haben Sie ihn manchmal besucht?«

Karl-Gustav überlegt, nimmt die Plastikflasche und trinkt einen Schluck Wasser. »Vielleicht zwei- oder dreimal. Aber nur kurz.«

»Sie haben also dann nicht trainiert?«

»Trainiert?«

»Für Ihren Canasta-Verein«, kam es leicht spöttisch von Udo Melzig zurück. »Was haben Sie dann bei jenen zwei oder drei Besuchen gemacht?«

»Fußball gesehen. Länderspiele. Meistens W- oder EM.«

»Das klingt nach längeren Besuchen«, findet Sven Tennat, der sich inzwischen an den Einbauschrank gestellt hat und sich Familienfotos ansieht. »Da haben Sie bestimmt auch Dinge ausgetauscht, die man sonst beim Stammtisch nicht austauscht. Welchen Eindruck bekamen Sie da von Arno Gericke? Was war er für ein Mensch? Hatte er Familie?«

»Sie stelle Fragen ...« Karl-Gustav räuspert sich. »Höflich, korrekt, jedoch zugleich zurückhaltender als die anderen. Hat wohl früher im Einzelhandel gearbeitet, war nie verheiratet, hat keine Kinder, also keine Familie. Kam aus der Umgebung von

Leipzig. Hörte man ihm auch an, wenn er zu viel gezwitschert hat. Kam allerdings selten vor, da er eigentlich eher nur 'nen gewissen Pegel suchte. Wie wir alle. Und selbst wenn es mal zu viel war, kam nie etwas Ungewöhnliches aus seinem Mund. Wie gesagt, zurückhaltend und hat gut zu uns gepasst.«

»Wie gesagt, wie gesagt«, wiederholt Udo Melzig. »Und da er so gut zu Ihnen gepasst hat: War er politisch so wie Sie ausgerichtet?«

»Was soll das nun?«

»Alles und nichts.«

Karl-Gustav sieht auf die Uhr, der Zeiger bewegt sich nicht, ist vielleicht stehengeblieben. »Er war ein alter Ossi, der seine Problemchen hatte. Wie viele Menschen, wenn sie älter werden und mit dem Zeitwandel nicht ganz ihren Frieden finden. Aber darum wird man nicht gleich zum Mörder. Sonst würden ja ständig irgendwo …«

»Junge Ausländerinnen erschossen werden?«

»Nein, sondern Leute ausrasten. Ganz allgemein.«

»Das ist für Sie also verständlich?«

»Sie arbeiten doch bei der Polizei. Das müssen Sie viel besser wissen. Ich bin nur ein …«

»Reichsbürger? Einer, der am liebsten das Gesetz selbst in die Hand nehmen will, weil er meint, der Staat …«

»Nein, nein«, protestiert Karl-Gustav und steht empört auf. »Auf keinen Fall. Ich …« Er schaut zum Telefon, wo die AfD-Broschüre liegt und setzt sich wieder. »Bin nur ein Rentner. Vielleicht etwas konservativ, aber absolut verfassungstreu. Mehr nicht.«

»Exakt. Mehr nicht. Sind Sie deswegen frustriert?«

»Nein. Ich bin darüber sehr glücklich. Mir geht es gut.«

»Und wie erging es nun Arno Gericke?«

»Das weiß ich nicht. Er hat ja nicht über sich geredet. Nur über Fußball, Wetter, allgemeine Themen.«

»Und bei anderen?«

»Menschen oder Aspekten?«

»Wie Sie wollen.«

»Ebenso.«

»Woher wissen Sie das?«

»So weit hatte ich einen Überblick.«

»Gibt es Zeugen für Ihren Datschen-Aufenthalt?«, fragt plötzlich Sven Tennat.

»Ja«, bestätigt sofort Karl-Gustav und holt sein Telefon aus seiner Hosentasche. »Wenn Sie wollen, kann ich Ihnen die Nummern sofort geben. Mein Nachbar, der Herr …«

»Schreiben Sie uns Namen und Nummern auf! Das reicht diesbezüglich.«

»Wird gemacht«, antwortet Karl-Gustav, während er drei Nummern notiert.

»Und was ist nun mit der Waffe?«, fängt Udo Melzig wieder an und kratzt sich am Kopf. »Wo genau ist Ihre zweite Waffe?«

»Die zweite wurde gestohlen, die erste befindet sich in der Datsche.«

»Also eine wurde damals gestohlen und die andere nicht. Weil sie hier war?«

»Ja. So ist es gewesen.«

»Aber nun nicht mehr?«

»Weil die Datsche eben ein beliebtes Ziel für Einbrecher ist. Darum liegt jetzt die eine, die ich noch habe, dort. In einer Platte brechen die Kriminellen eher Fahrradkeller auf, um schnelle Beute zu machen, selten in Wohnungen.«

»Sie sind im Bilde«, findet Melzig und schmunzelt.

»Ich lese Zeitungen und schaue fern.«

»Dann wissen Sie bestimmt auch, dass unsere Kriminaltechnik herausfinden kann, mit was für einer Waffe geschossen wurde, auch wenn nur Projektile vorgefunden werden. Unsere Leute müssen dazu nur in unsere Waffenkammer gehen, die in Frage kommenden Modelle nehmen, sie in ein Wasserbecken abfeuern und diese selbst abgeschossenen Projektile mit den vorgefundenen vergleichen. Es gibt da gewisse Rillen und Spuren, die für jeden Waffentyp typisch sind. Und genau mit so einer Waffe wie Ihrer, die nun weg ist, wurde eben Laura García erschossen. Dort draußen auf der Wiese. Was sagen Sie dazu?«

»Bestimmt Zufall«, hüstelt Karl-Gustav und nimmt wieder einen Schluck Wasser. »Ist auch keine Rarität, die Waffe, und bestimmt zigtausend Mal verkauft. Oder der Dieb aus meiner Datsche hat hier vom Dach geschossen.«

»Arno Gericke meinen Sie aber nicht mit ›Dieb‹?«

»Nein, ich tendiere zu Zufall bei der Gleichheit des Modells.«

Udo Melzig stöhnt auf, Sven Tennat nimmt sich seinen Stuhl und setzt sich wieder zu ihnen. »Wissen Sie, Herr Schwartzkopff«, sagt Tennat und lächelt dabei, als wäre er beim Kindergeburtstag. »Wir glauben, dass die Waffe damals gar nicht gestohlen wurde, sondern Sie diese Ihrem Saufkumpan gegeben haben. Vor genau zwei Jahren. Und der Einbruch, dessen Belege wir da auf dem Tisch haben, fand erst ein halbes Jahr später statt. Sie haben den Einbruch, ob er nun stattgefunden hat oder nicht, nur benutzt, damit Sie noch mehr bei der Versicherung angeben konnten.«

»Das stimmt nicht«, wehrt sich Karl-Gustav und ballt zu seiner eigenen Verwunderung die Fäuste.

»Dann haben Sie auch nicht Arno Gericke gezeigt, wie man auf Vögel schießt?«

»Vögel?«

»Oder haben Sie gar selbst die ganze Zeit diese Tiere …«

»Was?«

»Dann hätten wir Versicherungsbetrug, Tierquälerei, Gefährdung von Menschenleben. Das summiert sich schon zu einer Haftstrafe.«

»Ich glaube, ich möchte nichts mehr ohne einen Anwalt sagen. Das ist ja unerhört, was Sie mir unterstellen. Ich werde mich bei Ihren Vorgesetzten beschweren.«

»Das können Sie tun«, bekräftigt Melzig sein Vorhaben. »Sie können aber auch einfach uns einen Tipp geben, wo die Waffe jetzt ist. Und dann würden wir vielleicht bei den anderen Vorkommnissen eine Verhandlungsbasis haben.«

»Nein! Nein! Und nochmals nein!« Karl-Gustav steht auf, sein Kopf wird rot, er erhebt seinen Zeigefinger. »Alles, was Sie mir unterstellen wollen, ist nicht wahr. Und anderes können Sie auch nicht beweisen.«

»Das werden wir sehen«, sagt Sven Tennat. Er und Melzig erheben sich ebenfalls. »Am besten Morgen als zweiten Teil bei uns im LKA in der Keithstraße um Punkt zehn Uhr. Schönen Tag dann noch.«

»Und guten Appetit«, fügt Udo Melzig an. »Wird wohl ein Sauerbraten, was bei Ihnen im Ofen schmort.«

Kapitel 18

Es ist Donnerstag, die Werktage einer fleißigen Arbeitslosen sind fast abgesessen, bevor das Wochenende kommt, der Tiefpunkt in Metas Lebenskurve, da der allgemeine Stillstand meinen eigenen umso deutlicher zum Vorschein bringt. Bis auf letzten Sonntag, das muss ich eingestehen. Aber nun ist eben noch ein Werktag, und Franz Fasel hat bei mir übernachtet, ist wie sonst auch vor mir aufgestanden und joggen gewesen, hat Brötchen gekauft und Kaffee gemacht. Franz-Fasel-Routine reloaded sozusagen.

Er ist fast wieder der, der er nun mal ist, hat viel erzählt für meine empfindlichen Ohren. Über die Welt im Ganzen, das Leben individuell, Kunst allgemein und vor allem Gesundheit, sein Kernthema. Gesundheit müsste doch für uns innerlich möglich sein, ist stets sein Fazit. Das sagt er wirklich wieder vollen Ernstes nach einer längeren Ausführung, der ich über weite Strecken nicht gefolgt bin. Dachte zu sehr an die Frage, ob ich darüber im Speziellen oder allgemein lachen soll. Weinen ginge auch. Schließlich sitzen hier zwei Kranke an einem winzigen Tisch in einer winzigen Küche einer 44-m^2-Schuhschachtel. Bin allerdings einigermaßen ausgeschlafen und entgegne: »Kann mich in diesen Tagen nur wiederholen. Du bist pervers.«

Dann sieht Franz Fasel mich eindeutig an, wie er es seit seinem Trip zum Schweigekloster nicht mehr getan hat. Ich finde es in diesem Moment gut, hatte schon die Befürchtung, er wäre endgültig anders geworden. Und es wirkt, als könnten wir uns dadurch wie normale Pärchen belügen. Wenn man schon nicht arbeiten geht, sondern sich nur an sich selbst abarbeitet, dann wenigstens dies. Und da Franz Fasel diesen Jobcenter-Termin hinter sich hat, ihn bravourös bestand, er also mit gefälschten Bewerbungen bei einer Sachbearbeiterin (vermutlich ebenfalls eine behaarte Esoterik-Schlampe) ankam, darum wieder ein halbes Jahr Ruhe bis zur nächsten Existenzrechtfertigung hat, hätte er eigentlich eine Belohnung verdient.

Wäre ich also wirklich cool und täte nicht nur so vor ihm, so würde ich meinen Teller mit meiner unbeschmierten Brötchenhälfte (denn ich esse morgens immer nur stets eine Oberseite) zur Tischmitte schieben und fragen: »Isst du noch die zweite Hälfte? Sonst packe ich es ein. Wird sonst trocken.« Währenddessen würde mein Bademantel aus Versehen aufgehen und einen vertikalen Streifen Haut samt Schamhügel preisgeben. Also ähnlich wie es da draußen all die feuchten Mösen, die läufigen Hündinnen vom Kollwitzplatz Tag für Tag tun, damit ihr Ernährer, der trotz gleicher akademischer Qualifikation sie mit ihrem sich nicht gerade zum Vorteil veränderten Körper weiter aushält. Und Franz Fasel, der so ein Besserverdienender nun gar nicht ist, könnte antworten: »Wenn du mich schon fragst, dann hätte ich lieber ein frisches Brötchen.« Worauf ich reagierte mit: »Mit frisch kann ich nicht dienen, und erst recht nicht mit knackig. Du weißt, die Jahre ziehen selbst an mir nicht spurlos vorüber … Aber zumindest kann ich das Brötchen mal waschen, bevor du es zu dir nimmst. Du geile, arbeitslose Sau.«

Aber dieses Spiel lassen wir. Ich bleibe sitzen, während Franz Fasel beginnt, den Abwasch zu machen, und denke an einen Traum, den ich nachts hatte, obwohl ich mich sonst wegen der Schlafmittel eigentlich nie an einen erinnern kann.

In meinem Traum träumte ich von einem Spiegel. Ich sah mich alterslos, ohne Falten, ohne erschlaffendes Gewebe an Oberarmen und Po, folglich ohne die sonstigen essentiellen Probleme.

Doch das war nicht das Besondere, denn in meinen Träumen, wenn ich mich ihrer recht entsinne, bin ich immer jung, entweder Kind oder gerade mal Anfang zwanzig, was mich dann auch nie wundert. Nein, das Besondere war, dass ich hinter mir im Spiegel eine weite Landschaft erblickte, ich bin sogar geneigt zu sagen, sie war klassisch schön, sogar für mich, da ich diesmal den Kitsch sonnendurchfluteten satten Grüns vor strahlend blauem Himmel nicht zum Kotzen fand. Ich empfand tiefe Ruhe, keinerlei Aggression, keinen Hass auf meine Umwelt.

Da taucht wie aus dem Nichts Frauke Petry auf, jene Spitzen-Politikerin der AfD, deren spitzbübisches Grinsen ich zwar unterhaltsam finde, die ich aber natürlich trotzdem nicht besonders mag. Sie hüpft über diese Blümchenwiese in einem langen Rock, sie trägt Piercings und Nasenring, einige Haarsträhnen hat sie zu bunten Afro-Zöpfen geflochten. Sie ist glücklich, nichts kann ihr etwas anhaben, weder ein Gedanke an früher noch ein Gedanke an die Zukunft. All das gibt es nicht, sondern nur den reinen Moment. Sie bleibt stehen, hebt die Arme, schließt die Augen und dreht sich im Kreis. Als sie anhält und die Augen öffnet, steht vor ihr eine Gang jugendlicher Araber – frisch aus einem Flüchtlingsheim und anscheinend total reizüberflutet von all der nackten Haut auf deutschen Straßen. Denn sie nehmen Frau Petry an allen vieren, reißen ihr den Rock vom Leib. Doch auch das kann der Petry nichts anhaben. Sie lacht. Hat nun (wieder mit ihrer klassischen Kurzhaarfrisur) einen Rodeo-Hut auf dem Kopf. Schwingt ein Lasso in ihren Händen. Reitet. Reitet. Bis die Männer nach Luft hecheln, nun alt und deutsch, ja, ein wenig wie der Ex-Nachbar Arno Gericke aussehen, auf dem Boden liegen und um Verzeihung flehen, soweit ihnen dies noch möglich ist.

Als Franz Fasel eine halbe Stunde später nun doch in mich eindringt, füllt mich dieser Traum noch immer aus, mehr als Franz Fasel. Es macht mich irgendwie an wie die Gangbang-Videos, die ich mir manchmal bei Youporn reinziehe. Auch wenn ich Frauen hasse, aber es fühlt sich beim Schauen dieser Videos fast so an, als könnte ich irgendwann einmal auch endlich kommen wie sie.

Franz Fasel darf mich deswegen auch küssen, zumindest auf den Hals, jedoch ohne Zunge. Ich fahre währenddessen weiter Kopfkino, bin dadurch von selbst feucht, während er in mich rein- und rausfährt. Es ist zugleich so nah und weit entfernt. Franz Fasel und alles. Als wäre es eine Zuspitzung meines Seelenzustands. Und Franz Fasel freut sich – da drüben, in mir. Der devote Mann, das Mädchen. Das nun Laute von sich gibt, aber nicht zu viele und nicht laut, denn das muss nun wirklich nicht sein. Bis ich sage: »Nun wird es aber mal Zeit, kannst du dich beeilen, du weißt doch, gleich kommt im Fernsehen eine meiner Sendungen.«

Anschließend wasche ich mich erneut. Mache dann den Fernseher an.

Leider hat Daniela Katzenberger die Augenbrauen nicht mehr so absurd hoch geschminkt. Oder war es gar tätowiert wie bei meiner Mutter? Weiß es nicht genau, wusste dies noch nie bei der Katze. Allerdings ist sie Mama geworden. Alle tun das, das Heiraten und das Kinderkriegen. Ist eine eklige Show, wie ich bald finde, ob nun in der Flimmerkiste oder auf den Straßen von Pregnant Hill, und schalte ab.

Franz Fasel ist wieder eine Zigarette rauchen und will später ins Gesundbrunnencenter. Es sieht so aus, als hätte er beschlossen, den ganzen Tag mit mir zu verbringen. Ohne mich zu fragen.

Ich muss also an diesem Tag hinaus, zum ersten Mal in dieser Woche. Rein mechanisch schmiere ich mein Gesicht in die klebrige Masse einer neuen ayurvedischen Gesichtspackung der Biokosmetik-Firma Lavera. Als könnte ich dadurch seelische Verhärtungen kurz abdecken und langfristig mein Trauma tiefergehend mit exotischen Essenzen auflösen. Mit von der Maske allmählich erstarrendem Gesicht schalte ich das Radio an und drehe so lange den Frequenzknopf, bis keine Werbung oder Frauenstimmen ertönen. Irgendwo finde ich Depeche Mode, eine meiner ewigen Lieblingsbands, die belegt, wie unheimlich alt ich bin. Ich muss ungefähr elf gewesen sei, als Amiga ein Greatest-Hits-Album von ihnen herausbrachte. Die Kassette habe ich immer noch irgendwo. Ich summe also den Text mit, denke an die Konzerte, zu denen ausgerechnet ich tatsächlich hingehe, wenn Depeche Mode mal in Berlin spielen, und wo ich nicht die Älteste bin, sondern jüngeres Mittelfeld.

Im Bad wasche ich mir die steinharte Gesichtspackung nach zehn Minuten wieder ab. Meine weiße Haut wirkt nach dem Abtupfen – denn Abtrocknen soll man nicht – wie Pergamentpapier, und wenn ich mich nicht bewege, sieht alles für einige Sekunden völlig glatt aus. Dann lache ich aber aus Versehen. Mein Gesicht gleicht besonders beim Lachen einer Hexenfratze. Es ist schon immer breit wie ein Kasten gewesen und durch das Lachen noch viel breiter. Dazu kommen nun diese tiefen Gräben, obwohl ich äußerst selten in die Sonne gehe und seit vielen Jahren, bald Jahrzehnten jede Nacht zehn bis zwölf Stunden schlafe.

Um zu retten, was zu retten ist, folgt eine Creme mit Hyaluronsäure, allerdings ohne Petrochemie. Erdöl kommt nicht an Meta ran, Erdöl ist so schlecht für die Haut wie Zucker für den Stoffwechsel. Es gibt so viele Regeln, und sämtliche habe ich damals, als ich noch bei diesem Frauenmagazin gearbeitet habe, verinnerlicht, oder später in Internetforen recherchiert. Sie gleichen den Suren im Koran, nur dass es modernere Werte sind, eben allein das Äußere betreffen. Und Meta klopft alles behutsam in ihre Poren, packt etwas Rouge auf die Wangen, um den Anschein zu erwecken, es gebe Leben in diesem blutleeren Körper. Dann folgen Kajal, Eyeliner, Lippenstift und all der andere Scheiß, der mich völlig zum Clown macht.

Als Franz Fasel vom Dachboden herunterkommt, und er war wieder mindestens zwanzig Minuten oben, bin ich durch den viel zu anstrengenden Anblick meines Gesichts schlechtgelaunt. Ich meckere Franz Fasel an, dass er noch nicht den Abwasch abgetrocknet hat. Er entschuldigt sich und stellt sich gebückt an die Spüle. Im Schlafzimmer krame ich meine vielen Band-T-Shirts aus den Neunzigern durch, die kaum noch jemand trägt. Sie stapeln sich, finden in den Schränken keinen Platz. Das nervt, dieses ständige Hin-und-her-Räumen von Klamotten. Was fehlt, ist ein größerer Schrank. Nur wohin damit? Jede Wand ist vollgestellt. Oder alles verkaufen? Doch selten finde ich bei Ebay oder Kleiderkreisel Liebhaber, die meine T-Shirts zu Festpreisen kaufen. Und nur solche, die ich doppelt habe und plötzlich bei anderen Menschen wieder als cool gelten. Dann lohnt sich der Stress, Sachen zu fotografieren und ins Netz hochzuladen. Aber es sind trotzdem noch zu viele Shirts, und zusätzlich all die CDs, die kein Schwein mehr kauft. Zum Wegschmeißen sind mir CDs noch zu schade, wie übrigens sehr viele andere Dinge auch, die mal Geld gekostet haben. Kann mich schwer trennen. Brauche diese zweite Wand, den Schutz, wie das Make-up. Und was ist, wenn CDs doch wieder in Mode kommen, wie eben diese alten Band-T-Shirts oder Langspielplatten, die ich leider nicht besitze? Das sind Fragen, die ich mir jeden Tag stelle, so wie andere über Politik, Ökologie oder Ernährung nachdenken. Mein Leben ist kein Zuckerschlecken.

Ich hasse meine Wohnung wie mein Gesicht. Irgendetwas muss damit passieren. Vielleicht sollte ich wirklich mal konsequent ausmisten, so wie es andere tun, alles einfach auf die Straße stellen. Mein Gesicht dazu. Andere Menschen stellen ja auch nicht jede Wand voll, besitzen Wohnungen, die nichts falsch machen. Doch was wäre, wenn ich mit ihnen gleichziehe? Dann hätte ich gar nichts mehr und weiße Wände würden mich anstarren. In der Wohnung würde es vermutlich sogar laut hallen. Ich würde dadurch noch mehr meine Nachbarn hören und diese mich. Mein innerliches Schreien, das meine Gedanken ganz heiser macht.

Franz Fasel nimmt draußen meine Hand. Draußen darf er das auch ungefragt, denn ich finde es gut, wenn andere Menschen sehen, dass ich nicht allein, sondern nur komisch geschminkt bin. Nicht selten lächeln Frauen Franz Fasel an. Anfangs bin ich dabei ausgerastet, so dass ich jeder am liebsten in die Fresse geschlagen hätte. Diesen Impuls habe ich sehr oft. Schon immer. Und anfangs machte ich Franz Fasel dafür verantwortlich. Denn ich dachte, er flirtet mit der ganzen Welt, bis ich merkte, es liegt daran, dass er einfach gut drauf ist. Mit mir. Vermutlich. Es ist jedenfalls nicht auszuschließen. Ja, und manche Menschen mögen lächelnde Menschen. Besonders Frauen mögen es. Und Franz Fasel lächelt an gewissen Tagen alles an. Schwule Männer, alte Omas, sabbernde Kleinkinder, Bäume, Autos, Produkte im Supermarkt. Er kann nicht anders. Ist nur wieder mal die Frage, warum er dann ausgerechnet mit mir zusammen ist. Er könnte doch alle haben, die alten wie auch die jungen Feuchtbiotope, selbst ohne Geld, einfach weil er aussieht, wie er aussieht, und vor allem eben stets lächelt.

Ich ziehe eine Fresse und trage dazu einen beigefarbenen Sonnenhut, schwarze Sonnenbrille sowie weiße Baumwollhandschuhe. Ich weiß, dass vernünftige Menschen sofort erkennen, dass ich nicht nur eine Lichtphobie habe. Wir laufen durch den Gleimtunnel, sind nun im Wedding. Hier wohnen deutlich mehr Ausländer, vor allem Türken. Ich erinnere mich daran, wie ich letztes Jahr hier noch allein entlanglief, weil ich zu einem meiner Ärzte musste. Damals schien ebenfalls die Sonne, und jemand pfiff mir hinterher. Ich muss dazu sagen, dass ich echtblond bin, wirklich eine schmale Taille und Hüften besitze, zudem einen sehr kleinen Po. Von hinten kann man also denken, ich sei erst fünfzehn und begehrenswert. Als es dann wieder hinter mir pfiff, drehte ich mich um. Der junge Türke erschrak beim Anblick meines Gesichts – sein eigenes sprach Bände, eine komplette Enzyklopädie. Da blieb dem Macho die Spucke weg. Er hatte vermutet, ich sei jung und schön. Er war so perplex, dass er sich entschuldigte und schnell von dannen zog.

So ist das Leben. Manchmal äußerst ehrlich.

Im Gesundbrunnen-Center bei der Sales-Ware bin ich bereits nach zehn Minuten wegen der Menschenmasse, der stickigen Luft und des extremen Geräuschpegels kurz vorm Durchdrehen, während irgendwelche Prekariats-Girls mit glatten langen schwarzen Haaren auf ihre Smartphones starren und über einen Tweet von Kim Kardashian kreischen. Da ruft mich meine Mutter an. Ihr Timing war schon immer einzigartig.

Sie sagt, sie will mich am Wochenende besuchen, und fragt, ob sie bei mir schlafen könne. Ich antworte, ich sei nicht zugegen. Allein verreist? Nein, bei meinem Freund. Du hast einen Freund? Ja, kann passieren. Schön, dann kann ich also doch bei dir schlafen, auch wenn du nicht da bist.

Dies war keine weitere Frage, dies war eine Feststellung von ihr. Ich lege auf, warte an der Kasse auf Franz Fasel. Er hat ein paar Teile gefunden, mir ist die Kauflust vergangen, hab ja auch genug. Franz Fasel wedelt dafür mit wieder viel zu engen T-Shirts, die sich garantiert nach der ersten Wäsche in tausend Krümel auflösen, allerdings nicht von Kinderhänden produziert wurden und trotzdem nur wenige Euro kosten. Er ist so arglos, ich beneide ihn.

Draußen, als sich mein Puls beruhigen kann, wählen wir einen anderen Weg zurück. Franz Fasel und ich marschieren Hand in Hand über den Schwedter Steg, bekommen auf der zweihundert Meter langen Fußgängerbrücke ein Gefühl von Weite nach dieser extremen Kaufhausenge. Passend dazu frischt der Wind auf und erzeugt eine gewisse Klarheit in meinem Kopf. Mir fällt ein, dass Franz Fasel vor kurzem noch nach meiner Mutter fragte, was er noch nie getan hatte, nun rief sie eben an und will mich besuchen. Vermutlich wegen irgendeinem neuen Macker.

Ich deute Franz Fasel gegenüber aber nichts an, erkundige mich nur, was er am Wochenende vorhat.

Er lächelt. Was auch sonst, wie aus spastischem Reflex. Was will mir das Leben damit sagen? Habe ich das verdient?

Im Westen ziehen schwarze Wolken auf. Dieses Zeichen ist zumindest vertraut eindeutig. Ich atme durch. Aber keine Heimat.

Kapitel 19

»Manchmal hatte ich aber auch das Telefon in der Hand. Nur habe ich nie …«

Ja, das hat sie im Krankenhaus eingestanden, als Tracy ihn endlich wiedersah, und nun tut sie es wieder nicht, obwohl sie alle paar Minuten zum Telefon schaut, das auf dem Nachttisch liegt. Es scheint wie verhext mit ihr, sie kann einfach nicht den nächsten Schritt gehen.

Das Sommergewitter vorm Fenster passt gut zu ihrer Stimmung, obwohl Tracy keiner Depression unterliegt und sie im Gegenteil seit jeher einer Frohnatur entspricht. Sie kann also überhaupt nicht mitreden, was melancholische Gemütszustände betrifft, meint aber nun, zu ahnen, wie es ist, nämlich dieser Zustand, den sie vorgezogenen Baby-Blues nennt, weil er sie nicht erst nach, sondern bereits vor der Geburt erreicht hat.

Ist auch nicht wirklich neu, kam schon ab und zu vor in den letzten Monaten trotz der vielen gelesenen Ratgeber. Auch andere werdende Mütter berichteten bei Geburtsvorbereitungs- und Schwangeren-Yoga-Kursen davon, und der Grund dafür liegt vor allem in den Hormonen. Alles scheint dadurch bei Tracy anders als zuvor zu sein, besonders das mit der Angst, die nun deutlich in den Vordergrund tritt. Da hilft es nichts, wenn man sich sagt, dass in den ersten sieben bis vierzehn Tagen nach Überschreitung der vierzigsten Schwangerschaftswoche noch kein Grund zur Sorge besteht, da nur vier von hundert Kindern tatsächlich zum errechneten Termin auf die Welt kommen. Diese Ruhe kann Tracy sich nicht geben, ebenso wenig konnte es die Hebamme, die am Vormittag da war und feststellte, dass noch kein Anzeichen einer Geburt, etwa ein geöffneter Muttermund, zu erkennen sei, aber sonst alles im grünen Bereich liege beim Kind. Wie auch schon das Personal im Krankenhaus festgestellt hatte. Und das trotz des Erlebnisses am letzten Sonntag. Des Schocks. Den Tracy Kraft vehement leugnete, denn zuerst ging es darum, Stärke zu zeigen, wie es ihr Nachname vorgibt und schon immer ihre Standardtechnik in allen Lebensfragen ist.

Lebensfragen. Die Tracy Kraft nicht mehr selbst betreffen.

Im Virchow-Klinikum riet man ihr, dazubleiben, und empfahl eine Geburtseinleitung per Prostaglandin-Gel, Wehentropf, Blasensprengung oder Eipolablösung. Die Kindsmutter hatte da ganz die Wahl wie beim Einkauf im KaDeWe, denn nach einer Beratung durch den Arzt oder die Hebamme bedarf ein Eingriff letztlich der Zustimmung der Schwangeren. Und genau die wollte Tracy nicht geben, da sie den Zwang, den sie selbst von Anfang an in ihrem Leben spürte, nicht bei ihrem eigenen Kind einführen wollte.

Ja, Zwang! Tracy wird sich ihrer eigenen Geschichte nun richtig bewusst, als ob sie erst durch diese Schwangerschaft erwachsen werden würde. Als ob diese Erkenntnis erst jetzt die harte Schale durchdringen würde. Harte Schale? Ja, gewiss. Das würde wohl nicht nur manch Neidgesicht über die Lippen kommen, sondern inzwischen auch ihr selbst. Und doch ist diese Schale ein Teil von ihr, der wohl auch nach der Geburt ihres Kindes bestehen bleiben wird.

Diese Gedanken kamen ihr zu Hause, nachdem sie Sven am Montag nach Hause gebracht hatte, und nun wirken sie so, als würden sie auch allen anderen Gedanken eine Überschrift geben. Seitdem liegt sie zwar nicht nur in ihrem Bett, aber zunehmend, da sie nicht nur mit jeder weiteren Stunde mehr Angst, sondern auch mehr vorgezogenen Baby-Blues spürt. In regelmäßigen Abständen, als wäre dies ein Taktgeber, sieht sie dabei vor ihrem inneren Auge das tote Mädchen auf der Wiese liegen. Tracy Kraft ist wohl doch traumatisiert, wie ihr aber leider erst zu Hause aufgeht. Sie träumt sogar von diesem Mädchen, bewegt sich fast nur dann, weil die Alpträume sie schütteln, wacht dann schweißgebadet auf, erstarrt, denkt wieder an Sven und all die Fehler, die sie auch mit ihm begeht.

Sven war sehr dafür, dass sie im Krankenhaus bleibt, er machte sich wahrlich Sorgen, wie sie sich immer wieder ins Gedächtnis ruft, wie auch den Umstand, dass sie, Tracy Kraft, die nun keine richtige Kraft mehr hat, ihn wie auch die Ärzte am Schluss harsch angegangen ist, als sie meinte, sie wolle davon nichts mehr hören, ihr gehe es gut, sie sei völlig gesund, eben stark genug und habe sich entschieden, zu gehen und auch nicht wiederzukommen, wenn das Baby von selbst so weit sei, da die Mutter das Kind am liebsten in der anthroposophischen Geburtsklinik in Spandau zur Welt bringen wolle.

Doch wie soll das jetzt gehen? Mit dem Taxi ist es eine knappe Stunde bis Havelhöhe. Und sie fühlt sich gerade so, als befände sie sich auf einem Acker bis zum Mund in schwarze Erde eingebuddelt, sie kann sich nicht bewegen, ihr sind die Hände gebunden wie die Zunge verknotet. Ausgerechnet ihr, die doch Markenkommunikation in Luzern studiert hat und seitdem nichts anderes tut als: zu kommunizieren. Zwischen Interessen zu vermitteln. In Firmen, Vorstandsitzungen, in der Öffentlichkeit. Doch privat ist das anders, privat hat Tracy Kraft noch nie zwischen Interessen vermitteln müssen, nahm zu Events Männer mit, aber nur damit die Managerin, die keine Frauenquote braucht, auf Bildern begehrt erscheint.

Auch dies ist traurig, fällt ihr auf. Und wenn Sven wüsste, dass noch nie jemand in ihrer Wohnung am Jahn-Sportpark übernachtet hat außer ihr selbst und ihm? Was würde er darüber denken? Lieber nichts. Wirft kein gutes Licht auf sie, nur lange Schatten wie gerade ihr Zustand oder das Kinderbett, das dort in der Ecke steht und doch ein Trost sein könnte, wenn alles gutgeht.

Wenn alles gutgeht! Mit den *Lebensfragen.*

Tracy schluckt, verkneift sich weitere Gedanken dieser Art und merkt, dass das Schlucken weh tut, da sie seit Stunden nichts getrunken hat, während es draußen in Strömen regnet.

Sven hat jetzt bestimmt Feierabend und sitzt in seiner Wohnung am offenen Balkon. Mit der Katze, einem Buch und nackten Füßen; ach, nein, es regnet garantiert auch in Neukölln, auch wenn ihr der Stadtteil gerade wie auf einem anderen Kontinent gelegen erscheint. Trotzdem ist das mit dem offenen Balkon ein Bild, welches Tracy kurz lächeln lässt, wenn auch etwas entrückt, da sich zwar ihre Mundwinkel nach oben bewegen, doch ihr Stirnrunzeln bleibt. Dazu braucht sie keinen Spiegel, sie spürt es die ganze Zeit. Weil sie berufsbedingt wissen muss, wie Gesichter funktionieren. In ihrem Job kann sie jede Physiognomie und jede Pose mit Hunderten von Vokabeln treffend beschreiben. Nur bei Sven ist das anders, weil er eine eigene Körpersprache spricht. Und so hat Tracy ihn wohl auch einer Freundin an ihrem letzten Geburtstag beschrieben, bei dem sie hoffte, dass er endlich kommen würde, und er kam tatsächlich und blieb.

Er lag, nachdem die anderen endlich gegangen waren, auf ihrem Bett. Sie setzte sich an den Rand, schaute ihn an, erinnerte sich, wie er zwei Jahre zuvor eine Nacht auf ihrer Couch verbracht hatte. Er war damals auf der Flucht gewesen und kam zu ihr, um Informationen zu erhalten. Vielleicht auch aus anderen Gründen, doch dieses Thema war so unantastbar wie er nun in ihrem Bett. Eine Wachsfigur. Jedoch nicht kalt. Tracy zieht sich aus, es ist heiß, es ist mitten im Sommer, legt sich ebenfalls hin, schmiegt sich an ihn. Weiche, warme Haut. Bist selber schuld, dass du hier liegst, denkt sie. Kommst hier nicht weg. Nicht jetzt. Will schmelzen den Wachs.

Weder er noch sie haben danach in ihren Briefen über diese

Nacht gesprochen, ebenso wenig im Krankenhaus. Und jetzt ist der schöne Mann woanders und niemand anderes liegt in ihrem Bett. Dabei zeigt sie in den letzten neun Monaten eine enorme Bereitschaft zu Körperlichkeit. Fast täglich hat sie sich angefasst, meistens bereits morgens unter der Dusche, nur nicht mehr seit Sonntag, seit das Mädchen auf der Wiese …

Tracy schluckt erneut, spürt wieder Durst, einen Durst wie auf der Wiese am Sonntag, und denkt an den Mann, den sie vergrault hat, den, den sie eigentlich in Besitz nehmen wollte. Besitz? Ja, so dachte sie es sich wohl. Wie bei ihrem Apartment, wie bei Firmen, wie bei … Oder sollte es andersherum sein? Wünscht sie sich das? Dass jemand kommt und eine Einzelgängerin wach küsst wie Dornröschen. Aber dies ist kein Märchen mit Happy End. Und erst recht kein Märchen mit einer Moral.

Nach ihrem Geburtstag nahm Tracy – in der ersten Klasse auf dem Flug in die Staaten, mit ausgestreckten Beinen und einem Glas Champagner in der Hand – das Buch von Milan Kundera, welches sie bereits im Jahr zuvor im französischen Original gelesen hatte: *Das Fest der Bedeutungslosigkeit.* Ein Titel, der gestimmt hätte, wäre Sven nicht gekommen. Und nun ergab sich bereits im ersten Absatz des Romans, in dem Tracy zunächst nur gut beobachtet fand, was gewisse Modetrends bezüglich die Höhe von Hosenbünden betraf, eine ganz neue Bedeutung. Sie nahm einen Stift, um entsprechende Stellen zu markieren oder durchzustreichen. Es ging folgende Botschaft daraus hervor:

»Er beobachtete ~~die jungen Mädchen, die allesamt zwischen der sehr tief sitzenden Hose und dem sehr kurzen T-Shirt~~ ihren entblößten <u>Nabel</u> ~~zeigten~~. Er war gefangen; gefangen und sogar verwirrt: So als konzentrierte ihre Verführungskraft sich ~~nicht mehr in ihren Schenkeln oder in ihrem Hintern oder in ihrem Busen, sondern~~ in diesem kleinen, runden Loch <u>in der Mitte des Körpers.«</u>

Nun gibt es aber dieses Erdloch, in dem Tracy bis zum Hals steckt und sich eventuell ganz vergraben wird, weil einem jungen Mädchen eine Kugel in die Brust geschossen wurde.

Tracy schüttelt sich. Sie will das nicht. All diese Gedanken, all die Gefühle. Denn das ist sie nicht, das sind nur Hormone plus ein Schock plus …

Sie stützt sich mit den Händen ab, stemmt sich hoch, hievt ihre Beine über die Bettkante, steht auf und läuft gebückt durchs Schlafzimmer auf den Flur und ins Wohnzimmer zum langen Tisch. Dort atmet sie durch und sieht den plätschernden Regen auf der Terrasse, der sie vielleicht richtig wachrütteln könnte. Vorsichtig tritt sie hinaus, der Boden hinter der Glastür ist bei Regen stets rutschig. Sie hält sich am Geländer fest, um bis nach vorn zu den Balkonkästen zu gelangen. Sven hat mal geschrieben, dass er auf seinem Balkon seit einigen Jahren Rasen sät, also keine Blumen oder Kräuter, sondern Gras, das zunächst aus einem einzigen Halm bestand, der wiederum aus einem einzigen Korn … Vermutlich wurde dieses Korn vom Wind dorthin getragen oder lag in gekaufter Blumenerde. Die ausgewachsene Ähre hat er dann in den Boden gesteckt, und im nächsten Jahr hat er das mit noch mehr Ähren wiederholt, so dass es immer mehr wurden und nun eine Balkonkasten-Wiese ergeben. Tracy hat dieses Prinzip wiederum professionalisiert. Sie hat von einem Gärtner seltene Wildgräser aus aller Welt in ihre eigenen Kästen pflanzen lassen und benutzt einen speziellen Dünger, damit diese gedeihen.

Tracy lacht. Darüber und über den kalten Regen.

Innerhalb weniger Sekunden ist sie durchnässt. Ihr Haar klebt in Strähnen im Gesicht, ihre Brustwarzen treten unter ihrer weißen Bluse deutlich hervor. Dann hebt sie den Kopf, macht den Mund auf, bis ihre Kehle nicht mehr trocken ist, senkt erneut den Kopf und riecht nun feuchte Erde. Denkt wieder an Sven, speziell an die Geschichte mit seinem Kater, der keinen richtigen Namen besitzt, sondern nur Katze genannt wird, was man aber nicht bei einem Menschenkind machen kann, da es komisch klingt: Mensch Kraft. Oder Kind Kraft. Geht auch gar nicht in Deutschland, obwohl das doppelte K im zweiten Fall eine schöne Alliteration ergibt. Könnte man sich bei ihrem Namen auch denken, wie ihr nicht zum ersten Mal in den letzten Monaten auffällt, denn Sven heißt …

Aber da fällt Tracys Blick auf die Wiese im Jahn-Sportpark und sie spürt plötzlich einen Schmerz in ihrem Bauch, den sie niemals für möglich gehalten hätte.

Kapitel 20

Diesmal ist es kein Versehen, kein zufälliges Opfer.
Weitere werden darum gewiss folgen.
Ja, es werden mehr und dann viele auf einmal, Herr Tennat.

Er betrachtet in aller Ruhe, die es in solchen Momenten erfordert, das leicht vergilbte hübsche Kärtchen, welches bereits in einer kleinen Plastiktüte gesichert wurde. Die Nachricht an sich verrät einiges, findet der Kommissar. Zunächst einmal spielt das Wort »Versehen« darauf an, dass es bereits ein Opfer gegeben hat, welches ein »zufälliges« war. Sofort ergibt sich eine Parallele zum Fall Laura García, welche nach aktuellem Kenntnisstand nicht vorsätzlich getötet wurde. Zudem wurde die junge Frau vor ihm, deren Körper auf dem Klositz nach hinten gekippt ist, eventuell ebenfalls mit einer Pistole erschossen. Denn mit einem Gewehr ist wohl keiner unbemerkt ins Tempodrom gelaufen. Auch wurden bisher kein Schuss dokumentiert, kein Augen- oder Ohrenzeuge ausfindig gemacht. Die Kugel steckt noch in der Bauchhöhle der Frau, soweit Tennat es sehen kann, ohne die Leiche zu bewegen oder zu nahe heranzutreten. Auf dem Boden der Toilettenkabine befindet sich ein roter See, der vorerst nur der Spurensicherung ein Herantreten erlaubt. Die Kugel, eventuell Unterschallmunition und mit einen Schalldämpfer abgefeuert, hat bestimmt die Aorta durchtrennt, sonst wäre das Mädchen nicht derart ergiebig verblutet. Die Durchschlagskraft der Kugel konnte also ebenso wie bei der auf der Wiese an der Gaudystraße als gering eingeschätzt werden. Und wenn wirklich das eine mit dem anderen zu tun hat, so muss der Täter um die Umstände in der Gaudystraße persönlich wissen, denn das LKA hat noch nichts über ein »zufälliges« Opfer an die Medien weitergeleitet, ja, jene spekulierten nicht mal darüber.

Allerdings ist es kaum derselbe Täter, denn die bei Arno Gericke gefundenen Schmauchspuren, aber auch sein generelles Verhalten sprechen dagegen. Nein, der erste Täter ist Arno Gericke gewesen, das steht ziemlich fest. Jedoch muss der jetzige Täter, der zweite, eben dort in der Gaudystraße gewesen sein, als das LKA ermittelt hat. Und er hat sich nur gewisse Informationen verschafft, sondern hat wahrscheinlich ebendort auch die Waffe an sich genommen. Mit dem jetzigen Ergebnis.

Und: »Weitere werden darum gewiss folgen«.

Dieser Umstand ist zusätzlich besorgniserregend. Wobei das »darum gewiss« etwas Zweideutiges besitzt. Das »darum« deutet auf eine für den Täter logische Kette von Ereignissen oder Schlussfolgerungen hin, also auf einen Plan, den er ausführen möchte oder muss. Das »gewiss«, welches eigentlich eine Bekräftigung dessen ist, hat aber auch etwas Einschränkendes, sonst würde man einfach schreiben: »Weitere werden folgen!« Doch dies tut der Täter nicht. Um sofort wieder eine Bekräftigung, ja, eine Steigerung des Geschehens anzukündigen: »Ja, es werden mehr und dann viele auf einmal«.

Insgesamt scheint der Verfasser des Kärtchens eine polare Persönlichkeit zu besitzen, wobei die Art der Sprache auf ein höheres Bildungsniveau hindeutet. Auch bedarf es einer längeren Planung für diese Aktion, geradezu Kaltschnäuzigkeit, denn die Nachricht wurde vorab in kleinen Buchstaben auf ebenjenes Kärtchen gedruckt, eine dickere elfenbeinfarbene Pappe in der Größe einer Visitenkarte, bei dem gefährlichen Inhalt vermutlich zu Hause auf dem eigenen Drucker. Sieht äußerst akkurat gesetzt aus. Und mit großer Wahrscheinlichkeit von einer Frau, denn Sven Tennat befindet sich nicht nur auf einem Frauenklo, sondern im Tempodrom hat an diesem Abend auch eine reine Frauenveranstaltung stattgefunden, zumindest wenn man von der Darbietung ausgeht. Die Chippendales sind die weltweite Nummer eins unter den männlichen Revueshows, *das* Original der gutgebauten Eyecandies aus Las Vegas! So heißt es auf einem Plakat. Und sie versprechen nichts Geringeres als die beste Nacht des Lebens: *Best. Night. Ever.*

Und die Täterin, welche sich unter das kreischende Publikum gemischt hat, muss den Kommissar kennen, denn da steht ganz am Schluss die Anrede: »Herr Tennat.«

»Tennat, was machst du hier?«, fragt Udo Melzig.

»Wonach sieht es aus?«, fragt er zurück und zeigt auf die Leiche.

»Aber wieso bist du so schnell vor Ort?«

»Ich wurde direkt angerufen«, entgegnet er und reicht Melzig das eingetütete Kärtchen.

»Der Täter kennt dich?«, wundert sich Melzig. »Aber du wurdest nicht von ihm angerufen?«

»Nein, von mir«, bekennt eine sehr tiefe Stimme.

Melzig dreht sich um und hebt den Kopf zu dem vor ihm sich auftürmenden vollbärtigen Mann, der zahlreiche Piercings im Gesicht aufweist. »Wer sind Sie?«

»Ein Türsteher.«

»Ein guter Nachbar«, ergänzt Tennat.

»Seit vielen Jahren«, fügt der Türsteher lächelnd hinzu. »Wohnen im selben Haus.«

Melzig nickt. »Sie sehen aus wie der bekannte Türsteher vom …«

Tennat winkt ab. »Sag das nicht …«

»Berghain?«, fragt der Türsteher mit gehobenen Augenbrauen prompt.

»Tut er nicht«, urteilt Tennat.

»Ja«, bekräftigt Melzig. »Oder es sehen heutzutage alle Türsteher so aus, selbst im Tempodrom.«

»Nein«, findet Tennat.

»Doch, doch.«

»Können wir das bitte lassen«, sagt der Türsteher und verdreht die Augen. »Ich sage ja auch nicht, dass Polizisten aussehen wie …«

»Ja, was?«, will Melzig wissen.

»Können wir das bitte lassen«, wiederholt nun Tennat.

»Gewiss«, lenkt Melzig ein. »Entschuldigung. Das Kärtchen haben also Sie gefunden? Wie genau und wo?«

»Nach der Show. Ich habe die verschlossene Klotür aufgemacht, da niemand hier nachts bleiben soll, sah das Ergebnis und beugte mich nach vorn zum Kärtchen, das mit einem Kaugummi mehr schlecht als recht über der Klospülung festgeklebt war und drohte herunterzufallen.«

Melzig schaut sich die Distanz von Klotür bis zur Spülung an, welche ihm bei der Körperlänge des Türstehers überbrückbar scheint.

»Der Kaugummi? Wo ist der?«

Tennat holt ein zweites Tütchen aus seiner Jacke hervor. »Hier! Könnten die DNA-Spuren des Täters dran sein, falls dieser Kaugummi von ihm gekaut wurde.«

Die Identität des Opfers wurde an der Garderobe geklärt, als ein Jäckchen und ein kleiner Rucksack übrig blieben, in dem unter anderem ein englischer Pass auf den Namen Sarah Levi steckt. Sarah Levi ist achtundzwanzig Jahre und wurde in Tel Aviv geboren, wuchs in England auf und kam mit Anfang zwanzig nach Berlin. Sie besitzt eine doppelte Staatsangehörigkeit, also inzwischen auch die deutsche. Im Internet finden sie schnell ihren Namen, da sie Journalistin ist und für einige bekannte Magazine und

Tagezeitungen arbeitet. Ihr I-Phone ist jedoch mit einer Mustersperre geschützt, folglich fahren Melzig und Tennat am nächsten Morgen zu ihrer Wohnung im Wedding, um zu sehen, ob es dort Angehörige gibt.

In der Uferstraße, nahe den Klinkersteinbauten der Uferstudios, wo einst Straßenbahnen und Busse lagerten und heute Choreographen und Tänzer aus aller Welt arbeiten, machen gegen zehn Uhr morgens zwei junge Männer auf, als Melzig klingelt. Sie kichern, rufen recht aufgekratzt den Namen Sarah, dazu etwas auf Hebräisch, verstummen aber, als sie die Dienstausweise entgegengestreckt bekommen. In der leicht chaotischen Wohnung erklärt Sven Tennat auf Englisch den Sachverhalt, während sich Udo Melzig etwas umsieht. Die beiden Jungs sind Mitte zwanzig, wirken aber jünger. Aus den mit viel Kajal geschminkten und fast nur aus schwarzen Pupillen bestehenden Augen des einen, Gideon Hertz, kullern bald Tränen, der andere schnurbärtige, Amit Rothschild, fasst sich ans Herz, wird kreidebleich und fällt von einer Sekunde zur anderen einfach um. Melzig ruft den Krankenwagen.

Nachdem die Sanitäter eine Kochsalzinfusion und anschließend Entwarnung bezüglich des Kreislaufs gegeben haben, ziehen Melzig und Tennat von dannen. Hertz und Rothschild sollen sich nun ausschlafen und am nächsten Tag ins LKA kommen. Soweit die Kommissare aber erfahren, sind Hertz und Rothschild bei Sarah Levi zu Besuch, sie haben sich auf einem schwedischen Festival im Jahr zuvor kennengelernt. Sie selbst waren gestern auf einer Party in einem Club um die Ecke in der Gerichtstraße, von dem Tennat als auch Melzig noch nie gehört haben. Hertz und Rothschild hatten ursprünglich ebenfalls noch einen Abstecher in Richtung Kreuzberg geplant, wo Sarah Levi zunächst auf eine berufliche Veranstaltung gehen, sich dann jedoch von jenem Pflichtprogramm erholen wollte. Laut ihren Handys schickten die beiden Jungs entsprechende Nachrichten an Levi, die ab einem gewissen Zeitpunkt und der vermutlich dadurch einzugrenzenden Tatzeit nicht beantwortet wurden, obwohl sie sonst immer ihr Handy dabeihatte, sozusagen ständig online war, ein kleiner Social-Media-Junkie, auch berufsbedingt.

Am Gesundbrunnen-Center trinken Udo Melzig und Sven Tennat um dreizehn Uhr etwas abseits von anderen an einem Imbiss einen Kaffee. Es ist verkaufsoffener Sonntag.

»Gesundbrunnen-Center«, sagt Melzig und betrachtet die in die Shopping-Mall strömenden Menschen, welche größtenteils der alteingesessenen Weddinger Arbeiterklientel entsprechen. »Das sieht hier alles eher besonders ungesund aus.«

»Der Name Gesundbrunnen geht auf eine mineralhaltige Quelle hier in der Nähe zurück, der heilende und Jugend erhaltende Eigenschaften nachgesagt wurden«, weiß Tennat.

»Absurd«, findet Melzig. »Aber du bist ja solch einen Anblick in Neukölln gewohnt.«

»Seit meiner Jugend«, bestätigt Tennat.

Melzig nickt, kippt seinen Kaffee hinunter, als wäre es Wasser, und bestellt noch einen.

»Ich frage mich, warum jemand eine Waffe ins Tempodrom schmuggelt«, sagt Tennat. »Das ist ein enormes Risiko, oder?«

»Vielleicht auch nicht, wenn man sich auskennt«, findet Melzig, geht seinen Kaffee bezahlen und kommt zurück. »Türsteher werden wohl nicht überall richtig nachsehen. Vor allem nicht bei einer ausverkauften reinen Frauenveranstaltung, wo jeder den besten Platz haben will. Und wenn sich eine Frau die Waffe geschickt an den Körper klebt, ist das Risiko kalkulierbar.«

»Trotzdem ganz schön kaltschnäuzig«, findet Tennat und schüttelt den Kopf. »Und es muss entweder eine Person sein, mit der ich in der Gaudystraße gesprochen habe, oder zumindest jemand, der jemand kennt, der dort wohnt.«

»Dann lass uns jetzt direkt ins LKA fahren und die Kameras

des Haupteingangs vom Tempodrom auswerten«, antwortet Melzig, bevor er seinen zweiten Kaffee ansetzt.

»Ja, das müssen wir tun. Vor allem wegen der Aussage, dass noch mehr Opfer folgen sollen. Und zwar viele auf einmal.«

»Nur warum?« Melzig gibt der Frau am Imbiss ein Zeichen, dass er noch einen dritten möchte. »Die klassischen Gründe seitens des IS oder anderer Gruppierungen können wir wohl ausschließen.«

»Das ist die entscheidende Frage«, bestätigt Tennat. »Denn schließlich haben wir eine Nachricht erhalten, sozusagen ein Bekennerschreiben, allerdings ohne Motiv, was solchen Leuten doch sonst extrem wichtig ist.«

»Dafür gibt es für die Taten ein Opferprofil. Weiblich, zwischen zwanzig und dreißig, Ausländerinnen mit dunklen Haaren.«

»Aber das erste Opfer war ein Versehen.«

»Und vielleicht ein Auslöser für den zweiten Täter, und der wird uns mehr Probleme als der erste bereiten.«

»Wenn wir nicht schnell einen Erfolg erzielen.«

»Das müssen wir.«

»Absolut.«

»Wie viele Visitenkarten hast du in den letzten Tagen insgesamt verteilt?«

»Ich müsste nachzählen«, bekennt Tennat und zieht sein Notizbuch hervor. »Aber fünfzig Kontakte könnten es durchaus gewesen sein, wenn ich mir meine Notizen ansehe. Ist schließlich wieder mal viel Klinkengeputze gewesen. Oder immer noch.«

»War da bis jetzt jemand dabei, der dir verdächtig vorkam? Außer dem Reichsbürger-Ehepaar Karl-Gustav und Else Schwartzkopff aus der Siebzehn a …«

»Den Herrschaften und zufriedenen Rentnern«, verbessert Tennat. »So viel Zeit muss sein.«

»Meinetwegen. Die wohl aber kaum ins Tempodrom marschiert sein werden.«

»Ja, da war was heute, also gestern am Samstag, denn es ist ja schon wieder vierundzwanzig Stunden her, ohne dass wir geschlafen hätten«, sagt Tennat nickend. »Da gab es einen seltsamen Kontakt an einer Tür, wo zuvor niemand aufgemacht hatte. Einen vielleicht sogar absurden Flirt, würde ich meinen. Oder eben etwas mehr.«

»Erzähl!«, fordert Melzig und ist ganz Ohr.

Teil III: Das asoziale Wesen

Kapitel 21

Gestatten, mein Name ist Franz Fasel, was natürlich nicht der Wahrheit entspricht, aber gut zu mir passt, denn eine konstante Wahrheit werde ich nie mein Eigen nennen, aber ich rede wahrlich gern, fasle wirklich viel, wenn es mir gut geht, habe damit schon Sachen in Gang gesetzt oder zumindest Geld verdient, sei es anfangs in Call-Centern mit *Cold Calls* oder später im großen Stil in Marketing-Agenturen für B2B-Geschäfte, weil ich mich temporär in das Metier hineinsteigerte, was vor allem Timbre und Duktus benötigt, weniger den Inhalt meiner Botschaften, denn wir alle leben mit denselben Informationen.

Was uns Menschen unterscheidet ist ausschließlich, wie wir Informationen filtern und gewichten. Die meisten Menschen besitzen einen festen Filter, der das ganze Leben fast unveränderlich bleibt. Sie ziehen sozusagen mit einem einzigen Betriebssystem ein Programm durch und deuten Informationen stets in gleicher Weise – gesegnet seien sie mit ihrer konstanten Wahrheit.

Bei mir ist der Filter leider veränderlich, als hätte ich kein dauerhaftes Ich, keine wirkliche Meinung. Liebe und Hass zum Beispiel, unbestreitbar die beiden extremsten Emotionen und Welten voneinander entfernt, kann ich je nach Gemütszustand völlig beliebig anwenden. Ich pendle stets zwischen ihnen, finde keine Mitte, obwohl ich die Mitte seit Jahren ersehne, weil sie um so vieles gesünder sein soll. Aber ich bin ein Pendler. Ich bin entweder so oder so, dazwischen gibt es kaum etwas. Der

Mechanismus lässt sich ganz anschaulich am Haus, in dem ich wohne, verdeutlichen.

Das Excelsiorhaus wurde 1968 als Apartmenthaus nach New Yorker Vorbild auf den Ruinen des Nobelhotels *Excelsior* in der Stresemannstraße gegenüber von der Portikus-Ruine des Anhalter Bahnhofs und dem dahinterliegenden Sportplatz sowie dem angrenzenden Tempodrom errichtet, ist knapp sechzig Meter hoch und verfügt über achtzehn Stockwerke sowie rund fünfhundert Miniwohnungen. Zu Zeiten des Kalten Krieges hatte die CIA in den obersten Etagen einen ihrer Horchposten nahe der Mauer. Als ich einzog, war ich von der Geschichte des Hauses absolut begeistert, ebenso von der futuristischen Architektur einer anonymen Wohnfabrik und meiner sonnendurchfluteten, in ihrem Grundriss quadratischen Einzimmerwohnung. Sie stand im Kontrast zu all den oftmals dunklen und meist größeren Altbauwohnungen, in denen ich zuvor gewohnt hatte. Nur wie in fünf Jahrzehnten das Ansehen des Hauses bröckelte, so schlug in knapp zwanzig Monaten meine Meinung darüber um. Ich zog also begeistert ein, als ich noch arbeitete, und freute mich riesig, wenn ich spätabends nach Hause kam. Dann erlitt ich ein Burnout und hasse seitdem das Excelsiorhaus, als wäre es ein Fluch. Vielleicht auch weil ich von da an den ganzen Tag dort hockte. Mit keinen schönen Gedanken. Am liebsten hätte ich mich aus einem der in der Mitte horizontal kippbaren Metallfenster geschmissen. Jeden Tag dachte ich daran, wenn ich sie zum Lüften öffnete und den Straßenlärm vernahm. Eben wegen der Verneinung, des absoluten Hasses auf alles und jeden und ganz besonders auf mich: Einen Versager, einen Hanswurst, einen Träumer, der zwar immer wieder in seinem Leben andere Menschen zum Träumen brachte, was mir in Hochphasen zwar absolute Identifikation ermöglichte, ja, auch einiges an Ansehen einbrachte und Firmen zugute kam, solange ich für sie tätig war, sie eben liebte und dadurch für sie in kürzester Zeit Gewinn erwirtschaftete. Doch ebenso verbrannte ich mir oft genug dabei die Finger – vor allem im Privaten.

Meine Meta sah ich das erste Mal im Wartezimmer einer psychotherapeutischen Gemeinschaftspraxis, bei der ich wegen jenes Burnouts landete, also nach einer absoluten bejahenden Verkaufsperiode, welche wiederum auf eine Phase künstlerischen Schaffens gefolgt war, die ich dann plötzlich als kindisch abgelehnt hatte. Mein echter Lebenslauf ist aufgrund seiner Brüchigkeit sehr lang, umfasst noch mehr Stationen als Wohnorte; mein offizieller beruflicher Lebenslauf ist dafür sehr kurz, da Arbeitgebern Brüchigkeit stets suspekt ist.

Ich befand mich in jener Praxis bereits ein paar Monate in Behandlung, wusste dadurch besser über meine Mechanismen Bescheid, lebte ein für meine Verhältnisse extrem zurückgezogenes Leben, was für mein sonst schwankendes Gemüt ein wenig wie Urlaub hätte sein können, wäre es nicht derart traurig gewesen, eben am Rande eines Suizids. Ich ging daher mit meinem Therapeuten mein Leben durch, all die Stationen, von der ungünstig verlaufenen Kindheit bis zu meiner daraus resultierenden Sprunghaftigkeit im Erwachsenenalter. Was wir erreichen wollten, waren Erkenntnis und dann Struktur, etwas, was mir wieder einen Sinn und geregelten Tagesablauf gab, jedoch ohne gleich wieder blind in etwas hineinzurennen.

Meta hockte etwas zusammengeknickt in der Ecke nahe eines gekippten Fensters, starrte skeptisch hinaus, trug um den Hals einen dicken Schal, den sie bis zur Nase hochgezogen hatte, und weiße Baumwollhandschuhe. Es machte sofort Klick in meinem Kopf. Trieb mich. Blendete jeden Gedanken ans Leben beenden oder Fingerverbrennen aus, wie ich es lange nicht mehr gespürt hatte. Ich öffnete folglich die Augen, als würde ich endlich aufwachen, oder ich schloss sie gänzlich, weil ich endlich wieder träumen wollte.

»Kann ich das Fenster zumachen?«, kam es instinktiv über meine Lippen. »Feinstaubpartikel und Straßenlärm müssen nicht sein, oder?«

Meta nickte, als wäre dies ihr Wunsch, den sie sich aus irgendeinem Grund nicht selbst erfüllen konnte, jenes Fensterschließen, ein für sie zu kraftvoller Akt, und schaute mich kurz an, bis ich lächelte, was sie blitzartig zu Boden blicken ließ.

Ich beließ es vorerst dabei, nicht jeder kam mit meiner manchmal zu offenen Art klar, und setzte mich Meta gegenüber, obwohl auch neben der Tür freie Stühle standen, was in therapeutischen Wartezimmern gewiss diskreter gewesen wäre.

Natürlich befand ich in diesem Moment, dass diese Frau absolut durchgeknallt war, warum saß sie sonst hier, noch immer mit dem Schal bis zur Nase hochgezogen, obwohl das Fenster von mir geschlossen worden war. Sie hatte aber auch etwas, was ich als wirklich einzigartig bezeichnen muss, und das Einzigartige zieht mich schon immer an, besonders ein Blick, gewiss kein lebensfroher, eher ein sich in der Leere verlierender, einer, der in einen Tunnel führt, den andere nicht einsehen können und der für die Einsehende nicht enden will. Genau dieses Prinzip vertreibt mir die Langeweile, wie sie bei mir bei anderen Menschen sonst schnell aufkommt, kam mir in den Sinn. Und die Mitte, das Gesunde ist nun mal nicht meine Sache. Ja, das sagte mir mein Geist in einem Moment, in dem mein Körper wieder leben wollte. Und wenn extrem, warum allein?

Ich war also wieder da, also völlig berauschte Bejahung von einer Sekunde auf die andere, und wollte Kontakt. Es ratterte wie früher in meinem Kopf, als gäbe es nur eine Richtung: nach vorn. Und wenn diese Frau hier sitzt und einen Schalter bei mir betätigt, dann hat dies seinen Sinn, dachte ich – wie wohl alles im Leben, was ich auch noch nie angezweifelt habe. Zudem konnte sie nicht denselben Therapeuten wie ich haben, da alle Therapeuten zur vollen Stunde ihre Patienten in Empfang nehmen, es sei denn, sie wollte nur ein Rezept abholen. Folglich war sie viel eher sogar immer um diese Uhrzeit hier, denn als kategorischer Frühaufsteher hatte ich zum ersten Mal unfreiwillig einen Termin am späteren Nachmittag bekommen.

Herrn Dr. Wärmer, meinem Therapeuten, der mich dann als Erstes aufrief und der für mich inzwischen mehr Freund als Arzt war, oder sagen wir, falls Helfer in der Not, dann Guru, denn er redete mehr als ich während unserer Stunden, was vollkommen untypisch für eine tiefenpsychologisch fundierte Gesprächstherapie ist, geradezu diametral entgegengesetzt zu dem steht, was solche Therapeuten während ihrer Ausbildung lernen, erzählte ich aber nichts über jenes Erlebnis im Wartezimmer. Ich unterhielt mich mit ihm dafür über eine Vision, die ich in den Tagen zuvor in meiner Badewanne gehabt hatte. Ich hatte gerade Deutschlandfunk gehört, es läuft ständig bei mir, vernahm aber alles gedämpft, da meine Ohren sich unter Wasser befanden. Da spürte ich einen einfachen tiefen Wunsch: Ich sah das Bild von einer Frau neben mir, mit der ich vom Sofa aus Fernsehen gucke. Ich wolle also nicht mehr allein sein, mehr Ansprüche habe ich nicht, resümierte daraufhin Herr Dr. Wärmer, der, ganz seine Art, mit zahlreichen Beispielen aus dem Tierreich und der menschlicher Kulturgeschichte bestätigte, dass dieser Wunsch nur allzu verständlich sei und mir bei Erfüllung gewiss guttun werde, falls ich jemand Entsprechendes fände, der zu mir passt.

Ich ließ mir für die nächste Woche erneut einen Termin für dieselbe Uhrzeit geben. Wieder saß Meta bereits da, wieder an derselben Stelle, diesmal hingegen bei geschlossenem Fenster, ohne Schal und ohne Handschuhe.

»Hast du?«, fragte ich mitten im Raum stehend und zeigte auf das Fenster.

Meta trug am Leib fast dasselbe wie die Woche zuvor, eine enge Jeans, einen selbstgestrickten grobmaschigen Retro-Pullover, wie sie gerade in Mode kamen, den sie aber wohl schon seit ihrer

Jugend ihr Eigentum nannte, sowie weiße Turnschuhe, an deren Innenseite ich schwarze Striemen zu erkennen meinte. Ich nickte, sie ebenfalls, allerdings ohne zu lächeln, vielleicht auch, weil ich mich bereits daranmachte, mir mein enges Sweatshirt über den Kopf zu ziehen, was sich als schwierig erwies, ohne meinen sehnigen Oberkörper bis zum Brustansatz zu entblößen. Anschließend setzte ich mich etwas weiter weg, fast an die Tür, nahm ein Notizbuch zur Hand und strich Sätze durch oder riss ganze Seiten heraus. Mit gesenktem Kopf sah ich aus dem Augenwinkel, dass Meta weiterhin auf meinen Oberkörper schielte, speziell die Arme beobachtete, wie ich es auch von Fußgängern kenne, wenn ich Fahrrad fahre, denn meine T-Shirts sind meist eingelaufen – wie fast alles, was ich in die Waschmaschine stecke, habe keine Ahnung, warum. Als ich meinen Kopf hob, schaute Meta sofort weg, was meine Vermutung bestätigte. Sie fühlte sich ertappt. Sie trug diesmal mehr Make-up als das letzte Mal – allerdings sah ich auch mehr von ihrem Gesicht, da kein Schal es verdeckte. Und die Art und Weise, wie sie sich schminkte, konnte man als ungewöhnlich bezeichnen, jedoch für meine Augen nicht unheimlich, eher mein Interesse an ihrer Sicht der Welt, ihrem Filter erhöhend, denn ich entdeckte darin eine mir bekannte, wenn auch wirklich zur Schau gestellte Weltbefremdung.

Herrn Dr. Wärmer erklärte ich, dass ich wegen eines Klempnertermins leider früher gehen müsse. Nach einer halben Stunde Austausch über meine beruflichen Perspektiven, die ich zum ersten Mal selbst ansprach – wir einigten uns darauf, dass ich jeden Tag schreiben soll, irgendwas, um wieder eine Regelmäßigkeit in mein Leben zu bekommen, einen Rhythmus, und fantasieren tue ich doch schon immer gern, habe das als Kind als einzige Fluchtmöglichkeit verinnerlicht – wartete ich unten in einer Nebenstraße.

Als Meta aus dem Haus trat, nun mit Handschuhen und ihren um den halben Kopf gewickelten Schal bewaffnet, bestätigte sich meine Vermutung. Die schwarzen Striemen an ihren Schuhen stammten von einer nicht mit einem Schutzblech abgedeckten, jedoch gut eingeölten Fahrradkette. Ich kannte diese Problematik, nahm die Verfolgung auf, was sich bei langsamem Tempo als schwieriger als bei schnellem erwies, doch nach gut zwanzig Minuten hatten wir es geschafft, ich wusste, wo sie wohnt.

Als besonders günstig erachtete ich bald die Wiese vor ihrem Fenster, um mich zu präsentieren. Und noch war jener September warm, geradezu ein Altweibersommer, wie es allgemein heißt, ich aber nicht gern sage wegen Metas Alter. Sie ist einige Jahre älter als ich, was sie quält, wie ich bald feststellen sollte. Zwar besaßen die Bäume noch ihr Blattwerk, doch von ihrem Fenster aus, an dem sie manchmal stand, konnte man mich gut entdecken. Ich saß da also und schrieb Dinge in mein Notizbuch, stets Herrn Dr. Wärmers Worte in meinem Ohr, der auch zu mir meinte, dass jede andere Tätigkeit, also zum Beispiel Musikmachen oder ein normales Angestelltenverhältnis, bei mir wegen des dauerhaft zwischenmenschlichen Kontakts völlig sinnlos sei. Nirgends könne ich mich langfristig integrieren, weder in einem kleinen Gefüge noch in einem großen. Dem konnte ich nur absolut zustimmen, auch wenn ich das Genre, das er empfahl (Krimis wegen meiner nicht ausgelebten Aggressionen und eines riesigen Marktes), nicht besonders schätzte. Doch mein rein privat angestrebter zwischenmenschlicher Kontakt wurde für Meta nach einer Woche derart unerträglich, dass sie auf die Wiese gelaufen kam.

»Sag mal, hast du sie noch alle?«, schrie sie.

»Bist du nicht das Mädchen aus …«, entgegnete ich. »Das ist ein Zufall. Schön dich zu sehen.«

»Tu doch nicht so«, fuhr Meta mich mit funkelnden Augen an. »Weißt doch genau, dass ich hier …«

»Wo genau?«

Sie zeigte mit den Daumen über ihre Schulter zu ihrer Wohnung unterm Dach, ohne hinzusehen. »Da oben.«

»Woher soll ich das wissen?«

»Weil du immer zu meinem Fenster glotzt.«

»Das bildest du dir ein.«

Daraufhin holte sie eine Kamera hervor und zeigte verschiedene Aufnahmen von mir. Gar nicht so unklug. Vermutlich durch zu viel digitalen Zoom waren sie nicht wirklich scharf, aber wiesen einen geradezu originären Sinn für Ästhetik auf, wie ich ihn bei ihr vermutet hatte. Das Seltsame war nur, dass ich gar nicht in die Kamera schaute, sondern ausschließlich eindeutig hoch. Folglich wurde ich etwas seitlich aufgenommen, manchmal sogar aus einer flacheren Perspektive.

»Von wo aus hast du …«, fragte ich, stand auf und schaute entlang des Plattenbaus, dessen Fenster ich mit ausgestrecktem Finger abging, bis dieser ziemlich weit links stehen blieb. »Irgendwo dort, vermute ich. Hast du zwei Wohnungen oder warst du auf dem Dach?«

»Das tut jetzt nichts zur Sache«, zischte sie, drehte sich um und ging von dannen.

Ich ließ es geschehen, kehrte allerdings am nächsten Tag unverdrossen zu meiner inzwischen liebgewonnenen Stelle auf der Wiese zurück. Sechs Tage lang saß ich dann wieder dort, aber mit dem Rücken zu ihrem Fenster, und trug weiße T-Shirts, auf deren Rückenseite ich jeden Morgen jeweils ein anderes Wort in großen Buchstaben schrieb. Sie ergaben folgenden Satz:

WIR – HABEN – WOHL – GENAU – DIESELBE – SICHT

Am siebten Tag, als ich nur noch ein Ausrufezeichen aufmalte, kam Meta wieder auf die Wiese.

»Und nun?«, stöhnte sie.

Kapitel 22

Die Tage vergingen wie im Flug, und wir kamen uns Schritt für Schritt näher, da wir viel spazierten, jedoch ohne uns zu berühren. Es war zunächst eine geistige Nähe, die tagsüber entstand, eine, bei der Zukunftspläne ebenso wenig eine Rolle spielten wie die eigene Vergangenheit, die beim Kennenlernen sonst den klassischen Einstieg darstellt. Nein, es ging allein um den Status quo, eine leidliche und zugleich sehr ehrliche Geschichte, in der es folglich um das Problemfeld Gesundheit ging.

Vielleicht kamen mir darum bald diese Treffen so vor, als wären sie ein guter Grund, mal wieder draußen zu sein – weit weg von meinem verhassten Excelsiorhaus und weit weg von dort, wo für Meta anscheinend die Enttäuschung lag. Es waren ausgewählte Orte, an denen wenige oder gar keine anderen Menschen zugegen waren: Parks, Brachen, Ruinen. Ich brachte stets selbstgebackenen Kuchen mit, der kein Ei enthielt, denn Eier mochte Meta so wenig wie zahlreiche andere Lebensmittel, die Liste war lang, entweder wegen einer Unverträglichkeit oder aus Ekel. Dazu tranken wir aus einer Thermoskanne heißes Wasser, keinen Tee oder Kaffee, nein, nur heißes Wasser. Alkohol war folglich nie im Spiel, ebenso kein Nikotin oder anderes, was ich früher mit Frauen gerade in der Anfangsphase viel konsumiert hatte, da es einiges erleichterte und intensive Momente erzeugen konnte, geradezu wunderbare Räusche. Es begann in dieser Hinsicht eine neue Lebensphase für mich, sagen wir, meine gesündeste, jedoch zugleich auch ein einzigartiger Krimi.

Eines Tages, wir hatten uns noch immer nicht wirklich berührt, beabsichtigte Meta eine Fotoausstellung zu besichtigen. Immerhin. Denn Meta, die über das aktuelle Kunstprogramm in Berlin stets Bescheid wusste, wollte sonst nie zu Ausstellungen, obwohl ich das manchmal vorschlug. Nun wünschte sie aber etwas mit eigenen Augen sehen: Polizisten-Fotos aus verschiedenen Epochen. Der Ort: Die Linienstraße in Mitte, dem Hotspot vieler Touristen und Schickimickis. Der Zeitpunkt: Mittwochvormittag, damit wir fast die Einzigen in den großen Räumen wären.

Jeder Schritt hallte somit angenehm nach, und ich glaubte, dass ich durch Metas Art eine gewisse Konstanz entwickelt hatte, ja, vielleicht doch so etwas wie eine Mitte fand. Innerlich war ich die absolute Bejahung ihrer Person, da sie aber selbst sehr negativ war, pendelte ich mich in der Mitte ein. Es freute mich sehr, dies so zu sehen. Ich betrachtete die Existenz auf dieser Welt zwar nicht gerade als Geschenk, aber ich spürte auch keinen wirklich schlimmen Schmerz mehr in mir, meinetwegen, was ich eben Meta verdankte. Ich trieb also morgens Sport und gab mir neuen Input, fantasierte aber nicht darüber, was ich wieder mit meinem Leben anfangen, wohin meine Reise gehen könnte.

Da passierte in der Fotoausstellung etwas, was ich erst im Nachhinein verstanden habe, wenn überhaupt. Und ich bemerkte das, was einen Krimi beginnen ließ, nicht sofort, da ich eine Weile mit dem Rücken vor einem großen Fenster stehend auf den Boden starrte, um mit meinem Handy eine Reihe von Fotos meines eigenen in die Länge gezogenen Schattens zu knipsen, der auf dem groben Betonboden äußerst geheimnisvoll und zugleich vertraut aussah. Wenn die Sonne schien, sah ich klare Konturen; wenn eine Wolke die Sonne verdeckte, löste sich mein Schatten im Dunkelgrau des Galeriebodens auf. Ich ging ganz in diesem Licht-und-Schatten-Spiel auf, vergaß die Zeit, fast hätte man es Meditation nennen können. Bis ich meinen Kopf hob, weil eine Tür zufiel. Meta, die vorher in den Räumen herumgelaufen war und interessiert die Fotos betrachtet hatte, schien wie vom Erdboden verschluckt zu sein, nirgends hörte ich ihre oder andere Schritte. Ich stand auf, suchte sie, fand aber zunächst nur den älteren Herrn, der die Ausstellung beaufsichtigte. Als ich mich erkundigte, ob er wissen würde, wo sich meine Begleitung befände, zeigte er, ohne dass ich Meta hätte beschreiben müssen, mit ernstem Gesicht zum Ausgang.

»Du bist wie alle anderen!«, schrie Meta mich draußen sofort an, während sie bereits ihr Fahrradschloss in den Händen hielt.

»Was machst du da?«, fragte ich und drückte die Tür hinter mir zu. »Wir haben doch noch nicht alles angeschaut.«

»Habe genug gesehen«, zischte Meta. »Bist wie alle anderen. Rein schwanzgesteuert, sobald dir eine Fotze ihre Möse hinhält.«

»Eine Fotze … ihre Möse …«, wiederholte ich stockend, unschlüssig, ob ich lachen oder empört wirken sollte. »Ich weiß nicht, was du meinst. Klingt jedenfalls …«

»Tu nicht so.«

»Ich tue gar nichts«, kam es mir für meine Verhältnisse recht aufgebracht über die Lippen. »Das wird dir doch wohl schon aufgefallen sein. Außer Kuchen backen, dich treffen und diese Zeit … na ja, genießen.«

»Blödsinn. Genießen …«

»Stimmt, Blödsinn«, schrie ich und ergriff Meta zum ersten Mal am Arm, ja, ich packte sie äußerst fest an. »Du gehst jetzt nicht! Nicht bevor du nicht erklärst, was für einen Film du gerade schiebst. Monoman, ich könnte …«

Meta riss die Augen auf, starrte meine Hand an, weswegen ich diese wegnahm, obwohl Meta nun lächelte, als würde sie Gefallen daran finden oder meine plötzliche Emotionalität faszinieren. Doch wieder zugreifen konnte ich nicht, wollte ich nicht, da es überhaupt nicht meine Art war, also Gewalt auszuüben, weder verbal noch körperlich, noch nie, auch wenn mein Therapeut Herr Dr. Wärmer fast in jeder unserer Stunden meinte, ich müsste mal all das, was sich in meinem Leben angestaut hat, endlich herauslassen, nicht immer auf mich selbst anwenden.

»Wie du willst«, sagte schließlich Meta, während sie auf ihr Fahrrad stieg. »Hast doch mit dieser Ollen da drin geflirtet, kannst mir nichts vormachen.«

»Du spinnst …«, entgegnete ich, während ich mich schnell an meinem Fahrrad zu schaffen machte, damit Meta nicht einfach davonradeln konnte. »Und welche Olle überhaupt?«

»Da drin, ihr habt euch doch angelächelt. So eine junge Kunstschlampe in den Zwanzigern mit schwarzem Haar und großer Hornbrille, wie sie überall herumlaufen.«

»Was?« Ich wusste echt nicht, wovon Meta sprach, konnte allerdings ein Lächeln zwischen zwei Personen nicht ausschließen, da es ein schöner Tag war. »Und wenn … Es ist vielleicht durchaus normal, dass man nicht immer eine Fresse zieht.«

»Anscheinend«, gab Meta zu. »Anscheinend.« Sie schüttelte den Kopf. »Nur was willst du dann ausgerechnet von mir, die immer eine Fresse zieht?«

»Ich mag dich«, erwiderte ich augenblicklich und schaute ihr möglichst ernst ins Gesicht, welches ein wenig rot geworden war. »Ich mag dich wirklich sehr. Deine Sicht. Unsere Sicht. Das habe ich doch auf meinen Rücken geschrieben. Und nun steht es in meinem Herzen. Verstehst du das nicht?«

Meta schüttelte den Kopf, drehte sich weg. »Du meinst das tatsächlich ernst. Idiot.«

»Ja, das tue ich, der Idiot. Fühle mich wohl mit dir. Und du bist hübsch. Und klug, obwohl du beides natürlich niemals zugeben würdest, weil du dich immer selbst kleinredest. Dabei sind es nur die anderen, die … Du weißt schon … Du bist einfach anders als die anderen. Und das ist gut so. Verdammt gut, da ich genau das gesucht habe. Denn ich bin eben auch anders, und gemeinsam können wir …«

»Idiot«, wiederholte sie und trat in die Pedale.

»Absolut«, bekräftigte ich und hielt sie schnell am Arm fest, fast so kräftig wie vorhin.

Augenblicklich verharrte Metas Körper, bewegte sich keinen Millimeter, und obwohl ihr Gesicht noch immer von mir abgewandt war, schien es, als würde sie erneut lächeln, was sie auch tat, als sie sich zu mir umdrehte und meine Hand an ihrem Oberarm ansah.

»Dann fahren wir zu dir«, sagte sie überraschend. »Wohnst doch in diesem Türken-Hochhaus am Anhalter Bahnhof, oder?«

»So kann man es bezeichnen«, bestätigte ich, der bereits oft von meiner kleinen Wohnung im fünfzehnten Stockwerk erzählt hatte. »Quasi gegenüber vom Tempodrom.«

Und dann, als ich ihren Arm losließ, die Ampel grün wurde und Meta losfuhr, entdeckte ich aus dem Augenwinkel, wie sich etwas im Gebüsch neben dem Eingang der Galerie bewegte. Mein Körper drehte sich automatisch hin und erblickte eine gebückte Frau, die mit nicht viel Fantasie Metas Beschreibung entsprach. Ihr zerzaustes schwarzes Haar hing ihr ins Gesicht. Mit der einen Hand hielt sie eine verbogene Hornbrille. Mit der anderen ihre blutende Nase. Sie schien benommen und kam gerade zu Sinnen. Mein erster Impuls war natürlich, zu ihr zu gehen und zu helfen, zumindest zuckte mein Oberkörper. Doch dann schaute ich wieder zu Meta, die bereits einige Meter Vorsprung besaß. Mein Gesicht fror ein, ich wusste nicht, was zu tun sei. Bis ich ebenfalls in die Pedale trat, in der Hoffnung, dass sich jemand anders der Frau annahm. Vielleicht war sie auch einfach hingefallen. Schließlich trug sie eine Brille. Konnte also wirklich kurzsichtig sein und alles andere Zufall.

Wie gesagt, ich verstand das erst später, wenn überhaupt. Auf der Fahrt zu mir blieb ich stets hinter Meta, besaß nicht viel Kraft, war unkonzentriert, während Meta ungewöhnlich energiegeladen Gas gab, sich jedoch auch regelmäßig umschaute, aber nicht nur, um nach meiner Person Ausschau zu halten. Sie wusste also den Weg, wohin es ging und von wo sie wegwollte.

Bei mir zu Hause wollte ich die Sache ansprechen, da sie mir nicht aus dem Kopf ging. Ich konnte mich in den dunkelsten Ecken Berlins zu unmöglichen Stunden herumtreiben, niemals passierte mir etwas, da ich wohl einfach keinem Opfertypen entsprach. Und gesehen hatte ich derlei auch noch nie richtig, obwohl sich in Berlin, meiner Heimatstadt, immer mehr Gewaltexzesse oder nun auch terroristische Vorfälle ereignen. Doch Meta setzte sich sofort aufs Bett und entblätterte ihren Körper. In diesem Moment wären Worte nur störend gewesen. Diesem Angebot konnte ich nicht abgeneigt gegenüberstehen, schließlich öffnete sie sich in einer neuen Weise.

Ihr Körper sieht wirklich jung aus, fast wie der eines Teenagers, wobei ich nicht auf junge Frauen stehe, eigentlich habe ich gar kein spezielles optisches Muster, das ist mir nie wichtig gewesen und dadurch habe ich alles gehabt: groß, klein, dünn, dick, jung, alt, blond, schwarz-, braun-, rothaarig, aus Schweden, Persien, Frankreich, England … Metas Brüste sind aber die schönsten, die ich jemals in meinen Händen hielt, klein und fest, der Rest ebenfalls, was beim ersten Anblick die Assoziation an konserviertes Fleisch in mir erzeugt hat. Man muss auch nicht unbedingt Sport treiben oder sich gesund ernähren, um jung auszusehen, dachte ich noch, denn ich wusste, dass sie überhaupt keinen Sport treibt. Zumindest am Körper, denn ihr Gesicht war von all ihren Sorgen und Ängsten gezeichnet, was ich aber eher liebens- und sogar begehrenswert fand.

Ich erforschte ein Phänomen, ein trotz einer lockeren Zunge sich äußerst passiv verhaltendes. Es fühlte sich an, als würde ich mich an eine Bauchrednerpuppe heranmachen, da das, was geschah, gern kommentiert wurde, was nicht meinen bisherigen Sexerfahrungen entsprach. Besonders nachts, wenn ich genügend Alkohol oder auch verbotene Substanzen getankt hatte, konnte es wunderbar hemmungslos sein, für beide Seiten geradezu befreiend und eben ohne Worte, weil nichts gesagt werden musste, weil alles automatisch passierte.

Mit Meta ist das anders. Aber auch nicht schlecht. Als ich das erste Mal in sie eindrang, und es war ohne zu küssen schwierig, einen hochzukriegen, war mir, als wäre sie noch Jungfrau oder als läse sie zu viel Houellebecq, der ständig in seinen Büchern von kontrahierenden Mösen spricht, dieser angeblichen Wohltat für einen Mann, was mir immer äußerst albern vorkam, wie so vieles bei Altherrenfantasien. Nun betrachtete ich das anders, wobei es nicht um mein dann ersteiftes Glied oder Metas inneres auch von Natur aus stets leicht verkrampftes Fleisch ging, sondern um den Schmerz, den ich spürte. Eben ihren Seelenschmerz, der auch in ihrem Gesicht eingebrannt war. Oder auch meinen, denn ihr Schmerz erschien mir von Anfang an so vertraut und dadurch unheimlich ehrlich. Ich schlief folglich mit dem Schmerz an sich.

Als Meta meinte, dass es nun reiche, ich kommen soll, und ich auf ihrem Bauch erledigte, was es zu erledigen galt, ging sie sich anschließend waschen, badete ausgiebig, als besäße sie keine eigene Wanne. Ich bereitete ein Essen zu, stellte Kerzen auf den Tisch, machte es uns bei mir gemütlich, soweit es ging. Meta bevorzugte es jedoch, das Essen im Bett bei laufendem Fernseher einzunehmen. Sie aß nicht viel, aber es schmeckte ihr. Wenn sie ihre Gabel hob, erkannte ich an ihrer rechten Hand Abschürfungen, die sich quer über die Knöchel zogen und mir in den Stunden zuvor nicht aufgefallen waren. Als hätte sie sich irgendwo gestoßen, beim Baden zu intensiv gebürstet oder eben auch einer Frau ins Gesicht geboxt. Abschürfungen von einem Schlag. Genau dieser letzte Gedanke ließ mich nicht mehr los und warf Fragen auf.

Wie oft hat Meta das schon getan?

Was werde ich noch alles mit ihr erleben?

Warum genau ist sie in therapeutischer Behandlung?

Nur wegen Depressionen oder auch einer anderen Diagnose?

Doch darüber sprechen wir nicht. Damals nach dem Essen holte sie mir einfach gleich einen runter, mit der Anmerkung, dass ich es bestimmt dringend nötig hätte. Und ich begriff, dass ich einige Wochen zuvor recht ungenau meine Wünsche formuliert hatte. Ich wünschte mir nur eine Frau, mit der ich fernsehen kann. Und das taten wir dann viel, besonders Trash-TV, Dokus mit Männerstimmen oder deutsche Krimis, in denen möglichst wenige Frauen vorkamen oder wenn, dann am besten als Opfer, die möglichst brutal umkamen.

Kapitel 23

Meine Freundin, als die ich sie trotz ihrer ständigen Verneinung einer echten Partnerschaft bezeichne, denn ich liebe sie nun mal, hat wenig positive zwischenmenschliche Erlebnisse in ihrem Leben gehabt. Sie spricht nicht freiwillig darüber, nicht von sich aus, blockt auch Fragen meinerseits stets mit spöttischem Lächeln ab, so dass ich eher versteckt nach biographischen Puzzleteilen suche. In Borna muss Margaretha Fuchs, Jahrgang 1974, zumindest bis kurz vor der Wende, ein wirklich dunkles Kapitel ihres Lebens verbracht haben, also nicht nur wegen der Umweltbelastung durch den dortigen Braunkohleabbau, sondern auch anders, da es fast nur ein einziges Bonmot aus ihrem Munde darüber gibt: »I was born in Borna.«

Bei meiner Recherche stieß ich in Bezug auf diese südlich von Leipzig gelegene Kleinstadt auf zwei interessante Details, die dieser Prägung eine zusätzliche Symbolik geben. Zum einen wird in jener kleinen Stadt 1885 zum ersten Mal ein Pferdevirus erwähnt, welches das Bornavirus getauft wird und mit dem Tollwutvirus beim Menschen verwandt ist. Zum anderen liegt in Borna das Bürgerbüro der AfD-Politikerin Dr. Frauke Petry.

Ich möchte damit nicht sagen, dass Meta tollwütig oder gar rechts gesinnt ist. Nein, meine Meta entspricht einer klassischen Wählerin der Linken mit starkem Hang zur Ostalgie, auch wenn sie selten wählen geht, da Wahlen meist sonntags stattfinden, und Sonntag ist nicht Metas Tag. Zudem ist Meta zeit ihres Lebens nicht von einem fremden Virus befallen, sondern von einem ureigenen. Beides kann ich gut nachvollziehen, auch wenn ich in Spandau geborener Westberliner bin, stets zur Wahl gehe und phasenweise gegen mein persönliches Leid ankämpfe, mich diesem nie wirklich dauerhaft ergeben will. Es ist folglich eine Art Fieber, das uns verbindet und immer wieder auflodert, etwas griffiger gesagt: vierzig plus. Ein unerträgliches Abticken der Zeit, auch wenn ich diese Temperatur noch nicht erreicht, aber eben verinnerlicht habe, da laut Meta in diesem Leben nichts Besonderes war, ist und niemals sein wird. Das ist ihre dauerhafte Erkenntnis, und nun auch meine. Ein Befinden, dass man in dieser Welt nicht richtig ist, nie seinen Platz finden und dabei immer ein wenig von anderen ausgelacht wird. Dies strahlt Meta allzeit aus und gibt mir Ruhe. Niemals zuvor habe ich etwas Derartiges gesucht oder auch nur erahnt. Es widerfährt mir einfach, legt mich still und tut mir gut.

Tagelang kann ich dadurch neben Meta auf der Couch sitzen und schweigen, ganz wie in einem Kloster, obwohl ich sonst gern rede. Wenn wir so nicht in ihren Fernseher starren – ein winziges altes Ding, das alle paar Stunden ein hochfrequentes Fiepen erzeugt, bis Meta stöhnt, aufsteht und den Stecker herauszieht, damit sich auch eine symbolische Spannung im Raum abbauen kann –, betrachten wir in der Ferne den Fernsehturm am Alex oder vorbeiziehende Wolken. Das Fenster gen Süden bietet einen wirklich schönen Ausblick. Eingesackt auf der Couch sieht man fast nur Himmel oder direkt an der Scheibe im Stehen den Friedrich-Ludwig-Jahn-Sportpark, wo auf der Tartanbahn Jogger fleißig Runden drehen, als wäre ihr ausgefülltes Arbeitsleben mit all dem Optimierungszwang nicht Hamsterrad genug. Trotzdem ein schöner Anblick. Mit dieser Ruhe und unter Fieber leidend. Dann geht es doch. Das Leben. Tut weniger weh. Und da draußen vorm Fenster sind auch nicht alle glücklich, wohlhabend und gesund, wie es der Bezirk Prenzlauer Berg vermuten lassen könnte. Natürlich entspricht dies dem Gegenteil von meinem Excelsiorhaus, wo ich nur bei einem Nachbarn auf meinem Flur klingeln muss, um mir meine Medizin zu kaufen, und man nachts nicht unbedingt allein die Flure entlanglaufen sollte, da immer wieder kleinkriminelle Jugendliche dort ihr Unwesen treiben. Doch auch hier am Jahn-Sportpark gibt es Arme und Verwirrte, Gebrochene und Gescheiterte, einen Spiegel unserer Selbst.

I was born in Borna.

I was born in Berlin.

I was born in Beton.

Jetzt und hier, auf dem Dach von Metas Plattenbau konsumiere ich dreimal am Tag meine Medizin, kleine Joints, die den Tag versüßen, mich ein wenig inspirieren, um den Geschmack von Essen, Radiotönen oder den meiner eigenen Gedanken im Kopf schöner werden zu lassen. Aber auch ohne Kiffen ist das Dach ein interessanter Ort. Ich stehe immer an verschiedenen Fenstern, nehme mir dazu einen Stuhl und puste den Rauch in die Freiheit, damit er nicht die Nachbarn verärgert, falls sie mal kommen sollten. Aber es kommt nie jemand. Und so laufe ich oftmals entspannt umher, schaue mir die umherstehenden Möbel an, krame in Schubladen oder Kisten. Die Pistole fand ich allerdings zufällig, denn ich werfe meine ausgedrückten Joints nie aus dem Fenster, sondern stopfe sie zwischen das Dachgebälk und die Glaswolle-Isolierung. In diesen bekifften Momenten befürchte ich manchmal, dass die Zigarette doch nicht richtig aus ist, will dies überprüfen und fahre mit meiner Hand in diese Rillen. Eine Pistole habe ich zuvor auch niemals in den Händen gehalten. Kaltes Metall zu streicheln fasziniert. Fast jedes Mal, wenn ich im Winter rauchen ging, konnte ich nicht anders, als die Waffe in die Hände zu nehmen. Gelegentlich, besonders morgens, wenn Meta noch felsenfest schlief, habe ich sie dann auch aus dem Fenster auf Menschen im Park gerichtet. Oder auf Vögel in den hohen Bäumen. Oder auf eine Straßenlaterne. Oder an meine eigene Schläfe, um zu fühlen, was ich vor Meta mit meinem Leben dachte machen zu können.

Ich habe dadurch eine neue Seite an mir kennengelernt, wie mir aber erst im Schweigekloster der Vipassana-Gemeinschaft bewusst wurde. Immerzu musste ich an die Waffe denken, während ich mit anderen Kulturtechniken versuchte, eigentlich das zu erweitern, was ich bereits bei Meta tiefer kennengelernt hatte: inneren Frieden zu finden. Das war meine Idee hinter dieser Aktion, vielleicht auch wieder fast eine Bejahung. Als Neuling saß ich ganz hinten in der Meditationshalle und nahm mir auch vor, mit dem vielleicht doch nicht produktiven Kiffen aufzuhören, also einen klaren Kopf zu bekommen. Doch ich wurde nicht noch ruhiger, wie erwünscht, sondern mein Unterbewusstsein explodierte und kam vor meinem inneren Auge in Form von Gesichtern hoch, die ich noch nie erblickt hatte, die jedoch etwas Eindeutiges symbolisierten: Ikonen der Angst. Sie waren schmerzverzerrt, schrien ohne Ton, rissen die Augen auf.

Gleichzeitig entwickelte ich zunehmend einen Hass auf meine Mitmenschen in diesem buddhistischen Zentrum, die eigentlich nichts von mir wollten, mir nichts taten, sondern einfach nur still neben mir saßen und sogar zweimal am Tag ein reichhaltiges Büfett auftischten, von dem ich über alle Maßen Gebrauch machte, ohne mich um die Blicke der anderen zu scheren. Doch ich hasste sie – auch. Das war nicht zu leugnen, ebenso alle übrigen Menschen da draußen – irgendwie. Das war zwar nichts Neues in meinem Leben, eben die absolute Verneinung, doch die Erkenntnis erfüllte mich, der sich in der Mitte wähnen wollte, nun derart, dass ich begriff, dieses Gefühl niemals dauerhaft überwinden zu können. Den Hass. Und ich würde auch niemals wirklich in der Mitte sein. Ich kann es nicht ausschalten, dauerhaft und für immer. Ich hatte nie eine Chance dazu, von Anfang an nicht. Und alles andere kam mir nun falsch vor, alles andere wurde von mir nur aufgeleckt, weil jemand anders es vorkaute und mir vor die

Füße spie. In dieser Welt. Es entstand nichts aus sich heraus. Bei mir. Und bei den anderen auch. Die ebenfalls ihren Hass nicht überwinden können. Die Welt ist eine einzige Enttäuschung, eine Farce, für alle. Oder wie Buddha meint: Leid.

Darum ist alles vorherbestimmt. Da haben die Buddhisten ebenfalls recht. Denn als ich vorzeitig nach Berlin zurückkehrte, stand ich am Bahnhof an einem Kiosk, kaufte mir Tabak, während auf einem Fernsehmonitor das Nachrichtenband von n-tv meldete, dass eine junge Frau im Friedrich-Ludwig-Jahn-Sportpark erschossen worden war. Mir wurde plötzlich klar, warum ich vielleicht wirklich das zehntägige Schweigeseminar vorzeitig abbrach, also warum in diesem Moment. Der Todesfall ereignete sich exakt zur selben Uhrzeit, als ich das Kloster verließ. Ja, es schien alles vorgegeben zu sein: Im Rad des Lebens, wie es die Buddhisten bezeichnen. Und damit auch mein Weg, den ich bereits gegangen war und weitergehen musste.

Im Zug dachte ich wieder mal viel über Meta und mich nach. Wann immer sich Frauenstimmen im Radio erhoben, schaltete Meta das Radio aus. Jedes Mal, wenn uns auf einem Fußgängerweg ihr eigenes Geschlecht entgegenkam, schaute ich ab einer gewissen Attraktivität oder bei einem gewissen Alter bewusst weg oder ergriff Metas Hand als Zeichen, dass ich eindeutig vergeben bin. Besonders junge Ausländerinnen mochte Meta nicht, sie mokierte sich gern über ihr übertriebenes Gruppengehabe, ihre lauten Stimmen und ihre Vorliebe für kurze Beinkleider. Und dann waren da die deutschen Frauen, meist studiert, gutsituiert, egal ob Single oder Mutter samt Kind, wie sie im Gleimviertel und ganz Pregnant Hill, wie Meta es nennt, zuhauf gab. Sie und viele andere waren Meta ein Dorn im Auge. Und Männer galten nur als Spielbälle, dadurch als unschuldig oder höchstens als Idioten wie ich. Der Flohmarkt im Mauerpark war für mich folglich tabu, ebenso ein Yoga-Kurs, Café-Besuch oder Partymachen. Es war ein recht eingeschränktes Leben, wie ich befand, doch auch ein ehrliches, da man älter wird, irgendwann sowieso weniger veranstaltet. Meta und ich führten das Leben von Rentnern, sahen das Leben vorbeiziehen, griffen nicht mehr ein. Bis sich die Unzufriedenheit zu sehr anstaute.

Auch darum machte es mitten im Meditationsraum peng, während es woanders peng auf einer Wiese machte, und ich stand auf, ging einfach weg, so wie bei meiner letzten Firma, als ich mich plötzlich umsah, aufstand, mich wunderte, dass ich einen Anzug trug und sich Visitenkarten mit meinem Namen in der Brusttasche befanden. Das war nicht ich. Ich nahm mein Headset vom Kopf, löschte all meine Dateien auf dem Rechner, fuhr ihn runter, ging, ohne einem Mitarbeiter tschüss zu sagen, tauchte als Arbeitslosen-Nummer unter, verließ kaum meine Wohnung. Dann kam Meta und führte die Geschichte auf ein anderes Level.

Doch das verstehe ich erst wirklich, als Metas Mutter zu Besuch kommt und Meta darum bei mir im Excelsiorhaus sein will. Ich werde richtig gefordert, als müsste ich alle paar Stunden aus Reinigungszwecken mein Ejakulat ausspucken, ähnlich einem Aderlass, oder als wollte Meta irgendetwas beweisen. Passend dazu gehen wir sogar vor die Tür, also nicht nur in die nahe gelegene Mall of Berlin am Leipziger Platz zum Einkaufen oder zu Uhrzeiten, wo uns auf den Straßen möglichst wenig Menschen begegnen, sondern tatsächlich abends und an Orte, die in den Monaten zuvor niemals vorstellbar gewesen wären. Zum einen sehen wir uns im BKA-Theater am Mehringdamm eine Comedyshow mit Edith Schröder an, eine Idee von mir, die Meta nicht abtut, da ich die Karten bezahle und Meta Travestie als Persiflage auf Frauen mag. Zum anderen gehen wir in stinknormale Cafés, ob in der Bergmann- oder Oranienstraße und trinken auch dort meist nur heißes Wasser, aber immerhin mit Ingwer und Honig. Wir befinden uns zumindest mal unter Menschen und betrachteten sie nicht nur im Fernseher oder durchs Fenster.

Ja, Meta sitzt da auch, ohne mein Verhalten zu kontrollieren, ohne mich meiner niederen Triebe überführen zu wollen, meiner naturbedingten Bereitschaft, in Fallen sich anbietender Geschlechtsmündungen zu flutschen. Meta umriss einen anderen Gedankenhorizont, einen, den sie niemals mitteilen wird, der aber auch nicht ihrem klassischen Tunnel entspricht. Als würde sie eine Erkenntnis haben, eine Erleuchtung, vielleicht sogar einen Weg aus diesem Tunnel. Nur welchen? Und welchen Weg werde ich dadurch einschlagen?

Teil IV: Die Tür

Kapitel 24

Am Montagmorgen lässt Michael Wandt zwei Stück Süßstoff in seinen Kaffee fallen, als seine potentiellen Nachfolger das Zimmer betreten. Er muss nicht aufschauen, er erkennt sie an ihren Schritten. Und wie sie die Tür aufmachen. Und wo sie sich hinbewegen. Stets der gleiche Ablauf. Udo Melzig wählt Sessel oder Sofa, beides quietscht wegen alter Federn. Sven Tennat bevorzugt einen Stuhl oder gar keine Sitzgelegenheit, da er einfach im Raum steht. Sie, mit denen Michael Wandt seine halbe Karriere lang gearbeitet hat, sagen auch nichts, so dass eine Stimme sie verraten könnte, müssen ja auch nach dem eben geführten Telefonat nicht mal grüßen. Nein, sie warten ab, bis sich ihr Chef, nachdem der Süßstoff aufgelöst ist, in seinem Bürostuhl zu ihnen umdreht.

»So mies seht ihr gar nicht aus«, stellt er fest. »Was so ein Turboschlaf und Faltencremes alles bewirken können. Seid halt auch noch jung.«

»Jünger«, entgegnet Sven Tennat, der kurz in den Spiegel schaut, »ist nicht jung. Aber danke.«

»Gern geschehen. Und was kann ich noch für euch tun?«

»Die beiden Frauen sehen schon seltsam aus, oder?«, sagt Udo Melzig. »Kann auch das Alter bei denen überhaupt nicht einschätzen. Sind aber wohl so alt wie der Durchschnitt am Abend gewesen. Das Opfer war hingegen recht jung und nur aus Recherchezwecken vor Ort, wie einer ihrer Arbeitgeber uns mitteilte.«

Michael Wandt befreit seinen Monitor aus dem Standby und sieht sich die Sequenz an, die ihn vor einigen Minuten erreichte.

»Und ihr seid euch sicher, dass diese beiden …«

»Einiges spricht dafür«, unterbricht ihn Tennat und stellt sich hinter Wandts Schreibtisch. »Diese beiden Frauen kamen recht spät und gingen bald, waren also nur ungefähr eine halbe Stunde zugegen.«

Melzig steht auf, begibt sich zu ihnen, nimmt sich die Maus und hält das Video der Überwachungskamera am Punkt an, wo man die kleinere der beiden Frauen am besten sieht. »Die eine ist seltsam geschminkt. Findet ihr nicht?«

»Ich kenne mich damit nicht aus«, bekennt Michael Wandt und nimmt einen Schluck von seinem Kaffee. »Zwei sind zu süß, eins ist zu wenig. Sollte wieder auf richtigen Zucker umsteigen.«

»Ist nicht ungesünder«, bekräftigt Tennat, »und einigermaßen Natur.«

»Können wir bitte …«, fordert Melzig seine Kollegen auf und tippt mit seinem Zeigefinger auf den Monitor. »Also Silke …«

»Du meinst Kollegin Bartsch«, korrigiert Tennat schnell.

»Ja, natürlich, Frau Bartsch schminkt sich ganz anders«, bestätigt Melzig. »Und die andere Frau in dem Video hat doch eine Perücke auf.«

»Silke Bartsch, wie geht es ihr?«, fragt Michael Wandt.

»Gut«, antworten Sven Tennat und Udo Melzig wie aus einem Mund.

Michael Wandt sieht sie verblüfft an, nickt und wendet sich wieder seinem Schreibtisch zu. »Haben wir was zum Kärtchen herausgefunden?«

»Die Kollegen aus der KT sind dran«, antwortet Melzig. »Scheint aber kein gängiges Layout zu sein. Der Schrifttypus ist ungewöhnlich, die Pappe der Visitenkarte heutzutage nicht mehr so üblich für solche Drucke, zudem etwas vergilbt.«

»Was somit heißt?«

»Keine ganz junge Person?«

»Und vielleicht eine, die sich schon damals mit Computern beschäftigt hat«, gibt Tennat zu bedenken. »Vielleicht sogar beruflich. Vielleicht jemand, der sich richtig mit Layout auskennt, dies aber vielleicht nicht mehr hauptberuflich tut, da die Pappe alt ist.«

»Vielleicht, vielleicht«, wiederholt Wandt und schiebt seinen Kaffee auf dem Schreibtisch möglichst weit weg. »Ein bisschen viel ›vielleicht‹. Und nun?«

»Einen mit Zucker?«, fragt Tennat.

»Später.«

Udo Melzig klatscht in die Hände. »Wir fahren nun gleich in die Gaudystraße, sind ja seit Samstag nicht mehr dort gewesen, vermissen diesen Plattenbau schon richtig, oder?« Er klopft Tennat auf die Schulter. »Müssen doch die von dir eingekreisten Personen abklappern.«

»Warum eingekreist, wie viele und was ist mit denen?«, will Michael Wandt wissen und streicht sich sein schütteres Haar zurecht. »Ach so, weil du auf dem Kärtchen angesprochen wirst und ihr meint …«

»Dass es höchstwahrscheinlich jemand von dort geschrieben haben muss.«

»Gewiss, ist recht wahrscheinlich, und wie viele und was ist mit denen?« Wandt rafft sich aus seinem Bürostuhl auf und geht zur Kaffeemaschine.

»Ungefähr fünf Mieterkontakte waren seltsam«, sagt Tennat. »Diesen wollen wir auf den Zahn fühlen.«

»Ist da unsere Nummer eins, der Flirt, schon enthalten?«, fragt Melzig.

»Flirt?«, wundert sich Wandt.

»Ja, da gab es eine Dame, die wollte …«

»Nein, so war das nicht ganz …«, relativiert Tennat. »War ja nicht mal richtig in ihrer Wohnung, nur an der Tür … An der sie recht leger gekleidet stand. Und sie hatte eine Art, wie sie uns in unserem Berufsleben selten begegnet.«

»Gut, sie war distanzlos, du bist nicht reingegangen, willst es nun nachholen«, fasst Michael Wandt zusammen. »Das kann aber nicht alles sein, wenn ihr sie zur Nummer eins kürt.«

»Stimmt«, bestätigt Tennat. »Wir favorisieren sie gerade, weil sie gleich zwei von meinen Visitenkärtchen haben wollte. Eine für sich und eine für ihre Tochter, die gerade bei ihrem Freund weilt.«

»Und was ist daran nun besonders?«, stöhnt Wandt und wirft ein Stück Würfelzucker in seinen frisch eingegossenen Kaffee. »Muss ich euch denn heute alles aus der Nase popeln …«

»Entschuldige, wir sind etwas langsam. Aber die Frau sagte, dass ihre Tochter bei ihrem Freund in Kreuzberg sei. Am Anhalter Bahnhof.«

»Und die nun entstandene örtliche Nähe zum Tempodrom führt euch dazu, dort mal …«

»Wir bräuchten ein Foto von der Tochter, um sie mit den Kamerabildern abzugleichen. Am liebsten möchten wir aber mit ihr selbst sprechen.«

»Und ihrem Freund«, fügt Melzig hinzu. »Denn dass ihre Tochter einen Freund hat, schien für die Mutter sehr ungewöhnlich, oder?«

»Ja, in der Tat«, bestätigt Tennat. »Als wenn ihre Tochter noch nie einen Freund gehabt hätte. Oder als wäre sie sehr merkwürdig. Oder beides und noch ganz andere Sachen zusammen.«

»Gibt es auch Namen? Mutter, Tochter – das erzeugt ein Bild in mir, das ich mit recht jungen Menschen verbinde.«

»Fuchs heißen sie mit Nachnamen. Die Tochter Margaretha mit Vornamen. Geboren in Borna, ist vierundvierzig Jahre alt.«

»Ihr habt sie also bereits gecheckt. Vorstrafen?«

»Das ist es ja. Sie wurde zweimal wegen Körperverletzung auf Bewährung verklagt. Zudem gab es Strafanzeigen. Jedes Mal handelte sich bei den Opfern oder Personen, die eine Strafanzeige erstatteten, um Frauen. Allerdings liegt das einige Jahre zurück. Trotzdem besteht die Möglichkeit, dass da etwas nicht verarbeitet worden ist und nun …«

»Das klingt schon interessanter«, findet Michael Wandt. »Könnte wirklich eine Spur sein. Und beim nächsten Mal würde ich die Information gleich an den Anfang setzen. So machen wir das doch sonst auch.«

Tennats Telefon klingelt.

»Hallo? Ja, der bin ich. Um Gottes willen. Gut. Verstehe. Dann komme ich sofort.«

»Das Krankenhaus?«, fragt Melzig, als Tennat sein Telefon zurücksteckt.

Tennat nickt.

Wandt schaut sie beide irritiert an. »Werde ich auch bei dieser Sache aufgeklärt?«

»Es ist bestimmt wegen Tracy Kraft«, sagt Udo Melzig.

»Genau«, bestätigt Sven Tennat.

»Warum gibt sie dir nicht selbst Bescheid?«, fragt Michael Wandt. »Und war sie nicht bereits im Krankenhaus?«

»Das ist eine lange Geschichte«, entgegnet Melzig und geht zur Tür. »Und wenn Tennat sie dir jetzt und nicht später erzählen soll, fahre ich schon mal in die Gaudystraße.«

Kapitel 25

Udo Melzig klingelt an der Wohnungstür. Er soll sich zunächst selbst ein Bild machen, hat er mit Tennat ausgemacht, besonders in der Wohnung, und dann können sie sehen, ob wieder nur die Mutter da sei oder auch die Tochter, was Anlass wäre, dass sein Kollege ebenfalls dazustoßen würde, falls es ihm in der Kürze der Zeit gelänge.

Aber zunächst macht in der Gaudystraße niemand auf, obwohl deutlich ein Radio zu hören ist. Vielleicht ist es zu laut. Also klingelt Udo Melzig erneut, klopft mit flacher Hand mehrmals in Höhe des Gucklochs. Es klirrt daraufhin Geschirr, als wenn Teller in eine Spüle gestellt werden, und eine Tür geht zu, entweder von einem Schrank oder einem Zimmer. Bei der lauten Musik ist das schlecht auszumachen, schließlich geht aber das Radio aus und jemand dreht einen von innen im Schloss steckenden Wohnungsschlüssel zweimal um.

Die Frau, die Udo Melzig gegenübersteht, scheint bereits über sechzig und kämpft in einer Weise gegen die Zeit an, die den Verfall noch fördert, findet er. Extrem gleichmäßig legt sich der rotbraune Schatten zu viel Solariums auf den Körper und erzeugt im tiefgeschnittenen Dekolleté Falten, die bestimmt nicht allein altersbedingt sind. An der Stirn und unter den Augen wirkt die Haut dafür auffällig glatt wie nach einem kosmetischen Eingriff. Zudem sind die gezupften Augenbrauen tätowiert, aber die Farbe wirkt bereits stark ausgeblasst. Die knallig rosa geschminkten

Lippen sind umso voller, bestimmt frisch aufgespritzt. Oder Frau Fuchs formt ganz bewusst den Mund so, als sie mit einer überraschend wohlklingenden Stimme sagt: »Guten Tag, was kann ich für Sie tun?«

Udo Melzig überlegt, ob bei dieser Frage eine besondere Betonung auf dem ›ich‹ lag, doch kann er das, was Tennat bei seinem Treffen mit der Frau auffiel, nicht bestätigen. Zudem duzte sie ihn nicht gleich wie seinen Kollegen. Udo Melzig zeigt seinen Dienstausweis. Frau Fuchs nickt, beißt sich kurz auf ihre vollen Lippen, aber bewegt sich weiterhin keinen Schritt, wartet ab. Die Tür ist auch nicht wirklich geöffnet, Frau Fuchs füllt einen körperbreiten Spalt aus, dahinter wirkt es sehr dunkel.

»Darf ich kurz eintreten?«, fragt er.

»Weswegen?«

»Am Samstag war doch mein Kollege schon hier. Sie erinnern sich? Sven Tennat ist sein Name.«

»Das schon, aber Herr Tennat wollte nicht rein, und gerade ist es unpassend. Ich räume auf und muss bald los.«

»Es dauert auch nicht lange.«

»Ein anderes Mal wäre mir lieber. Sagen wir in einer Stunde?«

»Nein, es muss jetzt sein. Es geht um ihre Tochter.«

Frau Fuchs überlegt, beißt sich wieder auf die Lippen, öffnet dann aber die Tür und stellt sich gleichzeitig in die Küche, die sich neben dem Eingang befindet. Anders geht es auch nicht, dass wer eintritt. Der Flur ist von den räumlichen Ausmaßen her so wie bei allen Nachbarn in diesem Plattenbau, also kaum einen Meter breit. Doch wirkt er in der Fuchs'schen Wohnung noch viel enger, da rechts ein Sideboard die Hälfte des Ganges einnimmt. Darauf stapeln sich Schuhkartons, Papiere, Kleidungshaufen. Und dunkel ist es eben. An den mit einer altmodischen Mustertapete versehenen Wänden hängen Theater- und Konzertplakate, überwiegend in Schwarzweiß. Eins von der Volksbühne von vor zehn Jahren, ein Stück von jemand namens René Pollesch, und eins mit dem Pianisten Chilly Gonzales, ebenfalls kaum aktueller, dann welche, die Melzig noch weniger sagen und ohne Datumsangabe. Schließlich ist der Kommissar, der sich sehr bedacht bewegt, aber in der Wohnung, und Frau Fuchs macht die Tür zu, wobei sie den Schlüssel im Schloss wieder umdreht, es jedoch sich sogleich anders überlegt und dies rückgängig macht.

Melzig blickt währenddessen in die Küche. Auf dem kleinen Esstisch steht ein Teller mit einem halben Brötchen, daneben eine Tasse Kaffee, obwohl es zuvor vor der Tür so klang, als wäre Geschirr in die Spüle gestellt worden. Sein Blick reicht aber nicht bis zur Spüle, da unterschiedliche Schränke und Vitrinen, die auf den ersten Blick nicht nur Küchenutensilien enthalten, die Sicht versperren. Die Küche wirkt dadurch recht ungemütlich, fast so voll wie der Flur, wenn auch nicht direkt unaufgeräumt. Jedenfalls ist es völlig anders als bei seiner Freundin Silke Bartsch, wo alles farblich aufeinander abgestimmt sein muss, oder bei Sven Tennat, wo Udo Melzig zwar im Laufe der Jahre nicht oft zu Gast war, aber es jedes Mal anders aussieht, zuletzt ungewöhnlich spartanisch für einen Kommissar, es sei denn, dieser ist kein echter, sondern aus dem Fernsehen.

»Wollen wir ins Wohnzimmer?«, schlägt Frau Fuchs aus nächster Nähe vor, als sie Melzigs Blicke bemerkt.

»Gern«, antwortet er und geht wegen des Platzmangels vor.

Auf den paar Schritten dorthin bemerkt er links an der verschlossenen Badezimmertür in Kopfhöhe einen Glassprung. Kleine Splitter gucken heraus, als wäre dieses durch zu starken Luftzug oder einen willentlichen Gewaltakt entstandene Malheur erst vor kurzem passiert. Die Schlafzimmertür daneben ist ebenfalls zu, allerdings unversehrt. Im Wohnzimmer steht gleich neben dem Eingang links eine abgenutzte Couch, auf die man sich setzen könnte, doch Udo Melzig begibt sich direkt zum Fenster, schaut hinaus. Von seiner Position aus ist freie Sicht auf den Tatort, und man kann direkt den Balkon von Arno Gericke sehen. Die Sonne scheint, die Fenster könnten mal geputzt werden, denkt Melzig, zumindest das kleine links, vor das ein schwarzes Fliegengitter gespannt ist.

Melzig dreht sich um, Frau Fuchs hat es sich mit übereinandergeschlagenen Beinen auf der Couch bequem gemacht. Auf dem Tisch stehen zwei Gläser, beide zur Hälfte mit dünner Apfelsaft- oder auch Weißweinschorle gefüllt, daneben eine Halloren-Pralinenschachtel sowie diverse frisch gekaufte Waren in ihrer Originalverpackung.

»Sie sind zu Besuch in Berlin?«

»Ja«, antwortet Frau Fuchs und greift in die Pralinenschachtel.

»Allein?«

»Wie man es … nimmt«, entgegnet sie kauend.

»Wie meinen Sie das?«

»Ich bin allein … angereist, fahre auch bald allein wieder … ab, aber verbringe nicht … meine ganze Zeit hier allein.«

»Sie sind also wegen Ihrer Tochter hier? Familienbesuch?«

Frau Fuchs schluckt die Praline hinunter. »Eher weniger.«

»Freunde treffen?«

»Freunde ist die richtige Formulierung. Und die Stadt ansehen, shoppen, essen gehen.« Sie zeigt auf eine eingepackte Bratpfanne. »Sehen Sie doch.«

»Und Ihre Tochter sehen Sie gar nicht?«

»Doch wir trafen uns zur Schlüsselübergabe.«

»Und wo ist sie jetzt?«

»Am Anhalter Bahnhof, das liegt nahe am Potsdamer Platz, soweit ich mich auskenne. Das habe ich doch schon Ihrem Kollegen am Samstag …«

»Wie können wir Ihre Tochter erreichen? Wir befragen alle Anwohner zu den Vorfällen der letzten Tage. Darum bin ich hier. Und Margaretha …«

»Sagen Sie bloß niemals Margaretha zu ihr, wenn Sie ihr begegnen sollten«, unterbricht Frau Fuchs. »Nennen Sie sie Meta, das ist die Kurzform.«

»Gut. Meta hat sich jedenfalls bisher noch nicht bei uns gemeldet.«

»Ist es eilig?«, fragt Frau Fuchs und greift nach einer weiteren Halloren-Praline, steckt diese aber sogleich wieder zurück, als wäre eine Praline genug. »Meine Schuld ist es jedenfalls nicht. Habe ihr am Samstag sofort eine SMS geschickt, dass hier für sie eine Visitenkarte liegt, weil sie sich bei einem Kommissar namens Sven Tennat melden soll.«

»Sie haben also seitdem nicht telefoniert?«

»Sie geht nicht ran. Eigentlich …« Sie räuspert sich und nimmt einen Schluck von der Apfelsaft- oder Weißweinschorle. »Seitdem ich gesagt habe, dass ich anstatt eines Wochenendes gern zwei Wochen bleiben würde. Also seit Freitag bei der Schlüsselübergabe, da klappte ihr die Kinnlade runter.«

»Dann versuchen wir es selbst. Kann ich die Nummer …«

»Sie können auch die Mailadresse haben«, sagt Frau Fuchs und zeigt in die Richtung eines Computertischs, der direkt neben Melzig steht. »Steht alles auf den Visitenkarten. Sie sind zwar alt, aber verändert hat sich da nichts. Nicht bei meiner Tochter, nicht in den letzten Jahren.«

Melzig nimmt sich eine Karte, welche durchaus die gleiche Struktur haben könnte wie das Tempodrom-Kärtchen, das an Tennat gerichtet wurde. Margaretha Fuchs arbeitete demnach als Mediengestalterin.

»Arbeitet Ihre Tochter noch als …«

»Nein, nur das hat sich verändert«, kürzt Frau Fuchs ab, atmet durch und schaut zum Fenster. »Sie ist arbeitslos, seitdem sie diesen Krebs hatte. Ihr wurde die Schilddrüse entfernt. Und sie war noch nie ein leichtes Gemüt, wenn Sie verstehen, was ich meine.«

Melzig nickt, schaut sich um, die Wohnung spricht Bände. In der Ecke neben dem schmalen Fliegengitter-Fenster ist das Gehäuse des alten Computers vergilbt, ebenso der Drucker. Daneben dicht an dicht: ein blaues Regal, eine Glasvitrine, ein kleiner alter quaderförmiger Fernseher, wie sie eigentlich nur noch auf die Straße gestellt werden, weil keiner sie mehr benutzt, dann wieder ein Regal, diesmal gelb, die blaue Couch, auf der Frau Fuchs nahe der Wohnzimmertür sitzt, daneben ein riesiger brauner Einbauschrank, der die ganze Wand bis zum Fenster ausfüllt, eventuell noch aus DDR-Produktion, wenn Melzig richtig liegt, denn er hat lange nicht mehr diese Art von Schränken gesehen, meint sich aber an seine eigene Kindheit erinnert zu fühlen.

Alle Wände sind zugestellt, kein Zentimeter ist ungenutzt, alles wirkt überladen wie die Küche, wie der Flur. Es sieht fast so aus wie in einer Messie-Wohnung, wo die Leute einen Schutzwall aus Fülle um sich bauen, nur dass es hier keine klassischen Müllansammlungen gibt. Selbst mitten im Raum befinden sich Möbel und Dinge, die wohl noch einen Nutzen haben. Ein Schminktischchen, ein Hocker, auf den sich ein stehender Kommissar setzen könnte, es aber nicht tut, da ein Stapel T-Shirts darauf liegt, daneben eine überdimensionierte Zimmerpflanze, eine Art Gummibaum, der gerade Blätter verliert und gegossen werden könnte, ein Wäscheständer ohne Wäsche.

»Entschuldigen Sie diesen Anblick«, erklärt Frau Fuchs, als würde Udo Melzigs Blick Bände sprechen. »Vor allem all die Kleidung, die Meta nicht mal mehr trägt. Aber auch alles andere. Ich schaue darum nicht in Schränke, will gar nicht wissen, was da noch alles ist. Kurz gesagt: meine Tochter kann sich einfach von nichts trennen.«

»Aber von der Mutter schon«, fällt Melzig spontan ein, um der Sache ein wenig Schwung zu verleihen.

Frau Fuchs lächelt süffisant. »Ach, unser Verhältnis ist schon immer angespannt. Das kommt in den besten Familien vor. Oder haben Sie ein gutes Verhältnis zu Ihren Eltern?«

Melzig antwortet darauf nicht, sondern geht wieder zum Fenster, wo ihm neben der Heizung auf einem Bücherstapel ein Fernglas und eine Digitalkamera auffallen.

»Hat Ihre Tochter Ihnen erzählt, was hier unten passiert ist?«, fragt er und zeigt hinaus auf den Jahn-Sportpark.

»Nein, das erzählte mir erst Herr Tennat am Samstagmorgen.«

»Überrascht Sie es nicht, dass Ihre Tochter kein Sterbenswörtchen ...« Melzig stockt bei seiner eigenen Formulierung. »Das ist doch schon ein Ereignis, über das man redet, wenn die Mutter die Tochter besucht.«

»Nein, Klatsch und Tratsch ist nicht Metas Ding ...«

»Klatsch und Tratsch«, wiederholt Melzig und schluckt.

»Sie haben doch eben selbst festgestellt, dass die Beziehung meiner Tochter zu mir ...«

»Ja, das habe ich«, bestätigt Melzig und geht wieder einen Schritt in den Raum. »Und zugleich denke ich, dass das nicht stimmt.«

»Davon können Sie ausgehen, schließlich ist sie meine Tochter.«

Melzig nickt, schluckt erneut, diesmal bewusst. »Kann ich etwas zu trinken haben, vielleicht ein Glas Wasser.«

Frau Fuchs steht auf und geht in die Küche. Melzig geht wieder zum Fenster, kniet sich vor die Heizung, nimmt sich die Digitalkamera vom Bücherstapel, zieht die Speicherkarte aus dem Slot, steckt sie in seine Hosentasche und begibt sich wieder an die Stelle, wo er nach dem Wasser fragte. Als Frau Fuchs mit einer kleinen Plastikflasche zurückkommt, betrachtet er in einem der Regale CDs und Bücher, die allesamt nicht aktuell sind, als sei die Zeit stehen geblieben.

Er nimmt ein Schluck Wasser und fragt dann: »Hat Meta viele Freunde?«

»Nicht dass ich wüsste.« Frau Fuchs schüttelt den Kopf.

»Was macht Meta dann so?«

»Was die meisten Bundesbürger tun. Essen, schlafen, fernsehen, wobei das mit dem Essen ...«

»Und ihren Freund, bei dem Meta gerade ist, kennen Sie den?«

»Nein.«

»Wissen Sie wenigstens, wie er heißt?«

»Franz Fasel.«

Melzig hebt die Augenbrauen. »Haben Sie jemals einen Freund von ihr persönlich kennengelernt?«

»Nein. Und ich denke auch, dass sie zuvor noch nie einen richtigen Freund hatte.«

»Wirklich? Warum?«

»Sie hat nie was erzählt.«

»Aber jetzt tut sie es?«

»Ja. Und das freut mich für sie. Schließlich …« Frau Fuchs schaut ins Leere und beißt sich wieder nervös auf ihre Lippen.

»Ja, was?«, fordert Melzig sie auf und setzt sich nun zu ihr auf die kleine Couch, wodurch ihre Gesichter nur einen halben Meter entfernt sind. »Gibt es etwas, das Sie mir anvertrauen wollen?«

»Nein, da gibt es nichts«, antwortet Frau Fuchs und schaut Melzig wieder leicht lächelnd an.

»Sind Sie sich sicher?«, hakt er nach, während er an beiden halbvollen Gläsern, die auf dem Wohnzimmertisch stehen und von der Farbe her wohl doch Apfelsaftschorle enthalten, Bläschen von Kohlensäure erkennt, jedoch nur an einem Lippenstift.

»Ja, da gibt es nichts. Nicht bei meiner Tochter.«

»Vorstrafen vielleicht?«

Frau Fuchs schüttelt nur den Kopf, obwohl dieses Detail ihr bekannt sein muss, und steht auf. »Wenn Sie weitere Fragen haben, dann wenden Sie sich bitte an meine Tochter. Ihre Karte haben Sie jetzt.«

»Gut, und vielen Dank«, sagt Udo Melzig, der ebenfalls aufsteht. »Kann ich noch ein Blick in Bad und Schlafzimmer werfen?«

»Wozu?«

»Ich möchte mir einen Eindruck machen.«

»Haben Sie das nicht schon getan? Was gibt es da noch an

neuen Eindrücken zu gewinnen? Überall sieht es gleich aus. Innen wie außen.«

Melzig hebt seine Augenbrauen, überlegt, was das Letztgesagte zu bedeuten hat, vor allem aus dem Mund einer Frau, die ihren Körper durch kosmetische Eingriffe und Solarium derart verändert hat. Doch dann geht er einfach zur Schlafzimmertür und öffnet sie.

Kapitel 26

Sven Tennat rennt durch den Haupteingang ins Foyer des Krankenhauses, durch ihm bekannte Flure, biegt gleich richtig ab, befühlt mit seinen Händen Jackentaschen, fragt sich, ob er das Telefon dabeihat, findet zunächst den Autoschlüssel, fragt sich weiter, ob er das Auto abgeschlossen hat, verlangsamt den Schritt etwas, streicht sich vor der nächsten elektrischen Glasschiebetür kurz durch die Haare, reißt die Augen auf, kneift sie zu, schüttelt den Kopf und meint, dass das mit dem Telefon wichtiger als das mit seinem Wagen sei, wegen Melzig, aber beides zuggleich nun wiederum nicht so wichtig wie das, was vor ihm liegt.

»Da bin ich«, schnauft Tennat außer Atem, als er bei der Frau ankommt, die ihn vor einer Woche fragte, ob er *ein* oder *der* Freund sei.

Inzwischen kann er diese Frage eindeutig beantworten. Er hat, wann immer er zum Schlafen kam, davon geträumt. Also indirekt. Wie es Träume eben mitteilen.

Er steht in einem Gerichtssaal vor einer Richterin, die starke Ähnlichkeit mit der aufsichthabenden Krankenschwester hat und weit oben hinter einer Eichenholzwand sitzt, einer für Tennat unüberwindbaren Mauer wie beim Plattencover von Pink Floyds Album *The Wall*, nur eben ohne Loch und ohne Durchkommen. Die Richterin trägt eine gepuderte Perücke, wie sie speziell in einem früheren Jahrhundert Mode war, also nicht eine, wie sie englische Richter noch tragen, sondern eine größere Variante, einen barocken Turm bestäubt mit Mehlpuder, der mit den im Hintergrund befindlichen grauweißen Wolken verschmilzt, als befände man sich in einem pulsierenden Bild von van Gogh. Die Richterin beugt sich über die Eichenholzwand herunter, schaut Sven mit zusammengekniffenen Augenbrauen ernst an, fragt mit viel Hall in der Stimme, was er sein will: »Licht oder Mensch?«

»Mensch«, antwortet er. »Ich bin Mensch. Aus Fleisch und Blut. Nur dies kann ich sein. Kein Engel, kein Astralkörper, eben kein Licht. Ich bin, wie ich bin, in diesem Leben, nur das. Strebe also nichts anderes an, habe dies begriffen.«

Dann öffnet die Krankenschwesterrichterin eine zuvor nicht ersichtliche hohe Tür in der Eichenholzwand, durch die Tennat hindurchschreitet und aufwacht.

»Seit wann liegt sie hier?«

»Bereits seit Donnerstagabend.«

»Was? Und da haben Sie mir erst jetzt ...«

»Ich hatte drei Tagen frei, nachdem ich zehn Tage durchgearbeitet hatte. Und Sie sagten nicht, dass Ihnen jemand Bescheid geben soll, wenn Frau Kraft eintrifft. Schließlich ist es doch *Ihre* Freundin!«

»Ja, das stimmt. Dachte nur ...«

»Ja, was?«

»Tracy würde sich melden.«

»Hat Frau Kraft aber wohl nicht getan.«

»Genau. Obwohl sie es sagte.«

»Konnte sie auch nicht. Ging alles sehr schnell. Deswegen habe ich ja jetzt ...«

»Ja, danke. Und verzeihen Sie, dass ich eben ... Aber was ist nun mit ihr?«

»Sie liegt im künstlichen Koma.«

»Oh, mein Gott. Warum?«

»Sturzgeburt. Sozusagen unfreiwillige Hausgeburt. Oder halb

im Hausflur. Die Sanitäter haben Frau Kraft zwischen Tür und Angel gefunden, als die Sanitäter eintrafen.«

»An der Tür?«

»Ja, Tür. Sie hat die Eins-Eins-Null gerufen und ist dann zur Tür. Warum?«

»Tür, Tür … Nur so.«

»Ja, Tür. Klug gewesen, die Tür noch zu öffnen. Sonst hätte es böse enden können.«

»Und das Kind?«

»Ist wohlauf. Liegt in einem Bettchen neben der Mutter, wird regelmäßig auf Frau Krafts Brust gelegt, es trinkt, was uns sehr glücklich macht, auch wenn die Mutter davon wohl nichts mitbekommt. Das künstliche Koma mussten wir einleiten, da sich die Gebärmutter nicht mehr zusammenziehen wollte und Frau Kraft rund vier Liter Blut verlor.«

»Vier Liter?«

»Sie stand am Abgrund zwischen Leben und Tod.«

Sven Tennat stellte es sich in den letzten Tagen ganz anders vor: Er zieht sein Hemd aus, wenn es ernst wird. Ihm ist heiß. Er steht im T-Shirt mal hinter Tracy am Pezziball, hält sie fest oder hockt neben ihr an der Geburtswanne. Es gibt keine Wahl, keine Fluchtmöglichkeit – nicht für ihn, nicht für sie. Es gibt nur Kommandos der Hebamme und sie probieren alles aus. Es muss sich nur noch der Muttermund weiter öffnen, was er auch tut. Meistens hat Tracy dabei ihr Nachthemd an, doch manchmal ist sie eben auch … Wie in der Wanne. Was seltsam ist, da er sie noch nie … Nur im Kopf … Manchmal nachts, wenn er träumte. Doch da ist sie nie schwanger. Und eben nie richtig nackt. Und er muss zugeben, dass dieser Körper schön ist, egal wie geformt. In seiner Vorstellung verläuft die Szene sehr emotional. Es kommt alles vor, von Jammern und Weinen bis hin zu Schreien und Schimpfen. Ausgerechnet bei Tracy Kraft, die in Magazinen schon den Titel

Managerin des Jahres bekam. Und dann sagt sie wieder, sie schaffe es. »Los!«, fordert sie ihn auf. »Halte mich fest! Du musst. Wir ...«

Doch der Hase namens Realität schlägt wie so oft auf halber Strecke einen Haken, hüpft woanders hin, was einen nur reagieren lässt, weil es dann nur noch allein darum geht, hinterherzukommen, irgendwie.

Und Sven Tennat ist nur Mensch, kein Licht. Kann jetzt nur dasitzen, Tracy ansehen, ihre Hand halten, ab und zu einen Blick aufs Telefon werfen, weil er es nicht im Auto vergessen hat, schauen, ob Udo Melzig sich meldet, was er nicht tut. Zum Glück. Denn Hauptkommissar Sven Tennat hat Angst in einer Form, die neu ist. Er muss sich darauf konzentrieren, obwohl er diese Angst eigentlich vertreiben will. Er kennt zwar die Angst im Einsatz, wenn seine Mannschaft eine Wohnung stürmt oder auf der Straße in einen Schusswechsel gerät. Er kennt auch die allgemein vorhandene oder in manchen Lebensphasen konkret gewordene Angst, die er um seine Schwester hat, den übrig gebliebenen Rest seiner Familie. Doch nun ist es anders. Da steht etwas auf dem Spiel, das er erst begreifen muss. Wegen der hakenschlagenden Realität.

Es hängen viele Schläuche an Tracys Körper. In Nase, Mund, in ihrer Armbeuge. Trotzdem ist sie schön, wohl das Schönste, das er kennt. Ja, er träumte oft von ihr, niemals berührte er sie, mal schwebte Tracy über ihm, mal befand er sich mit ihr im Wasser. Stets konnte man nicht richtig zwischen den Element Luft und Wasser unterscheiden, sie durchdrangen sich. Und in ihren langen Mails, die sie sich in den letzten Monaten schrieben, hat er passend dazu ihre Seele kennengelernt. Dabei ging es weniger um den reinen Inhalt ihrer Nachrichten als vielmehr um das Gefühl, sein Inneres geöffnet zu haben, und derjenige, bei dem man sich öffnete, tat es ebenfalls. Unausgesprochen. Zwischen den Zeilen.

Was nun ist. Keine Frage mehr. Nein, keine Zweifel. Ist einfach so. Sagt er sich. *Meine Freundin!*

Tracys ungeschminktes Gesicht glänzt, man sieht ihm die Anstrengung an, und der Raum, in dem sie liegt, ist auch gut beheizt. Sven Tennat findet dieses Gesicht noch schöner als die geschminkte Version und erinnert sich an alles, geht nicht anders, alles gleichzeitig wie bei einer Collage übereinandergeblendeter Filmschleifen. Geburtstag, E-Mails, Anruf, Krankenhaus Teil eins. Er fuhr sie am nächsten Tag, nachdem sie endlich mit dem aufsichthabenden Arzt gesprochen und ihren Entschluss gefasst hatte, nach Hause. Und sie sagte nicht das, was sie ihm bei seiner Ankunft im Krankenhaus zugeflüstert hatte: »Bleib bitte bei mir, möglichst nah, soweit du kannst.« Nein, sie sagte am Schluss vor ihrer Haustür: »Ich werde mich melden.« Und drehte sich um und verschwand. Und er verstand das nicht, glaubte wirklich, dass er nun warten sollte, obwohl er das Gegenteil fühlte.

Warum folgt man nicht seinem Instinkt? Hätte er nicht dadurch selbst einen Haken in der Realität geschlagen?

Dieser Gedanke erfüllt Sven Tennat nun immer mehr. Und gleichzeitig dehnt er noch immer Wörter, wenn sie allzu konkret werden, wie Tracys anfängliche Willensäußerung: »Bleib bitte bei mir, möglichst nah, soweit du kannst.« Denn »möglichst nah« und auch »soweit du kannst« kann vieles bedeuten. Nein, das stimmt nicht. Er fühlt auch hier nun genau, was es bedeutet. Und er dachte sofort über eine kurze Beurlaubung nach, fragte Michael Wandt jedoch nicht, was wohl leider nicht mehr geht, weil irgendeine verrückte Person eine an ihn gerichtete Nachricht schrieb.

Jetzt könnte er vielleicht wenigstens schlafen, im Sitzen ein Auge zumachen, doch da kommt jemand rein, eine Hebamme, die er noch nicht kennengelernt hat.

»Möchten Sie nicht mal?«

»Ich weiß nicht …«

»Aber Sie sind doch der Vater …«

Tennat überlegt. *Vater?*

Und dann bekommt er das Baby in den Arm gelegt und erlebt es aus nächster Nähe. Es riecht gut, ist federleicht, hat dunkle lange Wimpern, pechschwarzes Haar und einen dunklen, ganz anderen Teint als Tracy oder er. Was ihn nicht direkt verwundert, denn in jener Nacht ihres Geburtstags lag er einfach nur da und hörte dem Geburtstagskind zu. Alle Gäste waren gegangen und Tracy lag neben ihm, streichelte ab und zu seinen Arm, erzählte aus ihrem Leben, als würde er gar nicht wach sein, weswegen er sich auch nicht bewegte, obwohl er dies gekonnt hätte. Er wollte aber nicht, und es waren schöne Augenblicke, präziser: Stunden. Und mit geschlossenen Augen sah er Tracy als Menschen wie dich und mich, nicht als perfektes Wesen, das er damals noch im Kopf hatte und in ihm zuvor Angst erzeugt hatte. Eben wegen der Perfektion. Wegen etwas, das er nie gesucht hatte, das wohl auch kein Begehren in ihm weckt. So ist das. Bei ihm. Und den Frauen. Und als er das Unvollkommene an ihr, die Brüche und Risse mehr und mehr erahnte, sie mit geschlossenen Augen aus ihrem Mund zu hören bekam, erfasste, fühlte, verstand, also akzeptierte, dass Tracy Kraft sich öffnete, mit all dem Schmerz, der schönen Unvollkommenheit, die er aus irgendeinem Grund bei Frauen immer sucht, da war es um ihn geschehen sowie alles Weitere vorherbestimmt.

»Es ist ein wunderschönes Mädchen«, sagt die Hebamme. »Und glauben Sie mir, Herr Tennat, alles wird auch mit Ihrer Freundin gut.«

Und für einen kurzen Moment drohen daraufhin Sven Tennats Augen zu platzen, weswegen er sich mit dem kleinen Wesen im Arm, dem wunderschönen Mädchen, von der Hebamme und seiner *Freundin* wegdreht, zum Fenster geht und hinaus aufs satte Grün der Klinikgrünanlagen sieht, bis er sich fängt. Denn sich zurückzuhalten, das konnte Sven Tennat schon immer gut. Auch wenn er es längst nicht mehr will.

Kapitel 27

Michael Wandt hat Sodbrennen, stößt auf und reibt sich den Magen. Stevia, dieses immerhin aus einer Pflanze gewonnene Stoffgemisch, das seine Frau ihm zuletzt als Zuckerersatz empfahl, bekommt ihm am wenigsten. Da ist mit seinem Körper nicht zu verhandeln, die Bakterienwelt nicht neu zu konditionieren. Und eigentlich will sich der baldige Pensionär auch nicht umstellen, vielleicht ist es einfach sein Kopf, der rebelliert.

Michael Wandt mag das Gewohnte. So auch im beruflichen Alltag. Doch ausgerechnet an diesem Dienstagmorgen sind auch die Schritte auf dem Flur, das Öffnen seiner Bürotür und das gewohnheitsmäßige Eintreten und Platzieren seiner beiden potentiellen Nachfolger anders als sonst. Sven Tennat legt sich auf die Couch. Udo Melzig steht vorm Spiegel und betrachtet seinen Kopfverband.

»Ihr seht furchtbar aus«, findet Wandt und lacht auf, bis ein plötzlicher Magenkrampf ihn verstummen lässt.

»Sie hat auch nicht nur einmal zugeschlagen«, sagt Melzig. »Zuerst von hinten oben, dann von vorn seitlich, als ich mich umdrehte. Zum Glück war es eine billige Alupfanne, made in China, kein Gusseisen, die sie beim Shoppen in der Mall of Berlin erworben hatte.«

»Und der Junge ist weg?«

»Junge ist gut … Er wird schon über dreißig sein, nehme ich an. Doch so genau wissen wir es nicht, denn ein Franz Fasel mit Wohnsitz in Berlin existiert nicht.«

»Hat sich denn Frau Fuchs dazu geäußert?«

»Nein, sie sitzt nach wie vor in der Zelle und schweigt.«

»Ist sie vorbestraft wie ihre Tochter?«

»Nicht mal einen Punkt in Flensburg.«

»Aber sie war anscheinend anders als am Samstag, als ich sie traf«, gibt Tennat zu bedenken. »Wohl zurückhaltender. Also zunächst, bis sie handgreiflich wurde.«

»Kein Wunder, wenn dieser Franz Fasel im Schlafzimmer hockt. Und zuerst wollte sie mich nicht reinlassen, war alles andere als offenherzig wie bei dir am Samstag«, sagt Melzig mit Blick auf Tennat. »Sie ließ mich dann doch rein auf mein Drängen hin. Schloss hinter mir zweimal ab, drehte den Schlüssel aber sogleich zurück, was mir bereits komisch vorkam. Im Wohnzimmer tat sie dann erst, als hätte sie ein distanziertes Verhältnis zu ihrer Tochter, sind wohl sehr verschieden. Doch da spürte ich, dass trotzdem ein enger Bund zwischen ihnen besteht. Eine Art Hassliebe, ein Nicht-ohne-den-anderen-sein-Können und zugleich …«

»Verstehe«, sagt Michael Wandt, als Melzig seinen Satz nicht zu Ende bringt. »Nehme also an, sehen sich nicht allzu oft, am ehesten zu Weihnachten oder an Geburtstagen, wohnen ja auch in verschiedenen Städten, telefonieren aber regelmäßig, mindestens einmal die Woche?«

»So ungefähr. Also eigentlich nichts Ungewöhnliches in der heutigen Zeit, aber unter diesen Umständen ein Pulverfass.«

»Weswegen war die Mutter hier? Doch nicht nur, um billige Alupfannen zu shoppen, die es in jedem Kaff zu kaufen gibt.«

»Sie wollte Männer treffen.«

»Gleich mehrere? Und das hat sie dir offenherzig gestanden, obwohl sie zuvor zugeknöpft wirkte?«

»Zuerst nur einen Mann, und sie hat es mir auf dem Weg zur Untersuchungshaft gebeichtet, als wir nach Zeugen für Samstagabend fragten. Diesen Mann hat sie angeblich online kennengelernt, sein Profil und damit Nachrichten sind aber gelöscht. Denn es war kein gutes Date, und sie hat noch zwei andere in Aussicht gehabt.«

»Und ihre Tochter? Habt ihr sie erreicht?«

»Nein. Aber sie müsste in der Stresemannstraße sein. Oder zumindest ihr Telefon. Laut der Funkmast-Ortung in der Tat recht nahe dem Tatort, vielleicht in diesem Excelsior-Hochhaus. Wo auch dieser Franz Fasel wohnen könnte. Inzwischen erhalten wir aber kein Signal mehr. Also auch hier Funkstille.«

»Franz Fasel«, wiederholt Wandt, »was für ein bekloppter Name. Und die Kollegen haben keinen anderen Männernamen in der Wohnung gefunden?«

»Nein. Nur Fotos, auf denen eine männliche Person auf der Wiese sitzt. Aber die Bilder sind stark pixelig und unscharf. Allerdings könnte es doch unser Franz Fasel sein. Da gibt es noch ein paar Rückenansichten von dieser Person an derselben Stelle, vom Datum nur einige Tage später. Interessant daran: Der Mann hat auf seinem T-Shirt Wörter geschrieben. Sie ergeben nacheinander gelesen folgenden Satz: ›Wir haben wohl genau dieselbe Sicht‹.«

»Und warum schreibt er es auf ein T-Shirt?«, wundert sich Wandt und streichelt seinen Bauch. »Mann, sind die alle bekloppt …«

»Eben. Auf dem Speicherchip der Kamera tauchten dann noch unzählige Fotos vom Sonntagnachmittag auf, an dem Laura García starb. Es scheint, als hätte Margaretha Fuchs das live genauestens verfolgt. Auch uns drei, wie wir da auf der Wiese stehen. Mit über zweihundert Bildern insgesamt, derart viele, wie in den fünf Jahren zuvor insgesamt auf der Speicherkarte festgehalten wurden. Scheint, wie wir bereits dachten, ein Auslöser gewesen zu sein …«

»Und ihr Computer und der Drucker?«

»Werden gerade von der Kriminaltechnik überprüft. Das Papier für die Visitenkarten ist dabei das gleiche. Nur der Drucker … Die Tinte ist in allen vier Patronen absolut eingetrocknet, nur noch kristallin. Die Karte aus dem Tempodrom muss also mit einem anderen Drucker bedruckt worden sein.«

»Habt ihr Fotos von Margaretha Fuchs gefunden?«

»Im Schlafzimmer, oder?«, fragt Tennat, »Wo du leider …«

»Er wird es schon überleben«, raunt Wandt und kratzt sich am Unterarm. »Selber schuld.«

»Gewiss«, bestätigt Melzig. »Und ich habe schon wesentlich Schlimmeres abbekommen.«

Es entsteht daraufhin eine kurze Pause. Noch immer auf der Couch liegend, dreht Tennat seinen Kopf in Richtung Wandt. Sie sehen sich schweigend an, müssen nichts sagen. Sie beide wissen, dass Melzig sich noch nie während der Arbeit verletzt hat. Und beide wissen auch, dass Melzigs Bemerkung soeben unbeabsichtigt gefallen ist, er aus Versehen etwas angedeutet hat, was in seiner Kindheit lag und worüber er noch nie sprechen konnte und wollte. Und auch nie musste. Denn Michael Wandt kennt Melzigs Vater von früher. Und da er mit Tennats Vater bis zu dessen Tod befreundet gewesen war und sich danach um Sven und seine Schwester Patricia gekümmert hat, kennt auch Sven Tennat Melzigs Familiengeschichte, die ganz anders als die seinige ist.

Melzig geht in die Ecke neben der Tür, wo Wandts Büro wie auch das ihrige ein kleines Waschbecken besitzen. Schweigend dreht Melzig das Wasser auf, starrt kurz in den Abfluss und wäscht sich schließlich die Hände.

Tennat steht währenddessen auf, stellt sich zu Wandt an den Schreibtisch und lenkt die Blicke auf den Computer. »Das Foto müsste in deinem Posteingang liegen.«

Wandt schiebt den Kaffee weg und vergleicht ein Standbild der Überwachungskamera mit dem geschickten Foto.

»Das eingerahmte Foto zeigt aber ein Teenagermädchen. Auf dem Standbild sehe ich eine verhärmte Frau, die um die …«

»Aber der Kiefer, der Kiefer!«, betont Sven Tennat mit ansteigender Stimme. »Vergleiche den Kiefer.«

»Recht breit, recht markant«, gibt Michael Wandt zu. »Eigentlich ganz hübsch, finde ich, obwohl sie grimmig guckt. Hatte mal vor meiner Frau … Na gut, ist auch schon über vierzig Jahre her, dass ich …«

»Und auf beiden Aufnahmen hat die Frau die gleichen dünnen blonden Haare.«

»Und eben diesen ernsten Blick«, bestätigt Michael Wandt, der sich nun darauf einlässt. »Wegen der schlechten Auflösung und der unterschiedlichen Perspektive lassen sich die Bilder aber noch nicht als Beweis nehmen. Unsere Jungs in der KT sollen die Bilder mal übereinanderlegen, falls das irgendwie geht. Augenabstand und Stirnhöhe können es bringen.«

»Die KT ist bereits damit beschäftigt«, sagt Melzig und kommt zu ihnen. »Was ist aber, wenn das alles Zufall ist und die Mutter einfach einen Kurzschluss hatte? Schließlich geht es um ihre Tochter, die schon immer nicht leicht war und eben vorbestraft ist, was ich vielleicht in meinem Gespräch ungünstig positioniert habe. Das muss ich zugeben.«

»Richtig. Das ist wohl wahr. Und warum trägt Margaretha Fuchs auf dem Video im Tempodrom nicht wie die andere Frau eine Sonnenbrille? Und die Aktion ihrer Mutter mit der Pfanne wirkt doch halbherzig, zu spontan.« Michael Wandt wendet sich mit dem Oberkörper zu Tennat. »Womit wir kurz zu dir kommen, bevor du das wieder nicht erzählst. Ein Mädchen, hast du am Telefon gesagt …«

Tennat nickt und reibt sich die Augen.

»Hast deswegen nicht geschlafen?«

»Nein, eigentlich habe ich zum ersten Mal seit Tagen wieder richtig tief schlafen können. Bekam ein Klappbett ins Zimmer gestellt und wurde von zehn bis sechs Uhr nur einmal kurz von der Kleinen geweckt.«

»Foto?«

Tennat zückt sein Telefon.

»Hübsch«, findet Wandt. »Nicht so blass wie ihr beide. Dein Vater war ja auch …«

»Nein, nein«, sagt Udo Melzig. »Tennat ist nicht der …«

»Das dachte ich mir schon«, zischt Wandt. »Darum geht es auch nicht. Und manchmal ist es besser, wenn die Eltern nicht die leiblichen …« Er stockt, schaut von Melzig weg zu seiner Kaffeemaschine. »Gieß mir mal lieber einen Neuen ein. Aber mit Zucker! Und pfeffere dieses blöde Stevia-Zeug in die Mülltonne. Oder ist das Sondermüll?«

Udo Melzig befolgt schmunzelnd die Anweisung.

»Und Tracy Kraft liegt im Koma?«

»Künstliches Koma per Sedierung«, konkretisiert Tennat. »Sie muss noch ein paar Tage in diesem medikamentösen Zustand bleiben. Sie hat viel Blut verloren und einige Organe müssen sich stabilisieren.«

»Einige Organe müssen sich stabilisieren?«, wiederholt Melzig, der Wandt den Kaffee hinstellt. »Stopp mal. Das hast du vorhin nicht erzählt. Müssen wir uns Sorgen machen?«

»Ich denke nicht. Das denken zumindest die Ärzte.«

»Aber kann sie selbst noch richtig denken, wenn sie aufwacht?«, hakt Melzig nach und greift an seinen Kopfverband. »Schließlich ist das wichtigste Organ …«

Sven Tennat zuckt daraufhin nur die Schultern und geht dafür zum Waschbecken, an dem eben noch Melzig stand, da der Wasserhahn tropft. Er dreht ihn fest zu. Schaut sich kurz im Spiegel an. Bemerkt die Blicke hinter seinem Rücken, bis Michael Wandt schließlich das Schweigen bricht.

»Kollege Melzig, wie geht es Silke Bartsch? Ihr habt doch auch privat viel Kontakt … Zumindest macht es auf mich den Eindruck.«

Teil V: Doppelhass

Kapitel 28

Es war klar, dass sie ihrem Vater unbedingt berichten musste, was sie soeben erlebt hatte; ebenso war klar, dass wegen des drohenden Gewitters der kürzeste Weg durch den Wald zu nehmen wäre. Doch bevor sie losging, zu ihrer Klassenlehrerin in die Habichtswald-Siedlung aufbrach, einer Frau, die zuletzt öfter in der Schule gefehlt hatte, bei der man spekulierte, ob sie bald ganz aufhöre, und bei der nun ihr Vater wegen der dort wohl verweilenden Stiefmutter schon viel zu lang verweilte, zog sie abermals ihren Rock hoch, kniete sich auf den Acker und griff erneut in den feuchten Lös. Die Tochter.

Tatsächlich sprach die Erde wieder zu ihr, ohne Zweifel, und es entstand kein Zwiegespräch, wie ihr Vater es am Morgen noch gemeint hatte, sondern die Kommunikation wurde aufrechterhalten mittels einer Energie, die in Hände und Arme, dann durch den ganzen Körper fuhr, um sich schließlich in Form einer eindeutigen Botschaft in jeder einzelnen Zelle festzusetzen: Sie würden in diesem Jahr eine besonders reiche Ernte erzielen.

Dann zog die Tochter die Kapuze ihres Parkas über den Kopf, stand auf, klopfte die Erde von ihren Strumpfhosen und lief bei immer stärker werdendem Regen quer über das brachliegende Feld, welches an mancher Stelle schon einer Wiese glich, bis zum Groß-Glienicker Weg, der selten von Autos oder Fußgängern genutzt wurde. Bis auf krächzende Krähen oder Knackgeräusche im Unterholz herrschte auf den ersten Metern absolute Stille an diesem nun düsteren Märztag, der im Wald derart finster wirkte, als würde es bereits mittags dämmern. Das Motorengeräusch, das dann von vorn näher kam, klang nicht wie der Traktor ihres Vaters, konnte es auch nicht wegen der begrenzten Breite des Groß-Glienicker Weges sein, so dass die Tochter instinktiv zwei Schritte nach rechts machte, um das Auto vorbeifahren zu lassen, noch bevor sie es sah. Der Wagen reduzierte jedoch vor der einzigen Kurve, die es hier gab, das Tempo bis zum Stillstand. Türen wurden geöffnet und menschliche Schritte folgten.

Da piekte der Tochter, die vielleicht nur zwanzig Meter entfernt stand, etwas ins Bein, entweder ein Strauch oder ein Insekt. Sie klatschte auf die betreffende Stelle, rieb sich, kam ins Wanken, versuchte sich an einem Baum festzuhalten, rutschte aber auf nassem Laub aus und schlitterte einen kleinen Abhang hinab, an dessen Ende ihr linker Fuß umknickte.

Bewegungslos und pitschnass lag sie in einem Schlammloch, war jedoch bei Bewusstsein. Sie hörte ihr pochendes Herz, Autotüren knallten und der Wagen fuhr los, jedoch deutlich langsamer, um nur diese eine Kurve zu nehmen.

Die Tochter richtete sich trotz des schmerzenden Knöchels auf, krabbelte instinktiv und ungeachtet zahlreicher Dornen einige Meter weiter in dichtes Gebüsch, bis eine Stimme rief: »Ist da jemand?«

Es war unverkennbar die Stimme ihrer Stiefmutter, und sie klang wie immer jähzornig.

Die Stieftochter schwieg, machte sich im Gebüsch möglichst klein, hielt ihren Atem an, fragte sich, ob ihr Vater gerade mit dem Traktor über den Kladower Damm zurück zur Wiese fuhr.

»Das haben wir davon. Ich glaube, wir müssen da nachsehen«, sagte die Stiefmutter, stieg aus und setzte bereits einen ihrer hohen Absätze seitlich auf den kleinen, steilen Abhang zum Wald, als plötzlich eine Gruppe von grunzenden Wildschweinen vor dem Gebüsch auftauchte – zwei ausgewachsene Tiere, vier Frischlinge.

Die Stiefmutter verharrte, fluchte und kehrte um. Die Tochter krabbelte in die andere Richtung weiter in den Wald hinein. Beim Laufen konzentrierte sie sich auf eine der beiden Hauptverletzungen, um die andere zu überdecken. Sie wählte ihr von den Dornen zerkratztes Gesicht, da ihr dieser Schmerz weniger schlimm als der am linken Knöchel erschien. Doch dies war nur ein Versuch, um das Unangenehmste, die beißende Kälte, die von ihrer vom Schlammloch und dem Regen auf ihrem Körper klebenden klitschnassen Kleidung ausging, nicht allzu präsent werden zu lassen.

»Stell dir etwas Warmes vor!«, hatte ihr Vater erst im letzten Winter gesagt, als sie im Grunewald nahe seinem Hochsitz Tiere gefüttert hatten. »Einen Ofen oder einen schönen Sommertag.« Und so tat es nun seine Tochter, bis sie an die Havel gelangte, wo sie an einem kleinen Steg das Ruderboot ihres Vaters freimachte und zur anderen Uferseite paddelte.

Irgendwann, als es im Grunewald bereits stockduster geworden war und nicht mehr regnete, erreichte sie mit letzter Kraft jene von allen Seiten von dem Wald umrandete Lichtung, an dessen Rand der Hochsitz stand. Sie stieg die Holzleiter empor beziehungsweise die Arme zogen den Rumpf samt ihrem linken Fuß – der ihr schwer wie ein Medizinball erschien – nach, bis ihr gesamter Körper oben ankam.

Vor der Tür hing ein Vorhängeschloss, das letzte Hindernis. Das Fenster, woraus man Tiere erschießen konnte, lag gegenüber. Ihre Hände rüttelten am Holzwerk, um die Stabilität zu überprüfen. Dann kletterte sie aufs Dach, wo sie sich flach hinlegte, um mit Fäusten erst sacht, dann intensiver gegen die Plexiglasscheibe zu hauen, bis das Fenster aufsprang, ohne einen Riss davonzutragen. Ihr Körper drehte sich um hundertachtzig Grad, ließ sich abgleiten, ihre Hände lösten den Griff. Ihr Rücken schlug automatisch gegen den Fensterrahmen, jedoch fiel sie nach vorn äußerst sanft auf mehrere Decken. Sofort entledigte die Tochter sich der nassen Kleidung und wickelte sich warm ein. Dann lag sie einfach da, betrachtete den Vollmond, wie er hinter Wolken verschwand, als würde er einen Vorhang vor sein Antlitz ziehen.

Als sie aufwachte, dämmerte es und Vögel zwitscherten. An der einen Wand hingen Schnüre, Messer, Zangen, Sägen und ein Kalender. Ihr Vater strich während der Jagdzeit die Tage an, an denen er hier verweilte, notierte dazu Uhrzeiten, wann er welches Wild beobachtete oder auch erlegte. Nun war aber Schonzeit.

Die Tochter betrachtete ihre eigenen Verwundungen. Der stark geschwollene linke Knöchel changierte farblich von Gelb über Grün bis Lilablau und wies dort, wo es am meisten schmerzte, Schwarztöne auf, schien allerdings nicht gebrochen. Trotzdem ließen sich vorerst keine langen Strecken bewältigen. Sie gab dem Knöchel drei Tage zur Genesung, dann würde sie weitersehen.

Das Nächste, was es zu überlegen galt, war die Frage der Verpflegung. Auf Lebensmittel ließ sich ein paar Tage verzichten, auch wenn ihr Magen knurrte, doch die Stiefmutter kochte nie gern und nie gut, weswegen die Stieftochter Hunger kannte. Allerdings musste bald die Wasserversorgung geregelt werden, da trotz klitschnasser Kleidung, die noch immer auf dem Boden lag, die Kehle brannte. Die Tochter nahm Rock und Strumpfhose, drückte sie überm geöffneten Mund aus. Es ergab nur ein paar Tropfen, bald musste sie also raus.

Mit dem Messer schnitt sie in die Mitte von einer der Decken ein Loch, so dass man diese als Poncho überstülpen konnte; eine weitere Decke wurde mit Schnüren um die Hüften als Wickelrock festgebunden. Eine der Zangen, deren genaue Verwendung bei der Tierzerlegung sich ihr nicht erschloss, funktionierte, um die Schrauben an der Tür zu lösen. Draußen hüpften Vögel zwischen Ästen, nach einigen Minuten zeigte sich ein Reh, das langsam über die kleine Lichtung lief. Ohne sich zu fürchten, knabberte es am Gras oder Unterholz, bis es wieder im Dickicht verschwand.

Nicht nur ohne Unterwäsche und mit freien Armen und Beinen war es sehr frisch, als die Tochter mit Werkzeug bewaffnet die Leiter hinunterstieg. Es musste noch früh am Morgen sein, da, als sich die Sonne kurz blicken ließ, die Schatten der Bäume nicht enden wollten. Auf der Suche nach Wasser begegneten ihr Spechte, Tauben, ein Fuchs, weitere Rehe, allerdings keine Wildschweine. Sie fand es seltsam, dass ausgerechnet diese wegen ihrer Frischlinge äußerst aggressiven Tiere, ihr nun ebenso wenig wie Menschen begegneten, jedoch gestern Glück gebracht hatten. Sie hatte dadurch wirklich Schwein gehabt, konnte über das Wortspiel aber nicht lachen. Ihre Innenwelt war nun so schwarz wie ihr linker Knöchel, welcher so stark pochte, als wollte der Fuß ihr sagen, lass mich hier abfallen und einfach liegen.

Die Tochter baute sich Gehhilfen. Das Messer und die Säge erwiesen sich als gute Werkzeuge, auch wenn sie dadurch Blasen an den Händen bekam und immer stärker schwitzte, was sie bei jedem kleinen Windzug frösteln ließ. Bei der Modulation der jeweiligen Astgabeln, die dazu dienten, die Gehhilfen unter die Achseln zu klemmen, erblickte sie im Messer ihr sich spiegelndes Gesicht. Ihr Sturz und das Gebüsch, durch das sie gestern unterhalb vom Abhang in den Wald gekrabbelt war, hatten Spuren hinterlassen. Eine breite Schramme zog sich quer über Nase und Wange. Am Kinn brach verdreckter Schorf auf, dessen frisch blutende Risse feinrot funkelten oder, bereits wieder zugehend, von einer glänzenden Schicht Lymphe überzogen waren. Aus nächster Nähe wirkte es wie die Landschaft eines fernen Planeten, der Lava ausspuckt, jedoch nie zu viel, um sich selbst am Leben zu erhalten, und passte zum Fieber, das sie, die Tochter, mit der flachen Hand auf der feuchten Stirn fühlen konnte.

Immer mühsamer wurde der Weg zum Wasser. Den Teufelssee, der laut ihrem Vater seinen Namen von einem vorchristlichen Kultort an dieser Stelle erhielt, war aber schließlich alle Mühe wert. Sie tauchte endlich ihr Gesicht in Wasser. Selten hat etwas so gut geschmeckt, so gut eine glühende Stirn gekühlt.

Drei Tage später wurde sie gefunden.

Kapitel 29

»Betty, du bist ein starkes Mädchen.«

Dies sagte man stets zu ihr, und dies bedeutete vor allem, dass Betty für ihre Umwelt als unkompliziert galt. Keine Träne floss ihr über die Wange, als die Polizei sie darüber aufklärte, was vermutlich geschehen war. Betty nickte einfach und wiederholte, was sie selbst wusste oder als für die Behörden wichtig empfand. Folglich gestaltete sich die weitere Betreuung, die sie erhielt, kurz, auch wenn man sich in ihr später zugänglichen Akten fragte, wieso sie in den Grunewald und nicht zu Klassenkameraden oder Nachbarn geflohen war. Die Pflegefamilie in Westdeutschland, an die sie vermittelt wurde, störten solch Ungereimtheiten allerdings nie, denn die neuen Eltern hatten sich etwas wie Betty schon immer gewünscht: Frühaufsteherin, aufgeweckt, jedoch nie frech, sondern sachlich, ordentlich, fleißig in der Schule und behilflich bei der Haus- und Gartenarbeit, ohne dass es jemand einforderte. Dem älteren und mitten in der Pubertät steckenden Pflegebruder, mit dem sie sich einen ausgebauten Dachboden teilte, lagen diese Dinge nicht, jedoch verstanden sie sich ausgezeichnet, da beide die Vorteile des anderen erkannten.

Am liebsten hockte Betty nachmittags in einem Baumhaus, welches in einer alten Eiche hinter ihrem Wohnhaus am Ende des Obst- und Gemüsegartens lag, also dort, wo auch der Wald begann. Die Pflegeeltern arbeiteten als Tierärzte direkt vorn an der Landstraße in einem eher technischen Bau. Der Bewegungsradius war faktisch kleiner als bei ihrem Vater, der in Gatow einige Hektar Land sein Eigentum genannt hatte, aber fühlte sich größer an, da es keine Stiefmutter gab. Betty konnte sich frei entfalten und bekam auch alles, was sie sich wünschte und vor allem bedeutete: kein Mitleid. Es ermöglichte ihr, gewisse soziale Kompetenzen zu erlernen, mit sich und den anderen um sie herum auszukommen. Und erst kurz vor ihrem Abitur, als Betty sich fragte, welchen Weg sie als Erwachsene einschlagen würde, fuhr sie zum ersten Mal wieder nach Westberlin.

Betty plante diese Reise bereits seit einem ganzen Jahr, doch erzählte sie dies niemandem, ebenso wenig wie ihr einstiges Erlebnis mit der schwarzen Erde. Die Pflegeeltern befanden sich gerade auf einer Fortbildung in Frankreich, als Betty mit der Bahn quer durch das geteilte Deutschland fuhr. Seitdem sie das letzte Mal ihre Geburtsstätte betreten hatte, hatte sich viel getan. Das Gehöft ihres Vaters stand noch immer, wurde allerdings anders genutzt. Das Wohnhaus diente nun als Gaststätte mit Übernachtungsmöglichkeit für Tagesausflügler, was Sinn ergab, da es an einer neuen Fahrradroute lag. Die Scheune war aufwendig zu einem Bistro mit angehängtem Shop für Berliner Produkte umgebaut worden. An diesem Märztag, einem recht trüben, kalten Montag außerhalb der Hauptsaison, gab es aber kaum Gäste. Betty saß lange Zeit völlig allein in der hintersten Ecke des Bistros und verspeiste deftigste Speisen, denn sie brauchte Kraft. Keiner der Angestellten oder Kunden, die hereinkamen, um eingeschweißte Wurst, Stadthonig oder Marmeladengläschen zu erwerben, kam ihr von früher bekannt vor, und ebenso erkannte niemand sie. Ihr Haar war nun schwarz und kurz, ihr Name ein völlig anderer.

Für die Übernachtung bekam Betty des Vaters Schlafzimmer, das sogenannte rustikale Bauernzimmer, wo noch ihr bekannte Möbel standen. Nicht nur optisch hatte sich vieles verändert; faktisch war damals alles recht zügig verkauft worden, und das Geld dafür lag auf einem Konto, über das sie mit Eintritt der Volljährigkeit frei verfügen konnte. Trotzdem fühlte Betty eine enge Verbindung zu diesem Ort; eine, die trotz aller emotionalen Bemühungen ihrer Pflegeeltern, sie zum ersten Mal seit zehn Jahren ohne Probleme einschlafen und ohne Albträume nächtigen ließ.

Am nächsten Morgen stand sie früh auf, aß wieder das, was am meisten Kalorien versprach, kaufte anschließend genügend Verpflegung ein, da sie nicht genau wusste, wie lange ihre Exkursion dauern würde, und marschierte aufs Feld. Im Jahr zuvor war es mit Mais bepflanzt worden, hier und da lagen noch vereinzelt Kolben. Die Landschaft und der angrenzende Wald hatten sich nicht verändert, es war alles wie damals. Auch die Luft kam ihr äußerst vertraut vor, ein ganz spezieller Geruch mit einer ganz speziellen Feuchtigkeit. Und dann gab es da diese Energie, die unter ihren Füßen strömte, die sie vielleicht sogar nachts im väterlichen Zimmer gefühlt hatte.

Genau dies hat Betty gesucht, eine Magie, die sie nirgends sonst fand und über die sie mit niemand sprach, um sie nicht zu verlieren. Selbst der Polizei oder den Psychologen beschrieb sie ihr Gespräch mit der Erde nicht, sondern ratterte immer nur Fakten herunter: Stiefmutter weg, sie aufs Feld, Vater wollte kurz zur Nachbarin, der immer kranken Klassenlehrerin, die bald aufhören wollte, kam nicht zurück, sie ihm also entgegen, durch den Wald, bis ein Auto kam, sie zur Seite sprang, abrutschte, die zornige Stimme ihrer Stiefmutter hörte, dann in den Wald und schließlich mit dem Ruderboot in den Grunewald floh.

Auf dem Weg zu jener Stelle, wo ihr damals etwas ins Bein gestochen und sie das Gleichgewicht verloren hatte, kamen ihr zwei Radfahrer und ein Spaziergänger entgegen, die freundlich grüßten, jedoch nicht wirklich Notiz von der jungen Frau nahmen. Anschließend ging Betty wie damals quer durch den Wald direkt zur Havel, wo sie sich ein Tretboot auslieh, um ans andere Ufer zu gelangen. Als Erwachsene und am helllichten Tag brauchte sie nur zwei Stunden bis zum alten Hochsitz. Er wirkte stark verfallen, besaß weder Tür noch Fenster. Trotzdem kletterte Betty hoch und saß da den Rest des Tages, bis es dämmerte und kalt wurde. Dann machte sie sich auf den Weg zurück zur Pension, wo sie zwei Kannen heißen Kräutertee trank und sich mit der Wirtin unterhielt, jedoch nichts Neues erfuhr, sondern nur bestätigt bekam, wie gut sie andere Menschen reden lassen kann.

Am Mittwoch, es schien nun die Sonne, führte ihr Weg sie zur Habichtswald-Siedlung. Auch hier sprach sie mit den Leuten, ohne etwas über sich preiszugeben, und erfuhr nichts, was für sie entscheidend gewesen wäre. Gewiss erzählte man ihr von den Veränderungen der letzten Jahre, wer wo einzogen war, wer was wo machte und dass es vor rund einer Dekade ein Jahr gegeben hatte, in dem sie auf den Feldern und in den Gärten eine besonders reiche Ernte erzielt hatten. Doch all das interessierte Betty nicht. Es ging vielmehr um das, was sie auch woanders ausprobiert hatte, ob im Garten ihrer Pflegeeltern, in ihrem Schüleraustauschjahr in Kalifornien oder bei Familienurlauben in verschiedenen europäischen und afrikanischen Ländern. Nirgends hatte sie es wieder erlebt: das Gefühl absoluter Gewissheit in jeder Körperzelle, also etwas, was nur ihr widerfuhr und sie wie ihr Innenleben niemals anderen Menschen mitteilen konnte.

Nicht nur darum befand sie am letzten Tag ihres Berlin-Aufenthalts, dass das Frühstück nicht mehr reichhaltig sein müsste, die Energie sollte nun von woanders herkommen. Betty bezahlte die Rechnung, nahm ihren Rucksack, ging erneut aufs Feld, kniete sich endlich auf den Acker und tat das, was sie tun musste.

Wie damals und als wenn keine zehn Jahre vergangen wären, kribbelte es sofort wieder in ihren Händen und durchfuhr ihren Körper. Und die Botschaft lautete:

Welchen beruflichen Weg sie einschlägt, sei im Detail egal; sie solle sich aber mit dem Menschsein beschäftigen, speziell mit Frauen, auch wenn sie Frauen am meisten befremdeten.

Sie werde dann schon ihren eigenen Weg gehen, denn sie sei nicht nur ein starkes Kind gewesen, sondern werde auch eine starke Frau sein, eine echte Chefin.

Die eigentliche Aufgabe werde erst noch kommen, und dazu müsse sie regelmäßig an diesen Ort zurückkehren, um beizeiten eine endgültige Botschaft zu erhalten.

Im Zug zurück hatte Betty ein ganzes Abteil für sich, streckte die Beine aus und las Kunderas *Das Leben ist anderswo*, als sie auf die Idee kam, nicht wie ihre Pflegeeltern Tierarzt zu werden, sondern Journalismus zu studieren. Sie leitete bereits seit zwei Jahren die Schülerzeitung und hatte einige Prosawettbewerbe ihrer Altersstufe gewonnen. Ihr fiel das leicht, denn sie konnte das, was andere Leute erwarteten, sehr gut erkennen. Sie hatte das mit der fehlenden Muttermilch ihrer Stiefmutter aufgesaugt, die noch immer wie die einstige Klassenlehrerin gesucht wurde. Nur Bettys Vater hatte man damals schnell für tot erklärt, auch wenn man seine Leiche nie gefunden hatte. Vielleicht spielte beim Wunsch, Journalismus zu studieren, auch der Aspekt des Ungeklärten mit hinein, denn Journalisten klären auf, zumindest tun sie so, als würden sie dies, was Betty vielleicht noch besser als alles andere gefiel: Das So-tun-als-ob. Es entsprach schon seit jeher ihrem Umgang mit der Mitwelt.

So zog Betty fürs Studium nach Berlin und lernte an der Technischen Universität während einer Einführungsveranstaltung im Bereich Kommunikationswissenschaft ihren ersten und einzigen Freund kennen, den großen und wunderschönen Craig, den sie als Erstes aufklärte, denn er war wie sie auch in körperlicher Hinsicht noch völlig unerfahren. Sie vertraute Craig nie alles an, fühlte sich mit ihm aber wohl, so dass er sie anfassen durfte. Damit dies möglichst oft geschah, zogen sie zusammen, und Betty besorgte Craig, der sich wie sie gern schwarz kleidete und auch in seinem Verhalten den Misanthropen zelebrierte, seinen ersten Job, kleine Plattenkritiken fürs Stadtmagazin *Zitty*, für das Betty bereits seit Anfang des Studiums eine Rubrik füllte. Es war meist ein halbseitiger Zweispalter, in dem sie alles thematisieren durfte, worauf sie Lust hatte, solange sie den passenden Ton traf: den von ihr zwar nicht wirklich erfundenen, da von britischen Magazinen adaptierten, aber sogenannten Betty-Ton. Er wurde hierzulande bald ebenso kopiert und klang stets jung, frech und augenzwinkernd, das schien damals Ende der achtziger Jahre in Deutschland eine Marktlücke, dann eine bewährte Masche zu sein. Anfang der Neunziger, als Betty für die Tempo deutschlandweit schrieb, entstand daraus eine Buchtitel, ein Best of Betty, der sich mit einer Auflage von hundertzwanzigtausend Stück mehr als gut verkaufte. Nach ihrem Diplom bekam sie ein Angebot von einem Frauenmagazin, bei dem sie sich für ein ganzes Ressort verantwortlich zeigen konnte, bis sie schließlich mit Anfang dreißig bei einem anderen Magazin dieser Art die jüngste Chefredakteurin Deutschlands wurde.

Die folgenden Jahre vergingen rasant, zogen regelrecht an Betty vorbei, wobei sie ein immer größeres Verständnis für das, was sie tat, entwickelte. Denn so banal die Grundthemen Mode, Kosmetik, Essen, Diäten etc. bei monatlichen Frauenmagazinen auf den ersten Blick erscheinen, so vortrefflich spiegeln sie Veränderungen in der Gesellschaft wider. Im soziologischen Sinne sind sie dadurch politischen Tages- oder Wochenzeitungen überlegen, da diese dem Tagesgeschehen hinterherhecheln und mit allzu schnellen Kommentaren langfristig ins Leere laufen – eine Krux ihres Tagesgeschäfts. Wenn man einem Außerirdischen das grundlegende Wesen des Menschen mit all seinen Fixierungen und Kriegen erklärten müsste, wäre es wohl das Beste, er bekäme ein paar Frauenmagazine in die Hand gedrückt, welche sich eben nicht nur auf die weibliche Hälfte der Menschheit beschränken, sondern mittelbar auch auf den männlichen Teil. Und obwohl sich die Menschheit immer freier in alle möglichen Richtungen entfalten konnte, teils jahrtausendealte ethische Regeln in kürzester Zeit auflöste, sich von grausamen Fesseln seitens Großfamilie, Kirche und Staat befreite, werden die Individuen zugleich immer einsamer, unglücklicher und erleben immer mehr Kriege sowohl innerlich als auch äußerlich. Als wäre dies der einzige Sinn der Befreiung: nicht Glück, sondern immer mehr Leid, bis nichts mehr übrig bleibt. Ganz so, wie es Betty schon immer fühlt und auch Meta Fuchs allzeit ausstrahlt.

Kapitel 30

Meta kam durch die Jobvermittlung des Arbeitsamtes zu ihnen, welche fürs erste Jahr eine fünfzigprozentige Förderung beim Bruttoarbeitslohn ermöglichte. Es schwappte gerade wieder eine Welle der Anzeigeneinbrüche über die Branche, welche Verleger zu Einsparungen zwangen, auch angesichts einer weiterhin zu erzielenden guten Rendite für Kapitalanleger. Doch dies war für die Chefin Betty nicht der eigentliche Grund, die junge Frau einzustellen, es war ihr Instinkt, vielleicht auch der Wunsch nach einer für sie sonst nicht möglichen Ehrlichkeit.

Meta Fuchs' Kleidung beim Vorstellungsgespräch war untypisch für eine zukünftige Mitarbeiterin eines Frauenmagazins. Auch später trug sie nie Röcke, Kleider, High Heels oder Blusen, sondern stets Turnschuhe, Jeans und weite Oberteile, vor allem Band-T-Shirts und Strickpullis. Immerhin war sie blond und schlank, vermochte sich aber ebenso wenig angemessen zu schminken wie in Gruppen einzugliedern. Stets saß Meta einsam am Rechner, trank nie Kaffee in der Küche oder Sekt bei Betriebsfeiern. Ihre Kommunikation beschränkte sich auf Hallo und Tschüss und, wenn man ihr eine Frage stellte, Ja und Nein, was allgemein stark irritierte, jedoch der Chefin ermöglichte, dem von ihr lang verhassten Hang zum Lästern, der in Büros mit hoher Frauenquote anzutreffen und nur noch vergleichbar mit dem in der Film-, Fernseh- und Theaterbranche ist, endlich Einhalt zu gebieten.

Margaretha Fuchs, Jahrgang 1974, war also in mehrfacher Hinsicht ein guter Schachzug, aber Betty fand auch selbst Gefallen an ihr, ausgerechnet an einer anderen Frau. Sie freundeten sich jedoch erst an, als Craig, der bald, wenn er in die Redaktion hereinschneite, Meta wegen einiger von ihr getragenen Band-T-Shirts ansprach. Da blühte Meta nicht gerade auf, begann aber von sich aus zu reden, wenn auch launisch, was Craig umso besser fand und die anderen Frauen in der Redaktion, egal ob blutjung oder nur jung, noch wilder machte, denn mit ihnen, den nicht nur gespielten Frohnaturen, sprach Craig kaum. Es bot sich ein bizarres Schauspiel, ein Werben um einen Mann, eigentlich ein Tabu wegen der überlegenen Position seiner Lebenspartnerin, ein Antänzeln und in absurde Gespräche verwickeln, da das Lästern über die, die ganz unten in der Hierarchie stand, nicht mehr möglich schien. Zumindest vor der Chefin, die durch ihre stets unverschlossene Bürotür alles ganz genau beobachtete, besonders wenn es um ihren äußerst attraktiven Lebenspartner ging. Eins ergab dadurch das andere, so auch beim ersten Abendessen zu dritt bei ihnen zu Hause.

»Wo ist Craig?«

»Er holt bestimmt Wein aus dem Keller.«

»Ihr habt eine schöne Villa.«

»Eher ein Haus und gemietet. Aber ich wählte es vor allem, da es direkt am Grunewald liegt. Zudem darf man nichts falsch machen in meiner Position, also ich halte mich möglichst fern von allem, trenne Arbeit und Privates. Das ist absolut ratsam in meiner Position. Wie so einige andere Regeln. Das müsstest du doch bei uns inzwischen gelernt haben.«

»Ich habe einiges gelernt. Wenn ich ehrlich bin … Und verstehe mich bitte nicht falsch … Ähm, weil ich dir sehr dankbar bin, dass du mich überhaupt eingestellt … hast … Und ich jetzt hier bin … Aber ich glaube … Ich halte das nicht mehr lange aus.«

»Du meinst die Arbeit in einem Großraumbüro mit all den Hexen?«

»Ja. Hexen trifft es wohl. Doch ich bin auch kein Engel.«

»Warum hast du dann bei uns angefangen?«

»Es war die Idee einer Sachbearbeiterin beim Arbeitsamt. Und ich dachte nicht, dass man mich … Mein Gott, ausgerechnet ein Frauenmagazin … Und ich habe sonst seit meiner Ausbildung überall Absagen bekommen. Verstehst du?«

»Ja, ich weiß, wie die Berufswelt funktioniert. Und auch für mich ist es ein Rätsel, bis hierher gekommen zu sein.«

»Warum? Du bist doch perfekt!«

»Meinst du, Meta? Und warum hat mich dann persönlich etwas an deinem Gesicht interessiert? Insbesondere deine Augen. Und du kommst aus meiner Region.«

»Leipzig? Du auch? Ich dachte Norddeutschland.«

»Ich komme von dorther, woher ich komme. Wie du …«

»Woher? Was denn nun? Leipzig oder …«

»Aus einer ähnlichen Lebenssituation. Orte und Umstände sind doch egal. Was zählt ist das gleiche Gefühl. Lassen wir es darauf beruhen, Meta. Das ist das Entscheidende. Und wir sprachen eben über andere Menschen, im Speziellen die Frauen bei uns. Sie machen dich allein durch ihre Blicke fertig, oder?«

»Aber nicht nur im Büro. Ich bin einfach überhaupt nicht für diese Welt geschaffen.«

»Das ist eine weise Einsicht. Alles, also nicht nur bei uns im Büro, ist pervertiert, derart gekünstelt, dass es schon wieder animalisch anmutet, da wir nach und nach von unserer eigenen Menschennatur zerfleischt werden.«

»Aber dir kann das doch nichts anhaben. Deine Position, dieses Gehalt, ein Haus mit Hund am Grunewald, die beiden Wagen, die Craig und du …«

»Geht es darum?«

»Gewiss. Ich dachte zumindest immer … Ja, doch, es geht darum. Also jedenfalls um das, was man nicht hat und einem ständig unter die Nase gerieben wird. Ist wie … damals im Osten. Nur es gibt keine Grenze mehr. Und trotzdem läuft die Werbung aus einem anderen Land immer weiter.«

»Alles Utopia. So ist das. Macht dich das wütend?«

»Nicht nur das.«

»Auch jetzt?«

»Gerade nicht. Nein.«

»Liegt bestimmt am Umstand, dass wir mal darüber reden.«

»Ja, es wundert mich, dass ich überhaupt … reden kann.«

»Dann lass uns über den Hass in aller Ruhe sprechen.«

»Hass? Dieses Wort habe ich nicht ein einziges Mal ins Layout setzen müssen, dafür zehntausend Mal das Wort Liebe.«

»Und doch fühlt es jeder Mensch ausgerechnet dort, wo das Herz liegen soll.«

»Aber doch nicht du! Das kann ich mir nicht vorstellen.«

»Warum nicht? Weil ich kontrolliert und richtig gekleidet bin, stets Mitarbeiter anlächle, selten laut werde und niemand offiziell meine Position in Frage stellt? Aber sie tun es. Glaube mir. Unaufhörlich. Hintenherum. Es ist ein einziger Kampf. Das ganze Leben: Alles Krieg, alles Leid.«

»Aber nicht mit Craig. Wo bleibt er?«

»Wenn es so lange dauert, ist er bestimmt noch mal mit dem Hund raus. Wohl nicht im Grunewald, den mag er nicht, aber in unserer Straße. Dann müssen wir es nicht später tun. Du magst ihn, oder?«

»Craig ist nett, keine Frage. Ihr beide seid es, ein tolles Paar.«

»Jeder Topf findet seinen Deckel.«

»Bin kein Topf, bin ein Fass ohne Boden. Habe darum noch nie … einen richtigen Freund gehabt. Man sieht mir doch auf tausend Metern an, dass ich eine Klatsche habe, dass ich nicht richtig ticke, ein einziger Problemfall bin, absolut beziehungsunfähig.«

»Genau darin liegt Tiefe.«

»Aber kein Trost.«

»Genau das meine ich.«

»Was?«

»Das ist der Grund, warum ich dich mag.«

»Verstehe ich immer noch nicht. Und weiß auch immer weniger ... womit ich das verdient habe. Ich besitze nichts, was du ...«

»Doch, das hast du. Glaube mir. Und wenn du mal auf Konzerte oder sonst etwas willst, kann Craig Karten besorgen. Er nimmt dich gern mit, habe ihn schon gefragt.«

»Ja, vielleicht, doch Menschenmassen ...«

»Und all die anderen Frauen, oder?«

»Eben. Und da frage ich mich, ob du keine Angst hast, dass Craig, wenn er abends unterwegs ist ... Du weißt, was die anderen über dich und ihn ...«

»Denken oder auch sagen? Lass sie ruhig, solange sie nicht zubeißen.«

»Und falls sie doch ...«

»Noch wird das keine wagen.«

»Nicht auf der Arbeit, da wollen sie eher deinen Job und begehen darum keine großen strategischen Fehler. Aber da draußen ... Du weißt schon ... Und du hast es selbst gesagt: Die Welt ist derart pervertiert, dass ...«

»Dann töte ich sie.«

»Jede einzeln, die da kommt? Oder alle zusammen?«

»Du gefällst mir, Meta, du gefällst mir sehr. Und du bist die erste Frau, bei der ich das sage, ja, überhaupt denke.«

»Dass du mich magst oder dass du töten könntest?«

In den Monaten darauf, bis Meta an der Schilddrüse erkrankte, gingen sie zusammen regelmäßig aus. Betty, Meta und Craig schauten in der Volksbühne Stücke von René Pollesch, tummelten sich auf Record-Release-Partys oder besuchten Vernissagen. Stets nickten sich beide Frauen zu, wenn sie jemand ins Visier nahmen.

Es waren vor allem jüngere Mädchen, die Craig einen falschen Blick zuwarfen, den er zwar nie wirklich erwiderte, jedoch sie veranlasste, das Damen-Spiel zu spielen. Welches Ranking ergab der Abend und wer würde zuerst vor ihrem inneren Auge umfallen? Die Mädchen, auf die sie sich gemeinsam einigten, waren stets schlanker als Betty und eloquenter als Meta.

Konkret wurde es erst zehn Jahre später, als Betty bereits in Hamburg bei einem anderen der größten Magazine Deutschlands arbeitete und darum Meta nur noch ein paar Mal im Jahr sah. Es war die Zeit, in der Betty die fünfzig überschritten hatte und anfing, sich Gedanken darüber zu machen, was im Restleben passieren sollte. Kinder hatte sie nie gewollt. Soziales Engagement lag ihr ebenso fern. Es gab eigentlich nichts, was sie interessierte, bis auf jene Lebensaufgabe, die die Erde ihr einst angekündigt hatte.

Es war auch die Zeit, in der sich Craig, den man in der deutschen Musikjournalistenszene nun überall kannte, der Konstanz bewiesen hatte und inzwischen selbst genug Geld verdiente, ein stets freundlicher Mann, der seine Artikel pünktlich ablieferte und keine Feinde besaß, veränderte. Craig fing an, seine Haare zu färben, tönte zunächst graue Strähnen an den Schläfen, dann nach einigen Monaten das gesamte Kopfhaar. Er kam auch auf die Idee, fast täglich ins Fitnessstudio zu rennen, obwohl er all die Jahre zuvor über solch Turnübungen, der Frauenmagazine eine eigene Rubrik einräumen – entweder direkt vor oder nach Essen/Trinken –, nur gelacht hatte. Er duschte auch direkt, wenn er nach Hause kam, und nicht zuvor im Studio. Seine Wäsche steckte er sofort in die Waschmaschine, schmiss diese von allein an. Er erfüllte auch sonst fast alle Kriterien des Fremdgehens, die in Frauenmagazinen regelmäßig als Checkliste auftauchen (Rubrik Beziehungen).

Doch dies wäre zu einfach gewesen. Nein, Craig tat all dies nicht für eine andere Frau, sondern allein für Betty. Weil sie sich verändert hatte, Stück für Stück, Jahr für Jahr. Zwar wenig sichtbar nach außen hin und vor allem nicht im Büro, aber zu Hause im Privaten. Wie sie nun deutlich begriff. Was ihr für Craig zwar sehr leid tat, doch es gab kein Zurück. Ihre negativen Fantasien, die sie in den zehn Jahren zuvor nur ansatzweise Meta Fuchs mitgeteilt hatte und im völligen Kontrast zu ihrer Arbeit in einem auf *happy life* getrimmten Frauenmagazin standen, wurden immer mehr. Jede Nacht träumte sie davon und auf der Arbeit spann sie alles weiter. Hinter einem Lächeln: ein ganz anderes Gesicht. Und dann erhielt dieses Gesicht, das sich gewiss noch zu schminken und zu benehmen wusste, jedoch auch von einem jahrzehntelangen Doppelleben gezeichnet war, von ihrem Verlag ein Angebot für ein neues Best-Ager-Magazin. Und Betty war diesmal nicht die einzige Person, die dieses Angebot bekam. Was ihr nicht weh tat, nur ihre Fantasien in Pläne konkretisierte. Und somit fuhr sie zum ersten Mal Anfang März nicht nach Berlin, um turnusmäßig die Gatower Erde, den Ursprung ihrer Existenz, bezüglich ihrer Lebensaufgabe zu befragen. Nein, sie stellte diesbezüglich keine Frage mehr, denn sie wusste nun, dass die Zeit gekommen sei und jene Lebensaufgabe allein in einer Sache bestehe. Es galt nur noch ihr Ausmaß zu klären. Und die Antwort der schwarzen Erde, die Betty Anfang März dieses Jahres erhielt, ohne direkt die schwarze Erde zu befragen, war auch nicht direkt neu: Es würde in diesem Jahr eine besonders reiche Ernte geben.

Teil VI: 20.–31. März

Kapitel 31

Eine Frau ist noch weit weg. Ein Baby ist nun voll da. Eine Katze miaut jämmerlich. Eine Visitenkarte erzeugt Schweigen.

Ein bisschen viel für den Kommissar. Sven Tennat steht in seinem Wohnzimmer, auf der Couch kauert mit angewinkelten Beinen seine Schwester Patricia – sechzehn Jahre jünger, bald dreißig und in manchen Dingen reifer.

»Du hast dich in diese Frau bereits damals verliebt, oder?«

»Wahrscheinlich.«

»Warum zögerst du dann?«

»Ich zögere nicht.«

»Na klar, du hast Angst.«

»Nein, eher habe ich mich nun endlich bekannt.«

»Zu deiner Gefühlswelt?«

»Wie immer man das nennt.«

»Ist aber vielleicht etwas spät, oder? Wenn es nun hart auf hart kommt, du Maulwurf.«

»Tracys Zustand ist stabil.«

»Und wenn sie nicht aufwacht?«

»Sie wird. Da sind sich die Ärzte sicher, nur noch ein paar Tage.«

»Und wenn sie nicht mehr dieselbe ist?«

»Das sagte auch Udo Melzig. Doch wir alle verändern uns. Ständig.«

Patricia schaut ihren Bruder an, wie nur sie es vermag, mit einem fast nichtssagenden Gesichtsausdruck für andere, den Sven Tennat aber eindeutig deutet.

»Es ist anders als bei unseren Eltern«, sagt er und setzt sich zu seiner Schwester aufs Sofa. »Aber manchmal frage mich ich auch, ob das nie ein Ende hat.« Er seufzt. »Es ist wie eine zähe, schwarze, klebrige Masse.«

»Aber es geht immer weiter«, entgegnet Patricia und kippt sich Wein nach. »Und das Kind?«

»Ein Mädchen. Liegt neben der Mutter. Wohlauf. Trinkt bereits. Lass uns darauf anstoßen.«

Patricia tut, wie ihr geheißen. »Prost.«

»Prost.«

»Auf meine Nichte?«

»Nicht direkt.«

»Was heißt das schon wieder?«

Sven Tennat holt sein Telefon hervor und zeigt ein Bild des Mädchens, die aktuellste Aufnahme von bereits sehr vielen.

»Sie ist nicht von dir«, befindet Patricia sofort. »Aber hübsch.« Sie schmunzelt. »Allein darum kann das Baby nicht von dir sein.«

Sven Tennat schmunzelt ebenfalls, wenn auch nur für einen kurzen Moment. »Es ist jedenfalls ein Mensch, um den man sich … also ich mich … kümmern sollte. Was immer auch geschieht. Also wenn alles gut verläuft, obliegt es natürlich Tracy, ob ich mich da einmischen soll, ob ich überhaupt erwünscht bin.«

»Einmischen?«, wundert sich Patricia, während sie sich eine Zigarette dreht. »Was für eine Formulierung. Und falls erwünscht? Nun zögere doch nicht wieder, du …«

»Ja, es könnte sein, dass ich, Maulwurf, …«

»… erwünscht bin? Dass du erwünscht bist?«

»Ja, das wäre ganz gut«, erwidert er, während die Katze auf seinen Schoß springt und zu schnurren beginnt.

»Ganz gut?« Patricia schüttelt den Kopf. »Muss ich wohl unter

Frauen klären, was da nun Sache ist.« Sie lacht erneut und nimmt anschließend einen großen Schluck Wein. »Mein Gott, wie alt bist du? Mitte vierzig inzwischen, oder?«

»Patricia, bitte, du musst nicht …«

»Keine Angst, war nur Spaß. Ich rede nicht mit deiner Freundin, wenn sie aufwacht.« Patricia nimmt sich ein Feuerzeug. »Ich gehe mal auf deinen Balkon.«

»Kannst hier.«

»Sicher?«, hakt Patricia nach und schaut auf die Katze, die gerade von ihrem Bruder gekrault wird, bis dieser aufsteht, um einen Aschenbecher zu holen.

»Papa hat doch auch immer in der Wohnung geraucht. Und im Auto. Das waren noch Zeiten. Gute alte Zeiten.«

Patricia zündet sich ihre Zigarette an. »Deswegen hast du mich aber nicht hierherbestellt.«

»Doch schon. Wollte dich mal wiedersehen.«

»Und vermutlich die Katze. Die kommt bestimmt momentan etwas zu kurz.«

Sven Tennat nickt und nimmt seine Katze auf den Arm.

»Irgendjemand muss sich um das Tier kümmern, wenn du jetzt nach der Arbeit ständig im Krankenhaus bist«, führt Patricia an.

Sven Tennat nickt erneut und setzt sich mit der Katze aufs Sofa. »Falls das ein Angebot war … Ja, es wäre schön, wenn du das machen könntest.«

»War es.«

»Nur Sharvi … Ich weiß nicht, ob sich meine Katze mit deinem Hund verträgt.«

»Platz ist hier genug, um sich aus dem Weg zu gehen«, findet Patricia, die sich in dem fast leeren Wohnzimmer umschaut.

»Bei mir? Ich dachte …«

»Ich soll die Katze mit zu mir nehmen? Warum das?«

»…«

»Na, da ist doch noch etwas!«

Sven Tennat nickt. »Es gibt da eine Nachricht.«

»Diese beiden toten Mädchen? Da war doch dieser Mord im Tempodrom und die haben in den Medien gleich eine Verbindung zu der Toten aus dem Mauerpark gezogen.«

»Also diese Fake News, wenn ich mal es so nennen darf, haben tatsächlich einen wahren Kern. Beide Fälle haben miteinander zu tun, auch wenn das natürlich von den betreffenden Medien reine Spekulation ist und genannte Details sowie vor allem das vermeintliche Motiv nicht zutreffen. Doch ich meine jetzt eine andere Nachricht.« Sven Tennat steht auf, holt aus dem Korridor seinen Rucksack und legt einen Ausdruck von der am Samstag im Tempodrom gefundenen Nachricht in Visitenkartenform auf den Tisch, eine Vergrößerung. »Sie ist an mich persönlich gerichtet.«

Diesmal ist es kein Versehen, kein zufälliges Opfer.
Weitere werden darum gewiss folgen.
Ja, es werden mehr und dann viele auf einmal, Herr Tennat.

»Herr Tennat. So, so«, fasst Patricia das Gelesene zusammen. »Da hat es also jemand auf dich abgesehen. Und dann treffen wir uns hier?«

»…«

»Muss ich mir Sorgen um dich machen?«

»Ich glaube nicht, dass der Verfasser weiß, dass ich hier wohne.«

»Trotzdem soll ich die Katze mitnehmen?«

Sven Tennat nickt. »Es gibt zwar keine Drohung gegen meine Person, doch vielleicht solltest du als meine Schwester trotzdem nicht dauerhaft bei mir bleiben.«

»Verstehe«, sagt Patricia. »Aber du fährst mich nachher nach Hause? Allein schon wegen dem Katzenklo und dem ganzen Zeug, das ich jetzt mitnehmen muss.«

Sven Tennat nickt, schiebt sein halbausgetrunkenes Glas Wein weg und tippt mehrmals mit dem Zeigefinger auf die Kopie. »Es klingt nach einem speziellen Event, an dem das stattfinden wird.«

»Warum?«

»Ich vermute es wegen der bisherigen Umstände.«

»Ich meine, warum macht das jemand?«

»Bei den Motiven tappen wir im Dunkeln.«

»Also kein rechtsgesinnter Fanatiker?«

»Nein, da ist bisher keine klassische politische oder religiöse Ausrichtung auszumachen. Und wir gehen gerade nicht von einem Mörder, sondern einer Mörderin aus. Oder vielleicht auch von zweien, die zusammenstecken. Wir wissen es nicht genau. «

»Bekannt und flüchtig?«

»Die eine. Die andere ist uns noch unbekannt.«

»Aber bei der einen habt ihr die Wohnung durchsucht und vielleicht sogar Hinweise auf die andere Person gefunden?«

»Wir haben alles durchkramt, ein ganzes Leben wieder mal. Geboren 1974 in Borna bei Leipzig, im Sommer 1989 mit einem Ausreisantrag der Mutter in die BRD. Also kurz vor der Wende, ein bisschen makaber. Und du weißt ja was für einen Stress diese Ausreiseanträge für die Antragsteller bedeuteten. Das zog sich über Jahre hin. Mitsamt Stasiüberwachung und Ausgrenzung am Arbeitsplatz oder in der Schule. Das geht an keinem spurlos vorbei. Die betreffende Person wurde aber wohl nicht deswegen straffällig. Delikt: Körperverletzung, und das ausschließlich gegen Frauen. Ist auch ein Zeichen stets gefühlter Ausgrenzung von ihrem eigenen Geschlecht. Da kommt eins zum anderen. Sie machte aber trotzdem Abitur und dann eine Ausbildung, um nach einigen Jahren ausgerechnet bei einem Frauenmagazin zu landen. Zwar nur für ein Jahr, und sie hat dort niemand körperlich angegangen, soweit wir es wissen, aber da ist etwas zusätzlich komisch.«

»Was?«

»Wir fanden zwei abschließende Arbeitszeugnisse, die gänzlich unterschiedlich und mit demselben Datum versehen sind. Sie wurden von der Chefin selbst verfasst, sind bestimmt keine Fälschungen. Entweder weil es Usus war oder weil ein Gefallen erwiesen wurde, also Angestellte und Chefin sich recht nahestanden.«

»Ja, und?«

»Wir erreichen die ehemalige Chefin, die nun im Hamburg lebt und arbeitet, nicht. Soll laut ihren Angestellten wie immer im März ihren ganzen Jahresurlaub genommen haben. Schaltet dann auch ihr Telefon aus und beantwortet kaum Mails. In der Tat, das tut sie nicht.«

»Ist ja auch nicht verboten«, findet Patricia und drückt ihre Zigarette aus. »Bin auch manchmal für einige Tage nicht erreichbar.«

»Das stimmt«, bestätigt Tennat schmunzelnd. »Zum Beispiel gehst du noch immer gern aus, was dir Schaden zufügt.«

Patricia schüttelt den Kopf. »Es ist nicht so wie früher.«

»Aber du kennst dich noch mit Events aus!«

»Wenn es auf eine spezielle Sache hinausläuft, wo der Täter, ich meine die Täterin, zuschlägt ... Soll ich dir einen nennen oder gar hingehen?«

»Um Gottes willen, bloß nicht hingehen. Nur einfach sagen, was in den nächsten Tagen stattfinden könnte. Vielleicht etwas, wo vor allem Frauen zugegen sind.«

»Schau dir doch selbst all die Veranstaltungskalender online an. Es finden ständig tausend Sachen in Berlin statt. Nur für Frauen wohl weniger, aber da gibt es viele Spielarten.«

»Aber wie würde eine Frau als Täterin vorgehen?«

»Um möglichst viele zu erwischen?«

»Vermutlich so viele wie bei anderen Attentaten, die man kennt.«

»Wie alt?«

»Täterinnen über vierzig. Opfer jünger.«

»Zu welcher Tageszeit?«

»Abends.«

»Warum abends? Könnte ja auch tagsüber an einer Uni im Fachbereich vergleichende Literaturwissenschaften sein. Oder bei einem morgendlichen Pilates-Kurs. Da sitzen auch viele …«

»Aber mein Gefühl sagt …«

»Dein Gefühl? Warte mal, Sven, wie war das noch mal eben mit deinem Gefühlshaushalt für Tracy Kraft. So ganz sicher sind sich deine Gefühle nicht immer, oder?«

Eine Stunde später schmiegt sich Katzes Kopf noch einmal in Sven Tennats Hand, als er in Friedrichshain an Patricias Wohnungstür in die Knie geht. Katze miaut jämmerlich, die neue Umgebung ist ihr noch nicht ganz geheuer, obwohl das Herrchen noch eine Stunde zur Akklimatisierung bei ihr war. Er sagt dann aber Tschüss, es muss sein, und fährt zum Krankenhaus. Es ist wieder kälter geworden, nur noch um die acht Grad am Tag und unter null in der Nacht, normale Verhältnisse für Mitte März. Doch ihn fröstelt es. Besonders im Bauch. Er will in der Personalkantine des Virchow-Klinikums noch einen heißen Pfefferminztee trinken und ein Sandwich essen. Seine Bedürfnisse sind einfach geworden.

Kapitel 32

Er streichelt sie ganz sanft. Es hat sich etwas getan. In ihm. Ihretwegen. Eine Schärfung des Bewusstseins.

Seine Hände gleiten sacht über ihren Körper, fließend, ohne zu stocken, schweben über manche Stellen hauchzart, so dass sich ihr die Haare aufstellen, falls sie denn welche dort hat. Jedenfalls schießen unaufhörlich Signale in ihr Gehirn, mehr als sonst. Er macht es wirklich gut, so, wie sie niemals zuvor berührt worden ist. Was gar nicht sein muss, befindet Silke Bartsch.

Udo Melzig und sie schlafen bereits seit zwei Tagen wieder miteinander, jeweils morgens und abends. Silke Bartsch hätte nach dem Vorfall in der Gaudystraße sofort wieder gekonnt, sie hätte es gebraucht, richtig gebraucht, wie er es früher manchmal zu ihr aus Spaß gesagt hatte, meinte aber nun, er könne gerade nicht. Dabei hat sie, Silke Bartsch, doch diesen Arno Gericke erschossen und alles auszubaden, und nicht er, der sie nun küsst, ebenfalls sehr sanft und jenseits des Sturms, der ihn eigentlich ausmacht und den sie gerade jetzt als Ablenkung bräuchte. Eben einen Mann, einen richtigen, der weiß, was er will, einen Mann mit Erfahrung, das hat sie von Anfang an bei ihm gesucht und gefunden. Keine Schmusetour eines Teenagers. Kein: Ich habe dich so lieb und wir stehen das gemeinsam durch.

Darum übernimmt sie das Einsatzkommando, schmeißt Udo auf den Rücken und bedient sich der Handschellen. Udo lässt es geschehen, wie sonst auch, sehr gut, macht nur eine kurze Bewegung mit dem Kopf nach oben, eine mehr als halbherzige Geste. Dann setzt sich Silke Bartsch auf sein Gesicht, hält sich an der Wand fest, während er seine oralen Dienste tätigt. Nach einigen Minuten will sie ihn aber innen spüren, gleitet mit ihrem Körper nach unten und wird entsprechend erwartet. Es dauert dann nicht mehr lang, bis sie kommt und aufsteht, um unter die Dusche zu marschieren.

Als sie sich abtrocknet, denkt Silke Bartsch, dass es bereits fast wie immer war, nur dass Udo nicht wollte, dass sie sich zur Halbzeit mit dem Rücken zu ihm dreht. Auch hat Silke Bartsch ihn nach dem Finale nicht von den Handschellen befreit. Vielleicht tat sie es zur Strafe, da sie das Gefühl bekam, noch eine Weile warten zu müssen, bis sie mit ihm abends wieder ausgehen könnte. Ein Punkt, der sie momentan am meisten irritiert. Seit Tagen hockt sie zu Hause und Udo reagiert auf Vorschläge ihrerseits stets damit, dass nun ein bisschen Ruhe angesagt oder er selbst schlicht zu müde sei, sorry. Und wenn schon, denkt Silke Bartsch, tanzen geht Udo sowieso am wenigsten gern. Macht sie es halt allein. Sich bei Bewegung befreien. Wäre auch mal wieder Zeit für ein Konzert. Oder etwas anderes und ohne Männer. Und da sie wegen der Krankschreibung noch mindestens zwei Woche nicht arbeiten darf, kann sie sich auch problemlos jeden Event aussuchen, der ihr beliebt.

Udo Melzig reibt sich die Handgelenke, als Silke ihn endlich befreit. Verdammt eng diese Dinger, wenn man sie länger umhaben muss als sonst. Davor war es schön, besonders am Anfang. Seit der Sache mit Arno Gericke ist ihm das bewusst: Wie kostbar Silke ist. Dieses Leben mit ihr. Und nicht nur, weil sie jung ist, jünger als er, also weit entfernt von vierzig, also im … Oh, nun hätte er fast besten Alter gesagt, obwohl er genau das nicht meint. Es ist nämlich ganz anders. Er denkt, dass er mit Silke auch zusammen sein wird, wenn sich Körper deutlicher verändern, was bei ihm auch bereits anfängt, da er einige Jahre älter, eben über vierzig, wenn auch im … besten Alter ist. Da passiert es schon wieder. Aber vielleicht gibt es dieses Alter erst mit fünfzig. Oder sechzig. Oder nie.

Er schließt momentan gern die Augen, nur das weiß er. Er sieht dann anders, er sieht durch seine Finger. Und dabei geht es nicht allein um haptische Aspekte, also Haut, Fleisch und Co. Vielmehr lernt er eine Energie kennen, eine Quelle, die ihm zuvor verschlossen war, von der er nicht mal ahnte, dass es sie gibt. Es strömt. Durch seine Hände. Unsichtbar. Und doch elementare Neuerung. Weil er in den ersten Tagen nach Silkes tödlichen Schuss nicht auf das Eine hinauswollte. Er hatte das Bedürfnis, sie einfach zu umarmen, bei ihr zu sein, sie zu streicheln und das im Einklang zu dem, was sich sonst zwischen seinen Beinen bei körperlicher Nähe mit Silke ergibt. Ihn bewegt. Ja, dirigiert bis zum Schuss. Aber nun nicht mehr absolut. Weil es mehr gibt – nach Silkes Schuss.

An diesem Tag beschäftigen Udo Melzig solche Gedanken wohl auch besonders, weil er wieder mit Frau Fuchs sprach, eine für ihr Alter noch ebenfalls körperlich sehr aktive Frau. Sie scheint sich von der Zeit nicht geschlagen zu geben, will noch etwas erleben, ganz im Gegensatz zu ihrer Tochter. Oder das, was Meta Fuchs erleben will, ist sehr speziell, wie das, was auch der vermeintliche Franz Fasel mag, zumindest stand es auf seinem Rücken, was immer er auch damit meint: »Wir haben wohl genau dieselbe Sicht«. Doch was weiß er wirklich über seine Freundin, ihre Sicht der Dinge? Sie kennen sich erst ein halbes Jahr, keine lange Zeit. Und Meta Fuchs ist in einigen Aspekten bestimmt derart verschlossen wie ihre Wohnung und trotzdem voll mit Erinnerungen, die sie nicht tilgen kann, sich meterhoch wie ihre Band-T-Shirts auftürmen und sie niemand wirklich mitteilen will. Bis auf ihm, zumindest ein bisschen: Franz Fasel, ihrem angeblich ersten richtigen Freund. Was macht ihn aus? Ist es allein das Aussehen? Sein für Meta Fuchs praktischer, da anpassungsfähiger Charakter?

Ein gewisser Teil seiner Persönlichkeit, das ihr ähnlich ist, wie zum Beispiel ein Weltbild, eben jene spezielle Sicht? Oder ist einfach alles vorherbestimmt, wie es in letzte Zeit Michael Wandt von sich gibt? Der Chef sagt dies manchmal über alles und jedes, als wäre dies das Resümee seiner Dienstjahre. Aber so kann man als Polizist nicht arbeiten, auch wenn was Wahres dran zu sein scheint, wie auch Udo Melzig aus einem Grund immer mehr findet. Silke und er: Ja, das ist Schicksal, von einer höheren Kraft geführt, die er nun auch mit seinen Händen erlebt.

Michael Wandt steht vor dem Wandkalender in seinem Büro. Nur noch dieses Jahr, dann ist es vorbei. Er hat bereits seinen letzten Januar und Februar im Dienst hinter sich gebracht, durchläuft gerade seinen letzten März und kann in neun Monaten seinen Hut nehmen. Die Zeiten haben sich stark gewandelt, es ist nicht mehr seine Zeit. Zu viele Dinge passieren in dieser Stadt, die anders als früher sind, der religiöse Terrorismus ruft andere Bedrohungslagen hervor, der Umgang mit der Polizei ist allgemein respektloser und unberechenbar geworden. Und er will damit nichts mehr zu tun haben, obwohl er keineswegs als Kulturpessimist bekannt ist. Er möchte sich einfach in seinem letzten Lebensquarter als Silver Ager, wie man das heutzutage nennt, lieber mit angenehmen Dingen beschäftigen, so wie seine Frau, die seit zwei Jahren in Rente ist und sich ausgiebig Zeit für ihre Hobbys und Freunde gönnt.

Doch noch ist er der Chef der Mordkommission, ist durchdrungen von diesem Fall – es muss sein, es geht nicht anders. Er muss Berichte diktieren, bespricht mit dem LKA-Leiter Volker Bomann, wie man die Ereignisse geschickt der Öffentlichkeit und Politikern darlegen kann. Die Informationen sind fern von dem, was Psychologen, die wohl am besten die Sachlage beurteilen können, analysieren. Denn eine ihrer Thesen, die im LKA intern bleiben, besagt, dass es langfristig immer mehr Anschläge geben könnte, und das ungeachtet einer Motivation, die durch ein Weltbild geprägt ist, das auf ein größeres Ziel hinausläuft, also auf einen Gottesstaat bei Islamisten, keinen Staat bei Anarchisten oder was auch immer man sich aussucht, da es en vogue ist. Diese Ziele spielen vielleicht gerade noch die wichtigste Rolle, doch eigentlich sind sie nur der individuellen Gefühlswelt untergeordnet und austauschbar wie Kleidung, Smartphones, TV-Sender, Kaugummis. Ein Mechanismus, der zwar schon immer funktioniert hat, da die labilen Gemüter sich gern beeinflussen und indoktrinieren lassen, aber einer, dessen Überbau nun bröckelt. Eben auch für die Täter. Und dann bauen sie sich selbst einen Überbau.

Was ist die Konsequenz? Es läuft auf immer mehr Menschen hinaus, die sich ausschließlich der Technik bedienen, sprich Anschläge an sich ausüben. So die Meinung der Experten. Das ist medial derart präsent, dass es als die attraktivste Form erscheint, falls man richtig auf den Putz hauen will. Wenn jemand also frustriert und voller Hass ist, so wird er mit großer Wahrscheinlichkeit diese Art des Tötens wählen, da sie am meisten Aufmerksamkeit erzeugt. Man nehme nur all die Attentate an Schulen in den letzten zwei Jahrzehnten. Es wird etwas ausgelebt, wahrlich aus – bis zum eigenen Tod. Wieder mal sind hier die Amerikaner Vorreiter gewesen. Und es wird langfristig für die deutsche Polizeiarbeit weitgreifende Konsequenzen haben, da eine Rasterfahndung immer schwieriger wird, wenn man nicht mehr in klassisch extremen, also religiösen oder politischen Umfeldern ermitteln kann. Wie nun gerade. Sie tappen beim genauen Motiv noch im Dunkeln. Gewiss, es läuft auf Frauen als Opfer hinaus, Frauen im Alter zwischen zwanzig und dreißig, was circa zehn Prozent der Berliner Bevölkerung ausmacht. Hinzu kommen all die Touristinnen. Aber eigentlich hat sich der Täter oder die Täterin dazu noch nicht geäußert. Zu den Gründen der letzten Tat oder der angekündigten, welche das gesamte LKA in größte Alarmbereitschaft versetzt hat, denn es sind viele Opfer auf einmal angekündigt.

Das ist alles, was sie wissen. Und dass sich die Welt verschärft. Allgemein und bei jedem Menschen für sich. Und Michael Wandt will kein Kulturpessimist sein. Weswegen er sich vom Wandkalender wegdreht und auf ein Foto seiner Frau schaut. Es ist eins der ersten Fotos, das er von ihr bekam. Es wurde Mitte der siebziger Jahre auf einem Konzert des Polizeiorchesters geknipst, wo Michael Wandt noch immer spielt, wenn auch inzwischen in zweiter Reihe. Das Foto ist stark verblasst, jedoch digital gesichert. Er könnte es also in einer besseren Qualität ausdrucken, doch tut es nicht, da er dieses Bild vor allem im Herzen trägt.

Kapitel 33

Na herrlich, jetzt hocke ausgerechnet ich, Meta Fuchs, in einer Badewanne und nicht er, Franz Fasel. Allerdings sitze ich nicht zum Baden hier, ist mit abgestelltem Wasser auch unmöglich. Denn sie befürchten, dass es das Fass endgültig zum Überlaufen bringen würde, wenn ich es anstellen könnte.

Habe ich mal Zeit zum Nachdenken. Zum Beispiel über meine Haut. Gerade juckt sie nicht, was praktisch ist, da meine Hände mit einer Wäscheleine fixiert sind, folglich ausgiebiges Kratzen unmöglich ist. Zum anderen verspüre ich ein noch nie da gewesenes Bedürfnis nach Sonnenlicht, seitdem ich meine Tage mit einer Augenbinde verbringe. Wobei ... So richtig weiß ich dadurch nicht mehr, wann Tag und wann Nacht ist, sondern kann nur anhand dumpfer Straßengeräusche darüber Vermutungen anstellen. Sind es mehr Geräusche, gehe ich von Tag aus, sind es weniger, entsprechend von Nacht. Am besten lässt sich der Abend bestimmen, denn dann sind Musik- oder Sportveranstaltungen in der Max-Schmeling-Halle, was im Vorhinein erhöhten Motorenlärm durch Parkplatz suchende Autos und gruppendynamisches Geschrei auf den Fußgängerwegen bedeutet. Und meine Haut befindet sich jenseits davon, jenseits dieser Welt da draußen. Sie ist dadurch alterslos, ich kann ja nicht gesehen werden. Und das würde ich nun gern. Absolut verrückt und genau das, was mich all die Jahre quälte. Mein Therapeut sagte immer dazu: »Sie haben ein schlechtes Selbstbild.« Eine Erkenntnis, die alles andere als revolutionär ist. Was meint er, warum ich so ein Leben geführt habe? Weil ich gelernt habe, mit stolzgeschwellter Brust der Welt zu begegnen? Nein, meine Tittchen waren stets klein wie bei einer Dreizehnjährigen, spitze Tütchen, und wegen meiner nach vorn gezogenen Schultern noch weniger sichtbar. Im Gegensatz zu meinem Riesengesicht, dem verkniffenen Vollmond, den man mit keiner Schminke der Welt verdecken kann. Trotzdem ging ich in Behandlung, begab mich für eine Therapie, die der Amtsarzt des Jobcenters einforderte, unter Menschen, beim Fahrradfahren und an öffentlichen Orten mit meinen weißen Baumwollhandschuhen an den Händen – die nun nicht kratzen können, es auch nicht müssen, da nichts juckt. Liegt vielleicht an dieser Wohnung, sie ist so leer, besonders das Badezimmer. Wenn ich essen bekomme, hallen die Schritte und seine Stimme.

Was hat er noch mal vorhin gesagt?

Ich kann mich schlecht entsinnen, bin nach dem Essen, der Fütterung, sofort wieder eingenickt. Und wenn ich aufwache, weiß ich immer zuerst nicht, wo ich bin. Bis es mir langsam dämmert. Ist seltsam, wenn man all das betrachtet, was in den letzten Wochen passiert ist. Ob wir noch März oder bereits April haben, kann ich nicht sagen. Und ich spüre nicht direkt Angst, also im Grunde gar keine. Ist gerade fast wie früher vorm Einschlafen mit den Schlaftabletten, was mich manchmal, meist kurz bevor die Schritte kommen, auf den Gedanken bringt, dass etwas im Essen ist, was diesen Zustand fördert. Mir soll's recht sein.

Aber was hat er noch mal vorhin gesagt?

Ich kann mich schlecht erinnern, bin nach dem Essen, der Fütterung, sofort wieder eingenickt. Und wenn ich aufwache, weiß ich immer zuerst nicht, wo …

Ach, da war ich schon. Passiert mir ständig. Diese Gedankenschleifen. Kennt auch mein Therapeut, kam da nie heraus, sagte dazu, ich sei immer fixiert aufs Negative. Nur dass jetzt meine Gedanken nicht weh tun und eben ohne Angst sind, ja, ohne Zukunft. Und jetzt, hier, in der Gegenwart, kommen die Schritte wieder, da ich dann aufs Klo darf und danach mit dem Löffel gefüttert werde, während jemand eine Geschichte erzählt.

Es tauchen Phrasen auf wie: »Ich wollte stets geführt werden, ich wollte möglichst wenig Anstrengung; ist bei mir wie mit der Nadel eines Plattenspielers, die einfach in eine Schallplattenrille gelegt werden will. Sie fährt ihre Runden, überträgt automatisch Schwingungen, ist reine Verbindung zwischen A und B, ganz wie Musikjournalisten zwischen akustischem Zeitgeist und Konsument.«

Oder: »Wie leicht wäre es, Folgendes zu sagen, um all die Geschehnisse zu erklären: Irgendwann denkt ein jeder Musikjournalist mal daran, selbst Musik zu machen, falls er nicht bereits eine erfolglose Musikerkarriere hinter sich und diese Fantasien ad acta gelegt hat. Oder wenn man erneut das Bild des Plattenspielers bemüht: Jede Nadel will mal ab und zu einfach auf eine andere Platte gelegt werden, vielleicht eine jüngere – ohne Kratzer, ohne Sprung. Aber bei mir ist das nicht so, Meta. Du musst mir das glauben.«

Es geht also viel um Musik, und dann nicke ich wieder ein. Wache auf. Denke: Ach, Stimmen. Wie gern würde ich Radio hören, besonders Frauen und keine Männer. Ich höre sie, wenn ich schlafe, und sie tun nicht weh. All die Moderatorinnen, die mich mein Leben lang begleitet haben. Von Anfang an waren sie mir zuwider, ihre gewollt erotische Stimmfarbe, ihr gekünsteltes Laisser-faire, ihre Langlebigkeit in diesem hartumkämpften Business. Und jetzt erscheinen sie mir wie Freundinnen. Als ein Stück liebgewonnener verhasster Alltag, so unerreichbar jedes Detail. Vor allem meine Couch, auf der ich zwischen all dem Plunder stundenlang bewegungslos saß. Oder das Fenster zur Welt, der kleine Fernseher, der immer dieses Störgeräusch erzeugt. Oder geradeaus der Blick auf den Fernsehturm. Liebend gern würde ich jetzt in meiner 44-m^2-Schuchschachtel Kleidung sortieren. Oder heißes

Wasser kochen. Oder mich an den Schminktisch setzen. Also all das, was man erst wertschätzt, wenn es bald zu Ende ist. Kennt man ja aus Filmen. Nur lebe ich nicht Hollywood, ich lebe die real existierende Absurdität meines Lebens.

I was born in Borna.

And I will die in a Berlin bathroom.

Noch Fragen?

Wo steckt sie nur?

Nach der Bratpfannen-Aktion ihrer zu mir so freundlichen Mutter hocke ich wieder allein in meinem Excelsiorhaus, wo nun ebenfalls ab und zu Polizisten auf den langen Gängen zugegen sind. Sie klingeln aber nicht gezielt bei mir, weil sie anscheinend nicht meinen richtigen Namen wissen. Nur was weiß ich?

Wenn ich aus meinem Fenster im fünfzehnten Stockwerk blicke, sehe ich vor allem Erinnerungen. Die Portikus-Ruine des berühmten Anhalter Bahnhofs ist ein Sinnbild für mein Berlin, kläglicher Rest eines von den Alliierten weggebombten Kopfbahnhofs, der einstigen Hauptverbindung nach Frankreich, Italien und Österreich-Ungarn, im Volksmund »Anhalter« oder »Tor zum Süden« genannt. Ja, meine Sicht aus dem Fenster ist wirklich ähnlich wie bei Meta, auch gen Süden gerichtet, zudem einigermaßen frei, denn hinter der schmalen Ruine sieht man ebenfalls einen Sportplatz sowie einen Veranstaltungsort, hier das Tempodrom, bei Meta um die Ecke die Max-Schmeling-Halle. Zufall?

Nein, ich will es ja so. Und als Meta noch bei mir war, war nicht alles gut, aber besser als jetzt. Meta erfasste für einige Tage wirklich der Frühling. Sie hatte richtig gute Laune, ging mit mir raus und kommunizierte auch viel mit anderen, vor allem mit ihrer Freundin, die in Berlin sein musste. An jenem Samstagabend, als alles in einen Alptraum kippte, verabredete sich Meta mit ihr und verließ am späten Nachmittag meine Wohnung. Am frühen Abend schaute ich mit meinem Fernglas aus dem Fenster zum

Tempodrom, weil viele Menschen dorthin pilgerten und es mich immer interessiert, Veranstaltungen anhand des Publikums zu erraten. In diesem Fall waren es viele aufgekratzte und mit Prosecco bewaffnete Frauen, ich tippte auf Schlagersänger-Konzert oder Männer-Striptease. Da sah ich am Rande eines Weges, der vom S-Bahnhof Anhalter Bahnhof direkt zum Tempodrom führt, ausgerechnet Meta mit einer Wasserflasche in der Hand auf einer Parkbank sitzen. Auf der Bank gegenüber saß ihre Freundin, wie ich vermutete, denn manchmal, wenn die Frauen, zu zweit oder in Grüppchen, an ihnen vorbeigezogen waren, zeigte Meta einer mit dem Finger hinterher, um von ihrem Gegenüber Kopfschütteln oder Nicken zu ernten. Sonst bewegten sich die beiden Freundinnen kaum, redeten auch nicht. Es reichte ihnen für eine ganze Stunde, dort zu sitzen und dieses Spiel zu treiben. Es kam mir reichlich merkwürdig vor. Ebenso, dass sie selbst ins Tempodrom gingen, allerdings zu einem Zeitpunkt, als die von mir inzwischen im Internet recherchierte Show der Chippendales begonnen hatte. Und sie blieben nicht lange.

Dann sah ich Meta, ohne sich von ihrer Freundin zu verabschieden, umgehend zu meinem Haus laufen. Sie wirkte stark aufgebracht, als hätte sie sich mit ihrer Freundin gestritten. In meiner Wohnung angekommen, antwortete Meta auf die Frage, wo sie gewesen sei, mit Kreuzberg, was stimmte, doch mir in dieser Ungenauigkeit missfiel. Und am nächsten Tag wollte sie keinen Sex, aber ich auch nicht, als das Radio die Nachricht von einer toten Frau im Tempodrom brachte. Ich wollte aufgeklärt werden, ich wollte wissen, was genau sie am Abend zuvor gemacht hatte. Doch Meta schwieg. Tat es ebenso am Montagmorgen, als ich sagte, ich gehe zur Polizei, bis sie mich anschrie, dass ich das auf keinen Fall machen könne, da dies nicht nur für sie sehr gefährlich sei, und fortlief. Nur wohin?

Ich mache mir große Sorgen, kann nicht mehr schlafen und erinnere mich an Dinge wie die Fotos, die sie im vergangenen

Herbst von mir machte. Einige Fotos knipste sie von ihrem Fenster aus, andere müssen aber vom Dach und einem anderen Haus des Plattenbaus in der Gaudystraße geschossen worden sein. Vielleicht steckt sie nun dort?

Ich muss also wieder los. Verlasse im Morgengrauen meine Wohnung, fahre nicht Fahrstuhl, sondern schleiche das Treppenhaus hinunter und nehme schnell mein Fahrrad. Vom Jahn-Sportpark aus sehe ich ein abgedunkeltes Fenster in Gaudystraße siebzehn a, und wenn ich dort klingele, macht niemand auf. Gut, kann auch eine Art Ferien- oder Zweitwohnung sein, aber der Winkel fürs Foto würde passen. Ich klingele also um acht bei der Nachbarwohnung, rede mit einem Herrn Kraanke, einem schwer atmenden Mann, und bekomme die Information, dass die Wohnung nebenan einem Pärchen aus Hamburg gehöre. In Hamburg arbeiten die Freunde von Meta.

Ich rauche ein paar Zigaretten mit Herrn Kraanke in seinem Wohnzimmer, weil ich unentwegt gähne, bietet er mir Kaffee an, den ich dankbar annehme, bis ich völlig unterzuckert bin und nebenan die Wohnung aufbreche. Bei den dünnen Türen kein Problem. Ich muss nur ein paar Mal gezielt gegen das Schloss treten, schon fliegt die Tür auf. In der Badewanne finde ich Meta, gefesselt und geknebelt. Und sie scheint nicht ganz bei Sinnen, denn, als ich sie befreie, fällt Meta mir sofort um den Hals und küsst meinen Mund mit der Zunge.

Kapitel 34

Das *Estrel* liegt an der Sonnenallee im Bezirk Neukölln und ist mit tausendeinhundertfünfundzwanzig Zimmern Deutschlands größtes Hotel, ein fast anonymer Koloss. Betty verbringt ihre Märztage in der obersten Etage mit einem Panoramablick auf ganz Berlin. Angegliedert ans Hotel ist das *Estrel Festival Center*, das Shows, Musicals und Gastspiele darbietet, die an die großen Bühnen der Welt erinnern sollen, jedoch äußerst provinziell daherkommen. Da aber die meisten Menschen eben auf dem Land aufgewachsen sind, ob real oder vor allem im Kopf, rentiert sich das Konzept. Es ist also ein fast so ehrlicher Ort wie das Tempodrom, in dem die Chippendales auftraten – *The Hottest Male Revue Show in Las Vegas*. Die anderen Frauen waren an jenem Abend derart beschwipst, dass sie beim Anblick der mit Anabolika vollgepumpten Männerkörper sabberten, waren willens, endlich mal die Sau rauszulassen, wie es viele Menschen tun, wenn sie sich unbeobachtet fühlen, egal wie öffentlich etwas ist. Sei es im Fußballstadion, auf einem Techno-Festival oder eben im Tempodrom bei den Chippendales. Alles Orte, bei denen man sich wundern kann, warum nicht viel öfter jemand dort seine Wut entlädt. Na gut, diese Orte sind wie das *Estrel* durch Sicherheitspersonal gut geschützt.

Betty persönlich ging es nicht speziell um diese Male-Striptease-Fans, auch wenn es ihr vor allem um Frauen geht. Das hat Betty schon lange begriffen. Dies ist ihr Thema, seit ihrer Geburt.

Darum hat sie bei diesen Magazinen gearbeitet. Ein langer Weg, eine lange Ausbildung mit einem einzigen Ziel. Und es hätte bei einer anderen Prägung auch ein anderer Weg und ein anderes Ziel sein können. Ganz ähnlich wie bei einem dieser jungen Migranten, die sich von der westlichen Welt, in der sie leben, ausgegrenzt fühlen und darum irgendwann das Gegenmodell wählen. Nur dass Betty eben keine Ausgrenzung von außen erlebte, sondern eine, die sie von Anfang an selbst wählte, obwohl sie in vielen Dingen auch ein Kind des Zeitgeists ist und dem Gedanken unterliegt, ein Zeichen setzen zu wollen. Die Gründe dafür sind willkürlich, wenn man von diesem einen Gefühl vollkommen durchdrungen ist: Hass. Ein Gefühl, das die Menschen schon immer bestimmt. Niemals gab es eine Zeit ohne Krieg. Niemals konnte die Menschheit anders sein, nur anders reden, bis der Hass wieder aufbricht und sich entlädt. Sei es im Großen oder im Kleinen.

Betty hat sich für mittelgroß an einem kleinen Ort entschieden. Es geht bei ihrem Zeichen nicht um große mediale Aufmerksamkeit, die sie erzielen will, und es gibt auch keine bestimmte Botschaft, die der Welt vermittelt werden soll, sondern es ist einfach die schlüssigste Quintessenz ihres Lebens. Deswegen hat Betty einen nicht unweit vom *Estrel* liegenden Ort am Kreuzköllner Maybachufer gewählt, eine von diesen mietbaren Locations, die sich auf private Firmenfeiern in unkonventionellem Ambiente mit gehobener Gastronomie spezialisiert haben. Dies ist der perfekte Ort für ehemalige und aktuelle Mitarbeiterinnen, denn sie erachten es als begehrenswert zwischen unverputzten Wänden auf unbequemen Holzbänken zu sitzen, solange es das Etikett »hip« trägt. Betty musste neben dem Wunsch eines Treffens nur folgende Stichworte fallenlassen: »Neues Magazin auf dem einzigen echten Wachstumsmarkt, Online als auch Print«. Das verbreitete sich wie ein Lauffeuer, was Betty äußerst passend findet, denn diese Locations, die in Kreuzkölln wie Pilze aus dem Boden schießen, haben durch ihren bewusst improvisierten Charakter oftmals Defizite in Bezug auf Fluchtwege und Brandschutzbestimmungen.

Als Betty dort am frühen Abend ankommt, sieht sie mit großer Genugtuung, dass ihr Mietwagen noch immer genau schräg gegenüber vom Eingang in einer Entfernung von gut zwanzig Metern parkt. Nichts steht dazwischen, kein anderes Auto, keine Laterne, keine Ampel. Als sie in den an einer Kreuzung befindlichen Laden tritt, stellt sie erleichtert fest, dass bereits so gut wie alle ihrer wichtigsten ehemaligen Mitarbeiterinnen und auch einige aktuelle Kolleginnen aus Hamburg anwesend sind. Der Aufforderung, dass man Freundinnen und Bekannte mitbringen könne, nur bitte keine Männer und Kinder, wurde Folge gleichfalls geleistet. Über fünfzig Frauen haben sich zusammengefunden, und Betty geht trotz verschiedener Versuche, sich sofort auf sie zu stürzen und sie zu vereinnahmen, als wären sie beste Freundinnen, zunächst zur jungen und geschäftstüchtigen Besitzerin des Ladens, erfährt, dass alles in bester Ordnung sei und sie bald den ersten Gang des Menus auftischen können, falls erwünscht. Dann begrüßt Betty die Gäste, stößt mit Aperol Royal an, stets lächelnd und einige der Frauen an sich drückend, wenn sie diese besonders ekelerregend findet.

Bei der Vorspeise des fünfgängigen Menüs geht Betty die Lage durch den Kopf. Nach dem Essen, wenn alle Gäste schön satt und angetrunken sein werden, wird eine Präsentation in einem separaten Kellerbereich, der das halbe Ausmaß des Erdgeschosses hat und nur über eine schmale Treppe zu erreichen ist, erfolgen. Es wird ein aufwendig produziertes Video gezeigt werden, das ihr ein großer Verlag zukommen ließ. Es geht um jenes Best-Ager-Magazin, dessen Leitung man nicht nur Betty allein anbot, ein Magazin für Menschen, in deren Alter sie bald selbst ist, ein Magazin auf dem für Anzeigenkunden inzwischen fast einzigen interessanten Markt der vermögenden alten Leute. Sie spürt keinen Groll gegen dieses Angebot. Es kam zur rechten Zeit. Sie ist wirklich älter geworden, vielleicht noch nicht zu alt fürs Arbeiten, da sie über entscheidende Kompetenzen verfügt, aber so alt, dass diese Kompetenzen einer Marktverschiebung bedürfen.

Darum zweifelt sie auch nicht an dem, was sie tun muss, sobald alle Gäste im Keller sein werden und das Video laufen wird, denn diese Marktverschiebung ist für sie selbst jene logische Quintessenz ihres Lebens. Darum wird sie in zwei Stunden kein Mitleid spüren, wenn sie in ihren mit Brandbeschleunigern vollgepackten Mietwagen steigt und mit voller Fahrt in den Laden steuert. Betty wird in den letzten Sekunden höchstens an ihren Vater denken oder an Kunderas *Abschiedswalzer*.

Sven Tennat ist zu Hause angekommen, um seine Post zu holen, und steht am geöffneten Briefkasten, als die aufsichthabende Schwester vom Krankenhaus, die ihn »den Freund« nannte, anruft und mitteilt, dass »seine Freundin« aufgewacht sei und ihn sprechen möchte.

Als Sven Tennat Tracys Stimme vernimmt, werden seine Knie weich und er setzt sich auf die Treppe im Erdgeschoss. Viel kann er nicht sagen, mit einer gewissen Feuchtigkeit in seinen Augen kämpfend hört er vor allem zu. Tracys Stimme klingt noch nicht ganz angekommen in dieser Welt, also leise, schwach, rau, doch der Inhalt wirkt gegenwärtig. Sie erwähnt das Klappbett, das nahe dem Fenster steht und wo er, der Freund, den halben März drin geschlafen haben soll. Wenn Tracy es von ihrem Bett aus richtig sehe, habe er ein Buch und einige Frauenmagazine gelesen, zumindest lägen einige auf dem Fensterbrett. Hinter der Scheibe sei es gerade dunkel, doch vorhin, als sie aufgewacht und es noch hell gewesen sei, habe es gewirkt, als würden die Büsche sprießen, sie glaubt, es seien Forsythien. Doch deswegen rufe sie nicht an, dies falle ihr gerade nur spontan auf, wie ihr Hunger auf Schokolade, am besten eine mit hohem Kakaoanteil, sie habe viel davon geträumt.

Oben in seiner Wohnung muss Sven Tennat nur in die Küche zu seinem Vorrat gehen, um dem Bedürfnis nach Schokolade Folge zu leisten. Die ganze Zeit, während er noch schmutzige Wäsche in die Maschine packt, schnell unter die Dusche springt und sich fertigmacht, lächelt er. Es ist die pure Freude, die er fühlt, da Tracy anrief, weil sie vor allem seine Stimme hören wollte.

Als er sich in sein Auto setzt und gerade den Zündschlüssel umdreht, klingelt wieder das Telefon. Karl-Gustav Schwartzkopff, derjenige, von dem Tennat und seine Kollegen meinten, er würde sich hüten, sich bei ihnen zu melden, hat etwas mitzuteilen. Im dritten Stock, direkt über ihm, sei am helllichten Tag eine Wohnung aufgebrochen worden. Anschließend sei der Einbrecher mit einer blonden Frau verschwunden, die eigentlich am anderen Ende des Plattenbaus wohnen würde. Allerdings seien sie woanders hingerannt. Herr Kraanke, der die ganze Zeit unmittelbar Zeuge der Geschehnisse im dritten Stock gewesen sei, habe dazu nur gemeint, dass die Nachbarin, nachdem sie dem Einbrecher um den Hals gefallen wäre und anschließend nach dem aktuellen Datum gefragt hätte, laut Maybachufer ausgeschrien habe.

Also fährt Tennat dorthin. Ist auf seinem Weg. Und es könnte sich bei der blonden Nachbarin um Meta Fuchs handeln. Und der Einbrecher könnte jener Franz Fasel sein. Und die Wohnung gehört einem gewissen Craig Klimke, den sie bei ihren Anwohnerbefragungen nie angetroffen haben, aber laut den tagesaktuellen Ermittlungserfolgen von Udo Melzig der Lebenspartner von Meta Fuchs' ehemaliger Chefin ist.

»Wer sind Sie?«, fragt Betty.

»Meinen Namen müssten Sie kennen, wenn Sie es sind, die mir ein Kärtchen geschrieben hat, das im Tempodrom hinterlegt wurde.«

»Ach, Herr Tennat«, bekennt Betty ohne Umschweife. »Das ist aber ungünstig, dass ausgerechnet Sie hier und jetzt …«

»Warum haben Sie mir denn sonst geschrieben?«

»Nur damit Sie wissen, dass auch später alles seine Ordnung hat, also kein Unfall ist. Hat Craig Sie informiert?«

»Herr Klimke war es nicht. Sein Nachname war mir auch bis vor kurzem nur von einem Klingelschild in der Gaudystraße geläufig, bis jemand die Wohnung von ihm aufgebrochen hat, um Meta Fuchs zu befreien.«

»Ach, wie interessant. Bestimmt dieser Franz Fasel. Dachte schon, er wäre erfunden. Und wo ist dann Craig?«

»Das weiß ich nicht.«

»Und nun?«

»Ich werde Sie festnehmen.«

»Weswegen?«

»Planung eines Anschlags und Mordverdacht.«

Betty nickt und überlegt, ob sie das mit dem Mord richtigstellen soll, doch sie lässt es sein. Dafür taucht Craig im Türspalt auf, um den Kommissar von hinten mit einer Weinflasche niederzuschlagen.

»Gut gemacht«, lobt Betty, während sie sich die auf dem Boden liegende Dienstwaffe nimmt. »Nur deine Geisel ist jetzt weg.«

»Ich habe es eben gehört«, flüstert Craig. »Aber was sollte ich tun, nachdem du dich nicht mehr gemeldet hast und Meta bei mir auftauchte?«

»Jedenfalls nicht hierherkommen«, sagt Betty in unveränderter Lautstärke. »Garantiert werden bald noch mehr Polizisten auftauchen. Am besten, du verschwindest sofort, sonst denken die …«

»Dass ich Sarah Levi …«

Betty nickt.

»Aber das habe ich doch«, brüllt Craig.

»Aber ich habe seitdem die Waffe. Und niemand wird denken, dass du so verrückt bist, mit deinem Presseausweis zur Pressekonferenz der Chippendales zu rennen, um dich dort auf dem Klo einzuschließen, bis die Veranstaltung läuft und du eine Frau umbringst, die ebenfalls ein neues Best-Ager-Magazin angeboten bekam.«

»Ich … wollte nur …«, stammelt Craig wieder leiser.

»Das willst du schon eine ganze Weile«, sagt Betty und lächelt ihn an, bis sie den Kopf schüttelt. »Aber so war das nicht von mir geplant.«

»Auch nicht von mir, bis dieses Mädchen vorm Fenster erschossen wurde und ich die Waffe fand. Und du hättest mir nicht von Sarah Levi erzählen dürfen.«

»Ich habe es getan, weil du bereits von diesem Abend hier wusstest und eine Erklärung wolltest. Da blieb ich recht nahe bei der Wahrheit.«

»Warum hast du dann aber dieses Kärtchen geschrieben?«, wundert sich Craig und stupst mit seinem Fuß den auf dem Boden liegenden Sven Tennat an. »Der Kommissar sprach von einem Kärtchen. Du musst ja selbst vorgehabt haben …«

»Das Kärtchen war nicht für jenen Abend bestimmt, auch wenn ich wusste, dass Sarah Levi dort ist. Ich würde doch niemals Meta in solch eine Situation bringen, ich wollte Meta nur diese Sarah Levi und die Veranstaltung an sich zeigen. Und nun bist du in den Schlamassel hineingeraten. Aber noch kannst du gehen, Craig.«

»Das tue ich nicht «, sagt Craig mit standhaltendem Blick. »Ich habe mein ganzes Geld abgehoben. Wir können zum Beispiel mit dem Auto in den Süden …«

»Aber es ist überall dasselbe.«

»Wie lang denkst du schon so, wie lang hast du das geplant?«

»Mein Leben lang.«

»Warum? Was haben die Menschen dir getan?«

»Muss ich das wirklich beantworten?«

Craig schießen Tränen in die Augen, aber schließlich nickt er. »Und der Mann auf dem Boden? Wir können ihn doch nicht …«

»Weck ihn, falls es geht. Wir halten ihm dann die Waffe an

die Rippen, führen ihn an den Frauen vorbei und bringen ihn zu meinem Auto.«

Sven Tennat muss nicht geweckt werden. Er ist die ganze Zeit wach. Auch wenn der Schlag hart war, er zu Boden gefallen ist und wohl eine schlimmere Gehirnerschütterung als Udo Melzig davontragen wird. Sein Schädel brummt, doch jedes Wort von außen hat er ganz genau vernommen, tut aber benommen, als ihn Craig Klimke aufrichten will.

Betty hält Tennats Dienstwaffe an seinen Rücken, lässt ihn mit Craig über die schmale Treppe vorgehen, bis sie oben im Lokal einige Meter hinter ihnen stehen bleibt, als sie bemerkt, dass sämtliche Gäste fort sind.

Es ist nur ein kurzer Moment des Entsetzens, in dem sie den Kontakt zu ihrer Geisel verliert. Ein Moment, in dem das Licht ausgeht, ein Einsatzkommando aus Verstecken und Sven Tennat zur Seite springen.

Betty schießt zweimal, bis sie selbst zu Boden geht.

Als das Licht wieder an ist und Sanitäter sich über sie beugen, öffnet sie die Augen. Sie hebt ganz leicht den Kopf, sieht, dass sie in ihrem eigenen und dem Blut ihres bereits toten Lebenspartners liegt. Sie sagt: »Es hört fast so auf, wie es anfing.«

Epilog

Winkend sieht der Vater zu seiner Tochter, als er mit dem Traktor übers Feld bis zum Kladower Damm fährt. Die Aufgabe, die er ihr gab, wird sie eine Weile beschäftigen, denn niemals zuvor hat er etwas aus seinem Mund fallengelassen, was an ein Märchen erinnerte, etwas, was mit Glauben zu tun hat und seiner Tochter so fernliegt wie Zuneigung gegenüber ihrer Stiefmutter zu fühlen.

Ein Grund mag darin liegen, dass sich ihre leibliche Mutter nach der Geburt das Leben nahm. Seine Tochter, damals ein Säugling, könnte diesen bewussten Abtritt mitbekommen und als Verrat aufgefasst haben. Ein anderer Grund liegt bei der Stiefmutter, die kurz danach ins Haus kam. Sie wohnte vorher in der Innenstadt, in Kreuzberg, und ist ebenso eine Schönheit wie seine erste Frau, tut sich aber mit dem dörflichen Leben in Gatow schwer. Selbst in die Altstadt Spandau dauerte es mit dem Bus eine halbe Stunde, stöhnt sie jeden Tag, und mit der Stieftochter fühlt sie sich nicht sonderlich wohl, ja, sogar sehr unwohl.

Eins kam also zum anderen und führte in den letzten Tagen zum Eklat. Der Vater steht aber vor keiner Entscheidung, denn er würde niemals sein Leben als Landwirt und mit seiner Tochter aufgeben zugunsten seiner Frau, die nicht nur zurück in die Innenstadt, sondern am liebsten ganz woanders hinwill. Trotzdem möchte er noch einmal eine Aussprache und fährt darum zur Habichtswald-Siedlung.

Als der Traktor vor dem Haus der Lehrerin vorfährt, stürmt diese sogleich aus ihrem Haus. Es ist Sonntag, und die Unterredung, die zu dritt in der Küche erfolgt, ist besonnen, wenn auch anstrengend, da wirklich ein endgültiger Abschied bevorsteht. Und erst als beide Frauen ihre gepackten Koffer in das Auto der Lehrerin stellen und Regen aufkommt, wird das Gespräch konkret auf seine Tochter gelenkt, wobei weder die Lehrerin, die noch vor Ende des Schuljahres den Dienst quittiert hat, noch seine Frau verstehen können, dass der Vater die Tochter allein auf dem Feld zurückgelassen hat.

Am Feld, wo sie drei sich wiedertreffen, fragt sich auch der Vater, wo seine Tochter sein könnte. Er tut es auch in der Nacht, kann deswegen am nächsten Tag nicht arbeiten und läuft immer wieder die Gegend ab, ohne die Polizei oder jemand anders um Hilfe zu bitten. Ihm ist klar, dass seine Tochter niemals bei anderen Menschen Unterschlupf suchen würde, denn in all den Jahren konnte sie nie einen Zugang zu Nachbarn oder Mitschülern finden. Seine Tochter ist ein kluges, wissbegieriges Mädchen, das nach den Sommerferien sogar eine Klasse überspringen soll, doch derart eigensinnig, dass sie bereits im Kindergarten schlecht zurechtkam. Ja, sie muss einiges lernen – besser als er, der sich nach dem Abitur dafür entschied, Landwirt zu werden, weil dies für ihn minimale Kommunikation bedeutete.

In der Nacht von Montag auf Dienstag kommt er auf die Idee, seine Tochter, die ihm in einigen Dingen ähnlich ist, im Grunewald bei seinem Hochsitz zu suchen. In der Tat fehlt auch das Ruderboot an der Havel und so nimmt er sich das eines Nachbarn. Den Weg durch den Grunewald leuchtet er mit einer Taschenlampe aus. Am Hochsitz angekommen, bemerkt er, dass das Fenster einen schmalen Spalt offen steht. Er lächelt, freut sich über den Mut seiner Tochter und steigt die knarzende Holzleiter empor. Als er oben ist, überlegt er noch, ob er etwas sagen, seinen Besuch ankündigen soll, doch da er während der Schonzeit selten hier ist, kann auch ein Obdachloser seinen Hochsitz aufgebrochen haben. Also schweigt er und hebt, als er die Tür aufzieht, seine Taschenlampe über seinen Kopf, bereit zum Zuschlagen.

Und tatsächlich steht dort seine Tochter. Sie blinzelt ins Licht. Scheint ihn nicht zu erkennen. Und sticht blitzartig mit einem Jagdmesser zu.